ANMUTIGE GEGEND

PETER B. ZUNKE

ANMUTIGE GEGEND

Bibliografische Information der Deutschen Nationalbibliothek:

Die Deutsche Nationalbibliothek verzeichnet diese Publikation
in der Deutschen Nationalbibliografie; detaillierte bibliografische
Daten sind im Internet über http://dnb.dnb.de abrufbar.

© 2018 Peter Zunke
Grafik: WeStudio/ Shutterstock.com
Satz, Umschlaggestaltung, Herstellung und Verlag:
BoD – Books on Demand, Norderstedt

ISBN: 978-3-7481-2912-7

Werner Schubert frühstückte im Souterrain, als die ersten Flammen oben im vorderen Gästezimmer die Gardinen erreichten und dann rasend emporzüngelten, wild und ungezwungen, wie entfesselt alles ergriffen, was vorhanden war: die frische Tapete, die beiden alten Ölbilder, den abgewetzten Perserteppich, das schon etwas morsche ausgetrocknete Fensterbrett, von dort aus das verdörrte Rosenspalier; schließlich brannte auch der Dachstuhl und die ersten rotbraunen Dachpfannen fielen auf den Hof.

Werner las den Landesteil der Ortzeitung und blätterte weiter zu den Todesanzeigen, dann erst roch er den Rauch. Er schaute hoch, vor dem Fenster schlug eine Dachschindel in dem kleinen Beet auf und zerbarst. Er stand langsam auf, ging wie im Traum zur Hoftür und öffnete. Das Tal lag friedlich da, die abgegrasten Pferdeweiden mit den windschiefen Heuschuppen, den maschendrahtgezäunten Pferchen unter dem hellen grauweißen Himmel. Ein Knistern, ein leises Krachen, da erst spürte er die Hitze und eilte auf den Hof, schaute sich um zum Haus und sah die lodernden Flammen gierig alles verschlingen, was er und Lena sich in den letzten Jahren aufgebaut hatten.

Er schüttelte hilflos den Kopf, dann nahm er sein Handy und wählte die 112. Die zentrale Meldestelle für Notdienste und Feuerwehr in Lüneburg meldete sich und Werner, mit trockener Kehle, sagte nach kurzem Räuspern:

»Hier spricht Werner Schubert, ich bin in Harmshausen, im oberen Harmshausen, es brennt, mein Haus, Waldweg Nummer drei.«

Er schaltete das Handy aus und ließ sich zu Boden sinken, schaute dem Feuer zu, ganz fasziniert von der Vielfalt der Flammen, die gelegentlich auch blau oder grün aufleuchteten. Werner hatte im Chemieunterricht in der Schule nie besonders aufgepasst, aber er wusste, dass verschiedene Substanzen mit verschiedenen Flammenfarben verbrannten. Er wollte nicht herumrätseln, was nun gerade bei ihm verbrannte, er konnte auch nichts tun, er schaute nur zu, wie sich die hohe schwarze Qualmsäule in die Luft erhob.

Sein Haus. Lenas Pension. Lenas Traum.

Als ihre Tante Martha verstarb und Lena das Häuschen vererbt hatte, war diese gleich Feuer und Flamme, – Flamme, das war es also, gleich zu Anfang schon war die Flamme da, oder nicht? – Lena auf jeden Fall wollte sofort in das gemütliche kleine Haus einziehen, es lag im Oberen Harmshausen im Waldweg, und es war groß genug für Lenas mutige Pläne, sie wollte unbedingt aus Tante Marthas Haus eine Pension machen.

»Weißt du,« hatte sie Werner erklärt, »das Haus liegt doch ideal: oben am Tal, mit Blick über die Pferdewiesen, sanfte Hügel, dann links der große Wald mit den breiten Sandwegen zum Wandern, der Rundweg über Karkenfelde und Vosshagen führt an den Gasthäusern vorbei, die Autobahn ist in der Nähe, also das ideale Naherholungsgebiet, und zumal am Wochenende kommen viele in die Natur, und wenn wir dort eine Pension haben, nur mit Frühstück, keine große Küche, das wird laufen, du wirst schon sehen, dann haben wir fürs Erste ausgesorgt. Dann brauchen wir uns nicht mehr wie früher auf der Arbeit um Container oder Handtaschen zu kümmern, wir haben immer neue Gäste, lernen also immer wieder neue Menschen kennen, es wird nicht langweilig, und dann sind ja auch noch die Dörfler da. Du kennst doch schon ein paar vom letzten Schützenfest. Und wir können endlich aus dieser nassen Wohnung raus und der Meier, der miese Vermieter, der nie etwas an den Wänden macht, der kann uns mal! Wir sind endlich unsere eigenen Herren und können tun und lassen, was wir wollen.«

Und so waren sie mit Sack und Pack in die Heide gezogen in das kleine aber gemütliche Haus, sie hatten gründlich renoviert und im ersten Stock vier Gästezimmer ausgebaut und oben unter dem Dach noch eine Art Atelier, mit Dusche und kleinem Balkon. Im Souterrain wurde die Küche mit Esszimmer eingerichtet und auch ihre eigenen beiden Zimmer, etwas kleiner als in der Stadt, aber schnuckelig, wie Lena es jedem Besucher erklärte.

Anfangs war vieles ungewohnt für Werner, zumal sie das Frühstück gemeinsam mit den jeweiligen Hausgästen einnehmen mussten. Er war nämlich eigentlich ein Morgenmuffel, jetzt aber sollte er schon früh lächeln und nett sein, nun denn, für Lena tat er ja fast alles.

Und sie hatte recht behalten, es kamen erst zögernd, dann immer öfter die Gäste, viele hatten ihre Pferde bei den Bauern untergebracht und waren nur am Wochenende da, manche kamen Freitags und fuhren Montag ganz früh wieder ab, das wurden häufig Stammgäste; es kamen aber auch Besucher von Pferdebesitzern, oft Verwandte oder Kinder.

Sehr häufig meldeten sich Mädchen an, auch ohne ihre Eltern, so ab zwölf, die waren richtige Pferdenarren, manche kamen die ganzen Ferien, Herbst und Sommer und Ostern, das war Lena sehr recht, da brauchte sie nicht so viel Bettwäsche zu wechseln. Werner kümmerte sich um kleinere Reparaturen, machte die Buchhaltung und gemeinsam fuhren sie zum Einkaufen nach Haidwitz in den Supermarkt.

Mit großem Getöse brach der Dachstuhl unter dem Gewicht der Ziegel zusammen, zerschlug mit die Bodendielen des ersten Stockes und sauste mit den zerbrochenen Resten ins Erdgeschoss. Der heftige Knall und die zerrenden Geräusche der Zersplitterung, das helle hohe Kreischen der Rohrleitungen und das Zirren der Drähte rissen Werner Schubert hoch. Ringsumher in der Luft schwirrten glühende Holzteilchen, Reste von brennbaren Stoffen und Mauerstückchen, wie dichte Schwärme von Glühwürmchen schimmerten Tausende durch das Sonnenlicht, ein Teil versengte Werners kariertes Hemd. Er merkte es nicht.

Nur gut, dass sein Auto in der Werkstatt war, der Anlasser war kaputt. Hier auf dem platten Lande war er auf den Wagen angewiesen, wenn er einkaufen wollte oder zum Arzt musste oder Besucher von der kleinen Bahnstation abholen sollte.

Er hörte jetzt die Sirene der Feuerwehr, lange bevor der rote Wagen die staubige Strasse entlang kam und in der Einfahrt bremste.

Achim Knesebeck stieg aus dem Führerhaus, den blauen Rock und den schweren Helm hatte er auf, aber seine grünen Drillichhosen zeigten, dass er vom Feld gekommen war.

»Das ist aber mal ein schönes Feuer, au weih, au weih!« grüßte er und gab Werner die Hand.

»Meine Jungs kommen gleich, sind schon an der Arbeit, sie haben da hinten am Hasenacker schon den Anschluss gefunden. Wie gut, dass Blohms Fidi seine Beregnung ausgebaut hat, sonst hätten wir hier kein Wasser. Aber wir sollten uns noch ein wenig gedulden, die Männer brauchen ihre Zeit, es soll ja auch alles richtig gemacht werden. Und wundere dich nicht, dass es nicht so viele sind, die meisten sind jetzt im Frühling auf den Feldern, jetzt ist ja die Zeit für Zuckerrüben und Kartoffeln, aber das weißt du ja sicher.«

Am Straßenrand rollten die anderen Männer der freiwilligen Feuerwehr vom Anschlussstutzen am Feldrand bis zu Werners brennender Pension die Schläuche aus, sortierten die verschiedenen Spritzen und legten alle Gerätschaften bereit, dann meldeten sie ihrem Führer Knesebeck »Klar an den Rohren«

Werner fand seine Stimme wieder.

»Wenn ihr vor allem das Souterrain retten könnt, da sind alle Papiere und Unterlagen.«

»Das lass man deine geringste Sorge sein.«

Achim klopfte ihm beruhigend auf die Schulter.

»Wir setzen alles unter Wasser, und wenn dann alles wieder trocken ist, dann kannst du jedes Blatt Papier wieder nutzen, das ist dann wie neu. Und was dann weg ist, dafür gibt es ja die Behörden, und bei so einem Brandschaden, da sind die sehr kulant, da wird es auch nicht so teuer, wenn du einen neuen Ausweis brauchst. Oder so. Und versichert bist du ja, oder?«

»Na klar. Ich bin gegen Brand versichert.«

»Und wo hat das Feuer angefangen?«

»Das Feuer? Ich weiß nicht. Ich war noch unten beim Frühstück, als es losging. Ich roch erst den Rauch und bin dann raus in den Hof und da hab ich die ganze Bescherung gesehen.«

»Jaja, ist schon eindrucksvoll, so ein Feuer.«

»Und warum legt ihr nicht gleich los, ich meine, die Leitungen liegen doch schon, eure Leute haben doch schon die Schläuche ausgerollt und die Spritzen hingelegt.«

»Aber sie müssen sie erst richtig anschließen. Und dann, das weißt du vielleicht gar nicht, wenn so ein Haus abbrennt und zwar total, also bis runter in den Keller, dann zahlt die Versicherung alles, also den ganzen Neubau. Wenn aber das Haus nur halb abgebrannt ist, dann zahlen die auch nur die Hälfte, also nur den Wiederaufbau. Auch wenn man alles abreißen muss, um wieder ein ordentliches Haus zu haben.«

»Also, nein, das habe ich nicht gewusst.«

»Eben. Das wissen die wenigsten, und daher, wenn du einverstanden bist, dann fangen wir erst an zu löschen, wenn der Vollbrand die Grundmauern erreicht hat. Dann kannst du nämlich das gesamte Geld bekommen und dir einen schönen Neubau hinstellen.«

»Also gut. Wenn das so üblich ist.«

Ein neues Auto kam und hielt hinter dem Feuerwehrauto; als der Fahrer ausstieg, zeigte Achim Knesebeck auf ihn und sagte zu Werner:

»Da kommt unser Dorfsheriff, der Erich. Der muss sich auch erst mal ein Bild machen. Schließlich muss er doch alles wissen, was sich so im Dorf tut, oder?«

Als der hochgewaschene etwa fünfzigjährige Polizist in seiner Uniform bei ihnen angekommen war, stellte Achim ihn vor:

»Das hier ist Erich Möller, unser Hüter des Gesetzes, und das hier ist der nicht mehr so stolze Besitzer der Brandstelle, Werner Schubert.«

Die beiden Männer reichten sich die Hände und der Polizist meinte, dass er Werner vom Sehen her schon kenne, vor allem aber habe er seine Frau Lena gekannt.

»Wir haben uns öfters beim Bäcker Lange in Karkenfelde getroffen, wissen Sie, da hat sie oft bei einer Tasse Kaffee gesessen und mit Heide Meiners geplaudert. Schade, dass sie nicht mehr da ist.«

Werner konnte nur nicken. Seine Kehle war auf einmal ganz trocken. Mit der Heide Meiners waren sie gut befreundet gewesen und auch heute noch war sie ihm eine gute und treue Freundin. Da standen die drei Männer und schauten auf das Feuer, das eine hohe dunkle Qualmwolke in die klare Luft sandte.

»Wir machen einen kontrollierten Vollbrand,« sagte Achim, »alles nur wegen der Versicherung.«

Erich Möller nickte. Er kannte so etwas, aber noch besser kannte er den sogenannten »warmen Abriss«, den machten mitunter Landwirte, die in finanziellen Schwierigkeiten steckten und dringend Geld brauchten. Aber meist kam so etwas ans Licht und dann gab es weder Geld von der Versicherung noch eine andere Anerkennung, sondern zusätzlich eine Strafe vom Gericht, und wenn diese dann auch noch in einer Geldbuße bestand, kam es häufig zu einer Zwangsversteigerung, und da hielten sich die Gläubiger dann schadlos und so mancher Bauer konnte auf diese Weise seinen Hof deutlich vergrößern.

Die anderen Männer der Freiwilligen Feuerwehr kamen dann auch dazu, die meisten hatten nur den dunklen Helm auf und trugen noch die üblichen Kleider ihrer alltäglichen Arbeit, Drillichhosen mit großen Taschen und weite karierte Hemden; sie hatten alle Schläuche verlegt und die Spritzen griffbereit. Jetzt warteten sie, bis Achim Knesebeck das Zeichen gab.

Unter der Wasserflut aus den beiden Rohren der Feuerwehr brachen die Flammen bald zusammen. Schon gegen Mittag waren auch die letzten Glutnester gelöscht und die Wehr zog wieder ab, nicht ohne Werners Versprechen, am Abend im Dorfgasthof einen auszugeben.

Wie der erfahrene Gutachter der Versicherung, der eine Woche später die Brandruine begutachtete, dann feststellte, war der Brand durch ein verschmortes Kabel in einer Verteilerdose im vorderen Gästezimmer der ersten Etage ausgelöst worden. Die Versicherung zahlte dann zügig und anstandslos, aber Werner war sich noch unschlüssig, ob er das Haus wieder aufbauen sollte oder nicht.

***

Sie hatte genug gesehen. Lissie stellte das Fernrohr auf die Fensterbank und schlurfte in die kleine Küche. Sie setzte sich an den Tisch mit der Wachstuchdecke und goss sich Kaffee nach. Irgendetwas störte sie. Sie hatte draußen eine Sache oder ein Ding oder einen Menschen gesehen, der war dort, wo er nicht hatte sein sollen. Oder dürfen. Und er benahm sich so, so heimlich. Sie trank nachdenklich. Da war der abgebrannte Hof von dem Schubert, nein, die ausgeräucherte Pension, so hatte er es genannt. Pension. Das klang doch so nobel und vornehm und solide. Dabei wusste jeder hier im Dorf, dass Marthas altes Haus vormals zum Hakenhof gehört hatte und nur wegen der Steuerschulden damals an die Martha verkauft worden war. Und dann hatten die Erben nicht lange warten können, als Martha gestorben war, und hatten rasch eine Pension daraus gemacht. Das brachte auch wieder nur neue Fremde ins Dorf. Der Einzige, der sich gefreut hatte, war Herbert gewesen, Herbert Buthmann, der Kröger vom Dorfkrug. Der verdiente sicher nicht schlecht an den Gästen.

Die meisten der Gäste kamen wegen der Pferde hierher. Seit die übliche Landwirtschaft wegen der hohen Nitratbelastung des Grundwassers und durch die Klimaveränderungen für viele Bauern nicht mehr attraktiv erschien, zumal die Preise für Schweinefleisch oder Getreide in keinem Verhältnis zum Arbeitsaufwand mehr standen, hatten viele Landwirte nach Erreichen der Altersgrenze einfach aufgegeben; die Kinder wollten oft andere Berufe ergreifen, die mehr Einkommen versprachen und weniger körperlich anstrengend waren, was ja heutzutage fast

verrückt erschien, denn wie viele der im Büro Tätigen
ergriffen in ihrer Freizeit schwere Hanteln oder andere
Körpertrainer in den sogenannten Fitness-studios, üb-
ten für den Marathon in ihrer Stadt oder rannten sich
die Seele aus dem Leib in städtischen Parkanlagen, bis
der Schweiß die Augen verklebte, also alles Aktivitäten,
die ein Bauer jeden Tag in seinem Arbeitsprogramm erlebte. Diese Vorstellung allerdings, am Feierabend mit
verschwitztem Hemd und dreckigen Händen ins Haus
zu kommen, war den meisten unangenehm, sie wollten lieber in einem klimatisierten Büro sitzen und sich
nicht häufig herumärgern müssen mit einer oft nachts
leckenden Beregnungsanlage, zerrissenen Weidezäunen
oder zu trockenen oder zu nassen Ackerböden; kurz gesagt, sie wollten nicht von Dingen abhängig sein, die
sie nicht beeinflussen konnten, wie es das Wetter nun
einmal ist. Dass sie sich statt dessen von den Launen
einer Konzernleitung oder dem Auf und Ab des Marktes
abhängig machten in einer unselbständigen Stellung, das
war den meisten nicht bewusst oder auch gleichgültig,
denn so erging es doch den meisten Menschen hier und
überall. Und so schauten die Bauernkinder schon während der Pubertät sehnsüchtig auf die Städter und deren
vermeintlich unendliche Möglichkeiten, und wenn sie
dann größer geworden waren, zogen sie vom Dorf weg
in die Stadt; wenn die Altvorderen dann wegstarben,
wurde häufig das Land verkauft oder verpachtet, in dieser Gegend oft an die große Pferdezucht von Wilkening.
So war aus Ackerland dann Wiese geworden oder Pferdeweiden.

Sie konnte schon wieder einen der großen Trecker hören, die Bauern mähten das Gras ab, sie brauchten ja später im Jahr als Zufütterung das Heu, und es gab sogar einige, die sich auf Heu so spezialisiert hatten, dass sie auf ihren Höfen das Heu trockneten und dann in Plastiktüten verpackten, später transportieren dann große Lastwagen die verpackten Behälter in die Städte zu den verschiedenen Tierhandlungen, wo das Gras oder Heu dann als Streu oder Futter für Katzen, Goldhamster oder Meerschweinchen verkauft wurde.

Lissie war nicht traurig darüber, denn eines hatte sich dadurch auch für sie zum Besseren geändert, der intensive Güllegestank, der früher wie dichter Nebel über allen Dörfern gehangen hatte, der war verschwunden. Jetzt gab es nur noch einen großen Schweinemäster in Karkenfelde, den reichen Reinhold Lahmann, und Lissie fand, es reichte auch, bei starkem Südwind konnte selbst sie hier in Harmshausen die intensive Gülle riechen. Nein, sie fand es insgesamt jetzt viel besser eingerichtet, und sie mochte Pferde, diese eleganten Tiere, und nützlich waren sie auch noch. Natürlich hatten alle Gemeinden in der Heide seit Jahren immer mehr Reiterwege anlegen müssen oder wollen, um die zahlenden Touristen und Freizeitsportler zu halten und anzulocken. Nicht zu vernachlässigen waren uralte Traditionen wie in Lohmühlen, wo alljährlich das große Reiterfest mit den hochdotierten und internationalen Turnieren stattfand. Und jetzt im Frühjahr konnte der Blick aus ihrem Fenster auf die weiten grünen geschwungenen Wiesen und Weiden nach dem Grau und

Braun des Winters nur hoffnungsfroh und positiv anregend auf sie einwirken.

Lissie Cordes trank den Kaffee aus und wusch die Tasse ab.

Aus ihrem kleinen Küchenfenster konnte sie die Dorfstrasse bis zur Kurve sehen, und so bemerkte sie auch den Mann mit der Schubkarre. Der Werner Schubert. Was der nun wohl wieder macht. Wo sein Hof, nein, seine Pension abgebrannt ist. Erst das mit seiner Frau vor ein paar Jahren, und jetzt sein Heim. Er hatte sich ja in all den Jahren allmählich an die meisten Dorfgewohnheiten angepasst und trug jetzt auch wie fast alle Männer hier die grüne Arbeitsjacke, Drillichhosen und eine grüne Schirmmütze. Aber hatte sie ihn nicht gerade bei seiner Brandstelle gesehen? Das war es, was ihr nicht aus dem Kopf gegangen war. An der zerstörten Pension hatte sich jemand zu schaffen gemacht, und sie hatte den für Werner Schubert gehalten. Aber jener Mann war deutlich kleiner gewesen, oder? Lissie schlurfte zurück ins Wohnzimmer und blickte durch den Feldstecher. Richtig, da war ein Mann an der Brandruine, auch mit grüner Jacke, aber er hatte keine Mütze auf und trug blaue Jeans. Er schaufelte Schutt und Ziegel vorsichtig beiseite, es sah aus, als suche er etwas Bestimmtes.

Lissie ging in den Flur und zog die Gummistiefel an, dann stellte sie sich an den Zaun und wartete auf Werner Schubert, der soeben die kleine Steigung mit der Schubkarre bewältigt hatte und in kurzer Zeit auf Lissies Höhe war.

»Moin ok, Herr Schubert, wo wollen Sie denn hin mit all den Sachen?«

Lissie hatte in der Schubkarre ein Durcheinander von bunten Kisten, Aktenordnern, Wollsachen und Plastiktüten erspäht.

Werner Schubert setzte die Karre ab und wischte sich über die Stirn:

»Moin. Tja, ich muss jetzt wohl oder übel all meine Habseligkeiten sortieren, ich bringe sie in mein Zimmer, ich hab mich bei Buthmann einquartiert, irgendwo muss ich ja schlafen. Und da ist es meist schon recht ruhig. Jetzt muss ich all die Überreste, die ich noch finden kann, sortieren, und zum Ordnen muss ich meine Ruhe haben. Ist auch nicht so einfach, ich hoffe nur, dass es trocken bleibt, wenn auch noch jetzt Regen kommt, dann kann ich nicht mehr weitersuchen. Ich bin nur froh, dass manches vom Löschwasser nicht viel abbekommen hat.«

»Dann passen Sie nur auf, dass Ihnen kein Ziegel auf den Kopf fällt, wenn Sie so allein da in der Ruine herumgraben.«

»Ach, wissen Sie, ich bin da ganz vorsichtig. Und zum Glück hat ja auch die Decke gehalten. Zumindest die nach vorn raus. Hinten sieht alles aus wie nach einem Bombenangriff. Jedenfalls kann ich einigermaßen im Souterrain herumkriechen. Nur der Staub und Dreck, manchmal will ich was wegschmeißen und dann, wenn ich die Schmutzschicht abwische, dann ist das doch noch wichtig. Nur die Wäsche, die ist wohl hin. Und ich sehne mich nach meinem bequemen Bett.«

»Das kann ich gut verstehen, ich kann auch in fremden Betten schlecht einschlafen.«

»Das Bett im Dorfkrug geht aber, vielleicht etwas weich, haben ja sicher schon viele drin gelegen. Ja, es wird wohl eine ganze Weile dauern, bis ich wieder ein eigenes Haus haben kann.«

»Wollen Sie denn alles wieder so aufbauen und dann weitermachen, ich meine mit der Pension und so?«

»Mal sehen, genau weiß ich das noch nicht. Erst mal muss ich abwarten, wann der Bescheid von der Feuerversicherung kommt, wieviel das sein wird, und dann muss ich Pläne machen. Der Horst Hartmann hier, der Architekt, der hat mich vor ein paar Tagen schon gefragt, was ich mir denn so denke, und mal sehen, was der so vorschlägt. Das will alles doch gut überlegt sein, denn noch mal so richtig bauen, also, das werde ich wohl nie wieder. Aber jetzt war genug Pause, Sie entschuldigen, ich muss.«

Und Werner nahm beherzt die Griffe in die Hände und schob die Karre weiter zum Dorfkrug.

Lissie ging wieder ins Haus, stellte die Gummistiefel an ihren Platz im Flur und schaute in der Wohnstube durch das Fernglas zur abgebrannten Pension. Der Mann dort hatte jetzt einen langen Ast, mit dem stocherte er in dem Schutt herum. Sie stellte das Okular schärfer: Nein, sie kannte ihn nicht. Ein ihr vollkommen unbekannter Mann. Er war nicht aus dem Dorf, auch nicht aus den umliegenden Ortschaften, denn dann hätte sie ihn auf einem der Schützenfeste oder dem großen Erntedankfest mit anschließendem Festbankett sicher schon einmal gesehen. Ein völlig Fremder. Und der schaute sich immer wieder um, als ob er befürchtete, dass Werner Schubert zurückkommen könnte und ihn überraschen würde. Also trieb sich dieser Fremde da unberechtigterweise herum. Sollte sie im Dorfkrug anrufen und dem Schubert Bescheid geben? Oder besser die Polizei anrufen, weil ja sicher Einsturzgefahr bestand, so war zu vermuten, und ehe ein noch größeres Unglück geschehen konnte, und überhaupt:

Das Plündern von ausgebrannten Häusern hatte zwar hier in der Heide Tradition, überall schon im dreißigjährigen Krieg war hier geplündert und gebrandschatzt worden, so mancher Ausspannplatz war dem Erdboden gleich gemacht worden, auch hier in Harmshausen waren alle Höfe bis auf die Grundmauern niedergebrannt worden. Das waren damals die kaiserlichen Truppen unter Tilly gewesen, seitdem hatte sich kein Katholischer mehr hier ansiedeln können oder dürfen. Das galt noch heute. Hier hielt man noch auf Tradition. Auf Tradition und Ehre.

Wie Lissie wusste, stahlen sich sogar bis ins letzte Jahr hinein etliche am zwanzigsten April an den Rand der Sandkuhle und gingen zu dem grauen Granitblock, der seit 1934 dort mit der eingehauenen Inschrift »Unserem Führer« versehen war. Aber das waren nur wenige, doch immerhin, es gab sie noch. Die hatten das mit der Tradition noch nicht so recht verstanden. Aber insgesamt fielen die in der Dorfgemeinschaft nicht ins Gewicht, und wenn gelegentlich einer der Ewiggestrigen am Stammtisch einen der alten Sprüche von sich gab, über die vielen Flüchtlinge und was mit denen geschehen sollte, dann wiesen ihn die anderen schon zurecht, diese waren jetzt zum Glück in der Überzahl.

Lissie stellte das Fernrohr wieder hin. Das war nicht ihr Problem. Und wer weiß, vielleicht hatte der Schubert ja diesen Fremden auch angestellt, der sollte beim Aufräumen helfen. Dann würde sie ja schön aussehen, wenn sie nun die Polizei auf den Mann hetzen würde. Und wenn der nun ein Räuber wäre, ein Dieb, der nach irgendwelchen wertvollen Sachen in der Brandruine suchte, tja, damit musste der Schubert eben rechnen, heutzutage. Man sollte ja immer aufpassen, keine Wertsachen ins Auto legen, keine offenen Einkaufsbeutel, und die Haustür auch stets abschließen.

Ja früher, Lissie kannte das noch, da waren im Dorf alle Türen offen gewesen, man ging zu den Nachbarn und borgte sich Salz oder Mehl, der eine hatte gute Hühner, der andere kochte Marmelade, der dritte schlachtete ein Schwein, da gab und nahm man untereinander, jeder hatte ein Auge auf den anderen. Wenn einer krank wurde, dann kochten die Nachbarn für ihn mit oder ernteten und droschen auch bei ihm, und dann kamen in der Nachkriegszeit viele, die nur durchzogen, und da fehlte dann mal hier ein Sack Mehl und dort ein Stück Speck, da wuchs das gesunde Misstrauen der Heidjer wieder an.

Und heute, wenn nachts Motorenlärm am Waldrande zu hören war, dann kam kein Dörfler zu spät vom Geburtstag oder einer der Jagdpächter hatte sich festgefahren, nein, dann versteckten die Autodiebe aus der Stadt ihre Beute in den Tannen, dort wurden sie dann ausgeschlachtet, und am nächsten Tag fuhr der Bauer auf seine Koppel und fand dann nur den weggeworfenen Autorumpf; Instrumente, Reifen, Kotflügel, Lampen und Airbags waren ausgebaut und, wie Erich Möller, der Dorfpolizist vermutete, alles steckte in flinken Kleinlastern auf dem Weg nach Polen und war damit für immer verschwunden.

Früher. Das war einmal. Lissy seufzte leise auf. Damals, als Jan noch gelebt hatte, als die Nächte noch warm gewesen waren und das Heu so herrlich geduftet hatte, sie hatte sich extra ein neues französisches Parfum gekauft in Vosshagen in der Drogerie, und Ende Mai war es, die Sonne stand schon fast über den Bäumen, als sie nach Hause gegangen waren. Ja, der Jan! Es war ein wunderbarer Sommer gewesen, und fast keiner hatte es gewusst. Und dann im Herbst diese Treibjagd, diese verfluchten Stadtjäger, die hatten nur ihre Trophäen im Kopf und wer den besten Bock schießen würde, und dann dieser dämliche Anwalt, noch grün hinter den Ohren, vor Gericht sagte er aus, dass er ganz deutlich einen Bock gesehen hätte. Jan hatte auf Blohms Leiterwagen gelegen und sie konnte nicht anders, sie hatte sich über ihn geworfen und geheult, Anke Petersen und Wiebke Feldmann hatten sie schließlich wegzerren können. Ja, der Jan. Lissy schaute die leere Straße entlang, drehte sich um und ging zurück ins Haus.

***

Werner Schubert saß auf der Eckbank in Buthmanns Dorfkrug vor einem großen Teller mit leckerem Schweinebraten mit Kartoffeln und Rotkohl und kaute bedächtig. Vom Stammtisch unter dem schweren schmiedeeisernen Leuchter rollte Gelächter zu ihm, es ging um die Kandidaten der Bürgermeisterwahl in Karkenfelde, die sich am gestrigen Abend im Dorfgemeinschaftshaus vorgestellt hatten und viel Freibier ausgegeben hatten, ja ausgeben mussten: sie wollten ja gewählt werden von den immer durstigen Landfrauen und –männern. Achim Knesebeck führte das große Wort, wie häufig, wenn er etwas zu viel Schwarzbier getrunken hatte. Noch zwei, drei Gläser, dann würde er zusammensinken und wie ein alter Kartoffelsack in der Ecke liegen und schnarchen.

Werner kannte das inzwischen; er aß jetzt jeden Abend hier, seit er oben in dem kleinen Gastzimmer wohnte; zum einen brauchte er so nicht selbst zu kochen, tagsüber räumte er noch immer in seinem abgebrannten Haus umher und suchte nach Brauchbarem, zum Anderen kochte Frau Buthmann ziemlich gut. Sie war eine imposante Erscheinung mit klarer harter Stimmlage und beinahe die einzige, die ihren Mann Herbert zum Schweigen bringen konnte.

Am Stammtisch saßen fünf, sechs Landwirte zusammen mit dem Förster Harry Brodersen, dessen Jagdhund schon einen ganzen Blechnapf Malzbier ausgeschlürft hatte, er lag nun unter der Holzbank und schlief. Die Männer tranken gemächlich. Sie redeten nicht allzu viel, meist über Rapsanbau und Kartoffelpreise, oder den unerwarteten Frosteinbruch Ende März; es hatte vor allem die Obstbauern getroffen, die meisten Blüten waren angefroren oder gar erfroren. Also würde es mit der ertragreichen Ernte nichts werden in diesem Jahr, die Äpfel würden wieder teurer werden, und es war sicher zweifelhaft, ob es genügend Birnen und Kirschen geben würde. Einige Bauern hatten mit brennenden Ölfässern zwischen den Reihen der Obstbäume versucht, gegen den Frost anzuarbeiten, aber es war nicht sicher, ob sie es geschafft hatten, wenigstens einen Teil der Ernte zu sichern. Die Getreidebauern hingegen grübelten über die erhebliche Nässe ihrer Felder, der Boden wurde dadurch so schwer, dass sie mit ihren schweren Geräten nicht auf die Äcker kamen, bei vielen stand das Wasser in großen Pfützen und ließ die Wintersaat verfaulen.

Werner hörte nicht richtig hin. Im Laufe der Jahre hier in Harmshausen hatte er gemerkt, dass die Bauern immer etwas zu beklagen hatten, was auch immer. Erst als der alte Lüders mit seiner etwas krächzenden Stimme von dem Pferdeschlächter zu erzählen begann, lauschte Werner aufmerksam. Denn er mochte die schnellen Tiere mit den weichen Schnauzen und den großen dunklen Augen.

»Ich war selbst dabei, das könnt ihr mir glauben, das war kein schöner Anblick. Dieses stolze Ross, ein hoher kräftiger Hengst, er hatte nur einen weißen Huf, alles andere war dunkelbraun, das war Wilkenings ganzer Stolz gewesen. Und er wollte mit ihm nach Lohmühlen zur Military fahren. Da lag es nun, das arme Tier. Der Unhold hatte ihm den Hals aufgeschlitzt. Ich sage euch, das ist ein richtiger Schlächter, ein Tierschänder, ein wahrer Unmensch!«

»So einer darf nicht mehr rumlaufen hier.«

»So einfach den Hals durchgeschnitten …«

»Ja, wie mit einer Sense. Eine scharfe Sense, der Kopf war fast ab. Der hing nur noch an ein paar Knochen. Und all das Blut im Gras. Ich hab sofort die Polizei angerufen, Wilkening konnte ja nicht. Der kniete nur vor dem toten Tier und heulte und jammerte. Mein Gott, ich hab einen Mann selten so weinen sehen!«

»Ein verdammter Saukerl, der das gemacht hat.«

»Der kann nicht von hier sein. Von allen Leuten hier, und auch aus Vosshagen oder Karkenfelde, das traue ich keinem zu.«

»Aber warum nur? Wer hat denn ein Interesse daran, einfach Pferde abzuschlachten. Oder wollte jemand den Wilkening treffen?«

»Das glaub ich nicht. Dann hätte der gewartet, bis der Hengst das Rennen gewonnen hat, dann hätte es Wilkening noch tiefer getroffen.«

»Oder er hätte das Pferd einfach mitgenommen und verkauft. Man weiß ja, dass die Polen nicht immer auf gültigen Papieren bestehen.«

»Ob echt oder nachgemacht, das ist denen doch egal.«

»Und einen guten Preis hätten sie allemal für so ein Tier bekommen.«

Und so wandte sich das Gespräch dann den polnischen Eigenschaften zu. Die Bauern hier hatten alle schon mit Polen gearbeitet, jeden Frühling holten sie sich eine Mannschaft aus Polen für die Arbeit auf den weiten Erdbeerfeldern, die blieben dann meist bis zum Herbst; oben am Fluss zur Apfel- und Birnenernte und auch auf dem Kartoffelroder oder bei der Gurkenernte waren die polnischen und tschechischen Arbeiter sehr gern gesehen und wurden auch, zumindest in den meisten Betrieben hier im Landkreis, anständig bezahlt. Sonst würden sie in der nächsten Saison ja nicht wiederkommen. Das war die eine Seite, die unentbehrlichen Arbeiter aus Polen, die sich nicht scheuten, die Hände dreckig zu machen, die jede Form von Arbeit verrichteten, fleißig waren und achtsam mit den Früchten.

Aber es gab auch die professionellen Diebesbanden aus dem Ostblock, aus Rumänien oder dem ehemaligen Jugoslawien, die vor allem Autos der oberen Preisklasse stahlen und im Wald zerlegten und ausraubten, und da gab es wohl noch rumänische Banden oder junge Männer aus der Ukraine und Russland, nur selten waren auch Polen unter denjenigen, die von der Polizei gefasst wurden. Daher schauten die Landwirte hier in der Gegend sich alle Fremden genauer an, und so manch einer schlief seit geraumer Zeit stets nur noch mit seinem Gewehr neben dem Bett: »Das ist nur für den Fall der Fälle, nicht dass du etwas glaubst, ich würde einen erschießen, aber wenn ich so einen von den Gaunern hören sollte oder gar zusehe, wie er in meinen Geräteschuppen einbricht und sich an den teuren Werkzeugen vergreifen will, dann brenne ich ihm doch eine gehörige Ladung Schrot auf den Pelz, sollst mal sehen, wie der dann hüpfen kann und abhaut. Und ich kann dir sagen, wenn einer erst meine Schrotkugeln im Hintern hat, so einer kommt dann erst mal nicht wieder.«

Werner Schubert beendete seine Mahlzeit und trank

sein Glas aus. Das war schon was, ein Pferdemord. Und keines der eingestellten Pferde von reichen Hamburgern oder Fabrikanten aus dem Ruhrgebiet war auf der Weide hingeschlachtet worden, nein, ein hiesiges Tier, ein Hengst vom Wilkening, den er vermutlich zur Züchtung vorgesehen hatte. Wilkening war ja dafür bekannt, dass er gutes Zuchtmaterial hatte, er bildete seine Pferde auch selbst aus, springen, Geländeritte und sogar Dressur, seit die Heide Meiners bei ihm als Pferdewirtin angestellt war.

Ja, die Heide. Werner mochte sie. Sie war eine der besten Freundinnen von Lena gewesen. Oft waren sie in den Jahren vorbeigekommen, wenn Heide auf dem abgezäunten Pferch im festen Sand geübt hatte, Piaffe, Querungen, Antraben, Schritt halten, verhalten. Sie hatten sich gut unterhalten, denn auch die Heide las gern und viel.

Sie waren auch einmal gemeinsam nach Worpswede gefahren, Lena und Heide Meiners und ihr Mann Günter, allerdings auch mit den anderen vom Reiterverein, hatten dort die Museen und das berühmte Cafe besucht und waren sich über Paula Moderson-Becker einig gewesen, Werner mochte deren Bilder noch mehr als die von dem Vogeler. Für ihn waren sie ehrlicher, direkter, sie zeigten die Menschen so wie die Landschaft hier war, verwurzelt, schwermütig, da war immer etwas Unergründliches in der Tiefe, wie beim Moor, dachte er. Die Bilder vom Vogeler kamen alle sehr viel leichter daher, eher etwas vornehmer, gediegener, idealer, wie der weite hellblaue Himmel mit ein paar zarten Schleierwolken.

Der grandiose Unterschied zwischen den beiden, der Sog in die Tiefe einerseits und das sich Erhebende, aufwärts Strebende andererseits, dieser Kontrast zwischen den beiden, das gab in ihm eine kreative Spannung, das regte ihn an zu weiten hochfliegenden Gedanken und gleichzeitig gab es festen Halt, machte ihn bescheidener und bodenständiger. Und beides in sich zu spüren und auszuhalten, das erzeugte schon ein tiefes, warmes Gefühl, lebendig zu sein.

Der Worpswedeausflug war für Heide Meiners auch eine Hommage an Rilke gewesen, und Werner und Lena hatten ihr dann zu Weihnachten das Buch von Modick über Rilke in Worpswede geschenkt, welches den verehrten Dichter in einem anderen, vermutlich ehrlicheren Lichte zeigte. Heide war erst von dem Buch begeistert, aber je weiter sie las, desto düsterer wurde ihre Stimmung, und am Schluss war sie regelrecht wütig gewesen und hatte den Autor laut und zornig beschimpft. Allerdings nach etwa einer Woche, da konnte sie schon wieder lächeln und hatte zu Werner gesagt, dass sie das Buch »Konzert ohne Dichter« alles in allem doch ziemlich gut fände; sie habe sich erst von ihrer Jungmädchenschwärmerei für den großen Lyriker trennen müssen, jetzt als erwachsene Frau könne sie, so wie es in dem gut geschriebenen Buch dargestellt worden war, neben dem großen Dichter auch den Menschen, den Mann sehen, der wie eben alle Menschen auch so seine Fehler gehabt habe.

»Na, war alles nach Wunsch?«

Ortrud Buthmann, die Gastwirtin, stand auf einmal

vor Werner und wollte den abgegessenen Teller abräumen.

«Noch ein Bier vielleicht?»

»Ach ja, noch eins für den Weg, Das geht klar.«

Auf dem Weg zum Tresen klingelte ihr Handy und sie redete eine Weile, den Kopf in Schieflage, das kleine Telefon ans Ohr gepresst, mit den Händen zapfte sie das Bier für Werner. Er wunderte sich immer wieder über diese Fertigkeit bei Frauen, wie nannte man das auf neudeutsch: die Fähigkeit des Multitasking, weil Frauen ja viele Dinge zur gleichen Zeit erledigen konnten. So schrieben sie es immer wieder in den Zeitungen. Als ob das eine ganz neue und ungeheuer wichtige Erkenntnis sei. Als ob in früheren Zeiten die Frauen immer nur die Hände in den Schoß gelegt hätten. Dabei waren die Anforderungen an Frauen schon immer durch alle Zeiten hinweg ziemlich hoch gewesen, nicht nur die von der Gemeinschaft für selbstverständlich gehaltenen Dinge wie Sorgfalt bei der Kinderaufzucht, Essen kochen und das Haus in Ordnung halten, für Wärme sorgen, Kleidung herstellen, Hilfe bei der Feldbestellung und Ernte oder Nahrungssuche, und dann sollten dazu noch die so wichtigen Erwartungen der Männer hinsichtlich Schönheit, Treue und Gehorsam erfüllt werden.

Alles in allem, fand Werner, hat es doch ziemlich lange gedauert, bis im Laufe der Jahrhunderte eine vorsichtige Emanzipation sich durchsetzen konnte; denn auch heute, wo fast jede Frau über Handy und einen Beruf verfügte, bestimmten das Zusammenleben immer noch diese alten eingeübten Verhaltensweisen der Männer oder einiger Gesellschaftsteile, die das Etikett: Küche Kinder Kirche für Frauen, insbesondere für Ehefrauen, als angemessen erachteten.

Werner setzte sich besser zurecht. Am Stammtisch leerten sie die Gläser und die Ersten gingen schon. Werner wusste, dass manche der Ehefrauen streng darauf achteten, dass ihre Männer ja rechtzeitig zum Abendbrot am Tisch saßen, sonst würde es großen Ärger geben. Manch einer hatte schon, ob Sonne oder Regen, vor der verschlossenen Tür gehockt. Aber zum Glück für die Bauern hatten sie regendichte Ställe und auch meist genug Heu, für eine Nacht ging es schon mal. Aber am nächsten Morgen kam dann das erwartete Donnerwetter um so heftiger. In Vosshagen hatte eine zornige Ehefrau ihren Mann, der zu spät nachts auf den Hof gekommen war und sich noch erleichtern wollte, auf dem Plumpsklo eingesperrt. Er hatte sich dort in aller Ruhe hingesetzt, um seine Geschäfte zu verrichten, da hatte sie mit dem Wäscheseil die Türe fest verzurrt und ihn bis zum nächsten Mittag in der kleinen Holzhütte schmoren lassen. Das ganze Dorf hatte laut gelacht, als er mit hochrotem Kopf dann befreit herausgekommen war und in all die grinsenden Gesichter sehen musste.

Frau Buthmann brachte das Bier:

»Das war eben meine Tochter Karo. Sie muss heute länger arbeiten, sie ist bei dem Anwalt Schultze in Vosshagen als Notargehilfin, und da ist sie die erste Kraft, seit Jahren schon, und manchmal kommt es eben so, da muss sie länger im Büro bleiben, weil einer eben später kommt, oder wenn ein Gerichtstermin länger dauert.

Aber ich bin sehr stolz auf sie, sie hat es geschafft, erst die Oberschule und dann die lange Ausbildung. Jetzt hat sie erst mal eine kleine Wohnung in Vosshagen, schön möbliert gemietet, Sie wissen ja, wenn sie mal heiratet, dann kann sie sich etwas richtiges kaufen, zusammen mit dem Zukünftigen. Wissen Sie, hier auf dem Lande gibt es für ein kluges Mädchen nicht so viele Möglichkeiten, jedenfalls wenn sie hier in der Gegend bleiben will. Ja, wenn eine in die Stadt gehen will, dort kann sie dann ja ziemlich viel machen. Aber meine Karo ist nicht so, sie mag die Stadt nicht, das ist ihr viel zu viel. Sie sagt immer, dass sie hier die Leute kennt und versteht und alle mögen sie und sie fühlt sich hier wohl. Denn Harmshausen hier ist ihr wahres Zuhause, ist Heimat, verstehen Sie, Heimat! Ja, das ist es, was wir alle hier wohl meinen, na, Sie kennen das ja, von unseren Festen her, und warten Sie nur ab, noch zwei, drei Jahre, und Sie wollen auch nicht mehr weg hier.«

»Das will ich jetzt schon nicht, Frau Buthmann.«

Frau Buthmann griente über das ganze Gesicht, wischte wie beiläufig auf dem Tisch herum, schaute dann zum Stammtisch und sagte:

» Ist ganz schön derbe, das mit dem Hengst von Wilkening, finden Sie nicht?«

»Ja, wie kann man aber auch einfach hingehen und so ein treues Tier abstechen.«

»Wissen Sie, Herr Schubert,« sie beugte sich vertraulich über ihn, »ich denke mir ja, das war ein Warnzeichen. Das hat dem alten Wilkening gegolten. Der will ja immer nicht hören. Damals mit dem Kirchacker auch, da musste erst sein Sohn krank werden, dann erst hat er dem Verkauf an die Gemeinde zugestimmt. Und heute sind alle froh, der neue Friedhof, wissen Sie. Das war früher mal der Kirchacker von Wilkening. Den wollte er nicht hergeben. Aber die Gemeinde brauchte doch den Platz. Der alte Friedhof war schon voll, und keiner wollte, dass da ein Grab eingeebnet werden sollte. Denn jeder hatte ja seine Familie da begraben. Also musste der Friedhof vergrößert werden, und da bot sich nun Wilkenings Acker an. Aber der hat ja einen Dickschädel, da kann man zwei draus machen. Und der Pastor hat gebetet und ihn bekniet, und der Bürgermeister auch. Er sollte sogar Steuernachlass bekommen. Hat alles nichts genutzt. Erst als der Sohn krank war und sein Leben auf der Kippe stand, da hat der Alte eingewilligt in den Verkauf. Und hat sich gleich die beste Lage für sich und die Seinen reservieren lassen. Und jetzt, denken Sie dran, das mit dem Hengst, das ist das erste Opfer! Denken Sie an meine Worte, wenn wieder was Böses in unserem Dorf geschieht.«

»Das kann ich mir gar nicht vorstellen, Frau Buthmann. Hier im Dorf, etwas Böses. Alle Menschen hier sind doch eigentlich ziemlich friedlich, so kommt es mir zumindest vor.«

»Von wegen friedlich!«

Frau Buthmann setze sich zu ihm an den Tisch.

»Haben Sie noch nie etwas von dem Gellert gehört? Das war der Bauer oben am Teich, am Forellenteich. Der hat den ja auch erst ausgebaggert, soviel ich weiß. Sagte mir mein Mann jedenfalls. Also der Gellert, der hatte den Hof, den jetzt der Clausen bewirtschaftet. Und der hat in einer dunklen Nacht, es muss im April gewesen sein, ja, etwa in dieser Jahrszeit, da hat er seine Frau umgebracht. Hat sie erschlagen, mitten im Schlaf, einfach so. Der Gehrke, unser Polizist damals, der hat es mal erzählt, der Gellert soll immer so ein ganz ruhiger und stiller gewesen sein, und seine Frau war doch erheblich jünger als er und sie soll so voller Lebenslust gewesen sein. Ich hab sie ja nicht mehr gekannt, ich bin ja aus Karkenfelde, ich meine, da bin ich aufgewachsen. Und diese lustige Frau hat dem stillen Bauern die Suppe gekocht und die Hühner gefüttert, und dann eines Nachts erschlägt er sie. Der Möller meinte, dass der Gellert es einfach nicht mehr hat aushalten können, wie die anderen Männer auf dem Schützenfest immerzu mit seiner Frau tanzen wollten, und er hat wohl alles in sich hineingefressen, und dann hat er in der Nacht einfach zugeschlagen. Ja, so sind die Männer hier. Erst nix sagen, und dann einfach zuschlagen.«

»Nein, von dem Gellert hab ich noch nie was gehört.«

»Na ja, das war auch schon vor dreißig Jahren. Aber man kann nie wissen, dieser Menschenschlag von hier, der frisst alles in sich rein. Sie hören es ja am Stammtisch, wie die über den Pferdeschlächter reden. Nur ein ganz klein wenig Gerede, aber wehe, wenn sie den erwischen sollten. Ich weiß von Hermann Blohm, dass so mancher jetzt nachts auf Wache geht. Sie machen es wie auf der Jagd, gehen nur mit der Flinte unter dem Arm, kontrollieren die Zäune und die Tiere. Und wehe, wenn sie den erwischen sollten. Der kommt nicht vor Gericht, nee!

Den hängen sie gleich hier, oder sie verpassen ihm eine Ladung Schrot ins Gemächt, und dann rufen sie die anderen Bauern zusammen, und dann kommt das Femegericht. Mit Fackeln und so. Ja, so sind die hier. Wenig reden, aber handeln. So, nun muss ich aber wieder.«

Frau Buthmann erhob sich und ging in die Küche. Werner Schubert blickte ihr lange nach. Dann ging auch er nach oben in sein Zimmer, um weiter die Papiere zu sortieren, die schon trocken waren.

***

Am Abendhimmel zogen dunklere Wolken in das westliche Rosa. Werner Schubert zeigte Charlie Drebber an der Brandruine, wo er mit seinem Minibagger Geröll, Müll und Hausreste entfernen sollte. Charlie kratzte sich unter der grünen Mütze, ging ein paar Schritte hinein in den geschwärzten Müllberg, schaute sich um und meint dann:

»Das lässt sich wohl machen. Wenn es dir recht ist, dann komm ich am Freitagabend schon und bring erst mal den Bagger in Stellung. Am Sonnabend dann fang ich an. Und dann werden wir ja sehen, wie weit wir kommen. Und vielleicht kann ich sogar in der Woche immer mal wieder kommen, denn im Moment ist nicht so viel los im Dorf. Nur am Donnertag, da muss ich bei der Müllabfuhr helfen, da kann ich nicht.«

Werner nickte dankbar.

Er hatte sich auf den Rat von Achim Knesebeck an Charlie Drebber gewandt. Charlie war seit Jahren schon der Gemeindearbeiter von der Samtgemeinde, man hatte ihn noch nie ohne seine grüne Mütze und die abgeschabten Gummistiefel gesehen. Er reinigte die Gräben mit dem Minibagger, zog die Zäune nach, hob auf dem Friedhof die frischen Gräber aus und entsorgte die alten grünspanbesetzten Grabsteine; im Herbst war er für die Fallobstwiesen zuständig und sorgte dafür, dass die weniger gut Bemittelten des Dorfes, meist Witwen oder ledige Frauen, vom Gemeindeobst ihren Anteil erhielten; und so manche Witwe wusste Charlies Gunst zu schätzen, wenn sie nicht zu alt war; so jedenfalls dröhnte es mitunter am Stammtisch bei Buthmanns in Harmshausen. Charlie war zuständig für die Straßenreinigung, die Kanalreinigung, das zeitige Beschneiden der Gemeindeknicks, und im Winter musste er Eis und Schnee von den Wegen schieben und alle öffentlichen Strassen passierbar halten. Natürlich konnte er auch mal den einen oder anderen Privatweg freischieben, wenn es eben so passte, da sagte keiner was. Und zum Glück tat der Bürgervorsteher immer so, als ob er von nichts was wüsste.

Charlies ganzer Stolz war sein Minibagger, ein japanischer Takeuchi mit Gummiketten, auswechselbaren Löffeln – je nach Tiefe gab es da vier verschiedenen Breiten von 5o Zentimeter bis zu einem Meter -, und das Größte für Charlie war das beheizbare Fahrerhäuschen. Ob Sommer oder Winter, wenn er auf seinem Minibagger sitzen konnte, fühlte er sich wie ein König, und so nahm er jede zusätzliche Arbeit an, wenn er diese auf und mit dem Bagger machen konnte. Sogar sein geliebtes Handy konnte er ausschalten, wenn er auf seinem durchgesessenen Sitz thronte.

Über den Preis waren sie sich schnell einig und Charlie fuhr auf seinem Moped dann knatternd zurück an seine Schlafstatt, als die Sonne ganz verschwunden war; er ging immer früh ins Bett, sein Wecker klingelte ja schon um halb fünf.

Als Werner Schubert am Samstag bei seinem Grundstück ankam, war Charlie schon bei der Arbeit. Er schaufelte Geröll, kleine Mauerreste und angesammelten Dreck an eine Stelle neben der Zufahrt, damit später dann der Trecker von Knesebeck mit dem Hänger dort halten konnte, dann wurde aufgeladen und alles zur Müllkippe gebracht. Werner Schubert hatte es sich genau ausgerechnet, wenn er den Abtransport und die Aufräumarbeiten in Eigenregie leistete, sparte er über zehntausend Euro. Denn von dem Geld der Versicherung blieb nach seinen bisherigen Schätzungen nicht genug übrig, wenn er die Pension wieder so aufbauen wollte, wie er sich das nun in langen Nächten ausgedacht hatte. Diesmal aber mit geräumigen Appartements, die alle ihr eigenes Bad bekommen sollten, schließlich verlangten die Gäste heutzutage eben mehr Komfort als noch vor zehn Jahren. Und er musste ja auch noch so manches mit dem Architekten Hartmann bereden, vor allem die Berechnungen der Statik, damit das Bauamt auch alles genehmigen konnte.

Am schwierigsten würde das mit der Heizung werden. Viele im Dorf heizten mit Öl, sie hatten meist in der Erde einen großen Tank vergraben. Es gab aber auch einige der Landwirte, die nur mit Holz heizten, sie hatten viel Wald in ihrem Besitz, und was sie dort an Totholz fanden oder schlagen mussten, das konnten sie gut verheizen, so kostete sie das nichts, und ein rechter Bauer achtet immer auf die Kosten. Es gab dann einige wenige, die hatten auf der Scheune eine Fotovoltaikanlage und damit konnten sie bequem das Brauchwasser und die Heizung betreiben. Werner hatte damals lange mit Lena überlegt, ob sie die alte Heizung von Tante Martha weiter laufen lassen sollten, aber sie waren sich im Laufe der Jahre nie so recht drüber klar geworden, und dann war Lena gestorben und Werner hatte alles so laufen lassen, und jetzt musste er sich endlich entscheiden. Also weiter mit Holz und Kohlen, oder lieber mit Fotovoltaik, aber damit verhunzte er das Dach, wie er fand, oder einfach mit Strom, Nachtstromaggregate zum Beispiel. Gasheizung kam nicht in Betracht, obwohl es im Dorf auch einige Bauern gab, die einen Gastank auf ihrem Hof stehen hatten und damit ihre Heizung betrieben. Weil es günstig war, so sagte man jedenfalls. Aber Werner mochte kein Gas, er mochte nichts, was explodieren konnte, er konnte und wollte auch zum Jahreswechsel keine Raketen in den Himmel schießen. Abgesehen von dem Geld, was man damit einfach in des Wortes wahrer Bedeutung verbrannte, man schädigte damit auch die Umwelt, denn der Feinstaub, der allein in der Silvesternacht in aller Welt in die Luft gepustet wurde, war so viel, wie sonst in einem ganzen Monat produziert wurde. Werner musste das also mit der Heizung noch unbedingt mit dem Architekten durchsprechen.

Charlie saß vergnügt in seinem Bagger und winkte, rauchte eine von seinen filterlosen selbstgedrehten Zigaretten und schaufelte eine Ladung nach der anderen auf die Seite. Werner durchsuchte dann die jeweilige Schuttmenge nach Dingen, die noch brauchbar waren oder vielleicht repariert werden konnten. Als er mit seinem Schuh gegen etwas stieß und es klirrte, grub er mit den Händen nach.

Flaschenreste und ein verbogenes Metallschild. Er nahm das etwa dreißig Zentimeter lange Messingstück mit der eingeätzten Aufschrift »Mezzanin« in beide Hände und setzte sich auf den Baumstubben. Das Mezzanin-Schild. Lena hatte es auf dem großen Flohmarkt am Wiener Naschmarkt entdeckt. Es hatte golden in der Sonne aufgeblitzt und war an einer Ecke schon etwas angelaufen. Sie hatten nicht gewusst, was das zu bedeuten hatte und bei dem leicht schmierig wirkenden unrasierten Händler mit der blauen Pudelmütze nachgefragt. Der hatte den Kopf schief gelegt und mit der Zigarette im Mundwinkel zwischen den Zähnen gesagt:

»Ach so, Piefkes! Ja mei, wir hier in Wean sagen halt Mezzanin zu einem Hochparterre, aber da muss das Häusl scho a bisserl größer sein, verstehst?«

Lena hatte das Schild dann spontan gekauft und gestrahlt:

»Das brauchen wir für unser erstes Haus, du wirst schon sehen.«

Und richtig, als sie Tante Marthas Haus in der Heide geerbt hatte, brachte Lena die kleine Messingtafel im Flur am Aufgang zur Treppe an und freute sich, wenn manch einer der Heidjer oder Gäste ratlos vor dem Schild stand, sich am Kopf kratzte und meinte:

«Was soll das denn heißen? Na ja, die Welt wird immer verrückter, Tag für Tag.« Oder so.

Wien. Das waren warme Frühlingstage gewesen, überall freundliche Gesichter, bis auf die Kellner in den Wirtschaften, den Beisln; aber die mussten ja schon von Berufs wegen schlechte Laune demonstrieren. Lena wollte unbedingt ins Circusmuseum gehen, und dann zu den Pradler Ritterspielen, wo Amateure in Blankversen eine gar schaurige Moritat aufführten. Und natürlich der Prater, das Riesenrad, das ganz langsam fuhr und den Blick auf die Stadt freigab; Lena hatte sich ein wenig gegruselt, als er ihr vom »Dritten Mann« erzählte, und sie hatten später die berühmte Melodie, auf der Zither gespielt, wie es sich für Wien geziemt, im Lokal »Zum lustigen Augustin« gehört; sie hatten grünen Veltliner bestellt und Tafelspitz; und statt Kartoffeln sagten die Wiener Erdäpfel und die Tomaten hießen Paradeiser. Es war eine unbeschwerte glückliche Woche voll Sonne, Wein und Musik; keine lange Fiakerfahrt, das war ihnen zu teuer, statt dessen einmal mit der Straßenbahn den ganzen Ring herum fahren, vorbei an Burgtheater, Parlament, Heldenplatz, den Museen, der Oper, und dann Sachertorte mit einem kleinen Braunen. Lena schwelgte auch später noch von der Wiener Woche, wie sie es nannte. Ach, Lena.

Werner stöberte weiter in den Brandresten. Aber da war nicht viel. Eine leicht verbeulte Metallvase kam wieder ans Tageslicht, Lena hatte sie ins oberste Regal in der

Abseite verbannt. Werner konnte sich noch gut an Tante Marthas Ausspruch erinnern: »Ich kann sie nicht ausstehen. Aber ich hab sie von der Lüders zum Geburtstag geschenkt bekommen, vor unserem großen Streit, und die hat erst im Nachhinein erfahren, dass es echtes Silber ist. Oh, was hat sie sich geärgert. Und weil es mich freut, wenn die sich ärgert, bleibt die hier stehen auf der Fensterbank, Auch wenn ich die nicht leiden mag. Aber jedesmal, wenn die Lüders hier vorbeikommt, ärgert sie sich wieder, und da hab ich meinen Spaß an.«

Werner nahm die Vase und legte sie in die noch leere Schubkarre. Um zehn stellte Charlie den Motor ab und kletterte aus der Kabine, setzte sich zu Werner auf den Rasen und rollte sich eine Zigarette. Sie schauten über das Tal hinab, überall sattes Grün.

»Hier ist doch wirklich ein schöner Platz.« sagte Charlie. »Die Tante hat es schon ganz richtig gemacht. Und du wirst sehen, wenn das Haus erst mal wieder eingerichtet ist, dann kommen auch wieder die Leute her. Und im Sommer hast du dann keine Betten mehr frei.«

Werner lacht auf.

»Im Sommer? Da sind wohl erst die Grundmauern fertig. Ich werde froh sein, wenn ich zum Oktober einziehen kann. Das jedenfalls hat mir der Bürgermeister gesagt.«

»Ah, der Bürgermeister. Na, der muss es ja wissen. Und hast du denn schon alle Papiere fertig? Soviel ich weiß, wenn man baut, da müssen doch einige Behörden ihre Stempel drauf machen, oder nicht …«

»Da hast du recht. Ich muss erst mal die Pläne mit dem

Architekten bereden, und dann werden sie eingereicht, und wenn die genehmigt sind, dann werde ich die Firma mit dem Bau beauftragen.«

»Und da ist es doch ganz praktisch, dass unser Bürgermeister eine kleine Baufirma hat, oder nicht?!«

Charlie boxte ihm in die Rippen und griente breit. Dann schaute er nach rechts und links, atmete schwer und tief ein:

»Sag mal, hast du nicht auch dieses Frühlingsgefühl, wo die Sonne so hell und die Luft so trocken ist ...?«

Werner verstand auf der Stelle den versteckten Vorwurf und erhob sich. In der Kiste hinter dem Stellplatz waren noch ein paar Flaschen Bier. Die Nacht war nicht sehr lau gewesen, also fühlten sich die Flaschen nicht warm an, er holte zwei und setzte sich wieder zu Charlie. Sie tranken bedächtig, Charlie rauchte, hoch oben zogen ein paar Vögel, ein leichter Wind kam auf und strich über die Wipfel der Eichen und Buchen links am Hang.

»Da schau mal, siehst du das grüne Auto da? Warte, gleich ist er wieder zu sehen, ja, da ist er wieder. Das ist der Feldmann, der bringt seine Wiebke jetzt nach Karkenfelde zum Einkaufen; jeden Samstag fahren sie dahin. Dann setzt sich Wiebke in das Cafe dort im Einkaufszentrum und klönt mit ihren Freundinnen. Die kommen auch jeden Samstag, aus Vosshagen und Haidwitz, und wenn sie dann mit dem Klatsch und Tratsch fertig sind, dann kaufen sie noch ein paar Kleinigkeiten, und nach drei Stunden holen die Ehemänner ihre Frauen wieder ab. So geht das seit Jahren schon. Ich weiß das, man kann die Uhr danach stellen. Kannst du mir glauben.«

»Und woher weißt du das alles? Und was machen die Ehemänner denn in der ganzen Zeit, sind die in der Kneipe und bechern sich einen?«

Charlie lachte.

»Das war früher mal so. Aber weil so mancher dann den Führerschein verloren hatte, da sind sie jetzt vorsichtiger geworden. Es wird nicht mehr so viel gesoffen wie früher noch. Die brauchen doch alle ihren Lappen, weil sie ohne ihn hier nicht klarkommen würden. Im letzten Herbst, da musste selbst der Achim Knesebeck ran, also der Chef der freiwilligen Feuerwehr, du kennst ihn ja, das ist der, der auch den Löschzug fährt, der war wohl zu schnell unterwegs gewesen, und sie haben ihn geblitzt. Das war ziemlich teuer, und da musste er einen ganzen Monat lang auf das Fahren verzichten. Da hat ihn dann seine Frau immer fahren müssen, das hat ihm zwar nicht geschadet, aber er war so sauer, zumal seine Else das Steuer seitdem auch im Hause in die Hand genommen hat und es ihm immer noch unter die Nase reibt, denn sie hat nicht einen einzigen Kratzer an seinem geliebten Auto gemacht. Sonst durfte sie den Wagen ja nicht anrühren, verstehst du. Es hat allen Frauen mächtigen Auftrieb gegeben, und da hat der Lüders sogar seiner Frau einen eigenen Wagen gekauft. Zwar einen gebrauchten, aber immerhin, die hat nun einen eigenen Wagen, und das genießt sie auch.«

Charlie nahm grinsend noch einen Schluck. Als die Flaschen leer waren, stand Charlie mit einem kleinen Seufzer auf:

»Dann wullt we mol wedder.«

Er füllte Benzin in den Tank des Minibaggers und

stieg wieder in seine Kabine, zündete sich eine Zigarette an und baggerte eifrig aber sorgsam weiter in den feuergeschwärzten Hausresten.

Gegen Mittag kam eine kleine drahtige Frau mit zerzaustem kurzen Blondhaar in einer Khakihose und rotem Blouson, sie hatte einen Schäferhund an der Leine und winkte Charlie fröhlich zu. Der winkte zurück, schaltete den Bagger auf Leerlauf und öffnete die Fahrertür:

»Moin Gila! Was treibt dich denn hierher?«

Die Frau lachte laut auf und befahl dem Hund:

»Sitz, Prinz! Na weißt du, ich muss doch kontrollieren, wer da solchen Lärm mit einem Bagger macht. Und wehe, wenn du nicht fleißig bist.«

»Kennst du schon den Werner Schubert, Gila? Für den bagger ich hier, der ganze Dreck muss weg.«

Werner ging langsam auf die Frau zu und gab ihr die Hand.

»Ich hatte noch nicht das Vergnügen.«

»Aha. Ein Vergnügen ist das. Na, dann ist mein Tag ja gerettet!«

Sie lachte ihn breit an. Der Hund äugte misstrauisch hin und her, rührte sich aber nicht.

»So ein gut erzogener Hund. Muss der denn an der Leine sein, hier im weiten Land?«

»Gerade hier. Man weiß ja nie, welche Wühlmäuse gerade um die Ecke kommen, oder die Hasen. Prinz ist ein begeisterter Hasenjäger, und ich möchte nicht, dass er als streunender Hund von einem der Sonntagsjäger erschossen wird. Die ballern ja ohne Rücksicht auf alles, was sich im Revier bewegt.«

»Aha, daher haben Sie also diese rote Jacke an.«

»Ach, ob rot oder blau, Jäger schauen immer erst genau hin, bevor sie den Abzug drücken. Das zumindest hoffe ich doch. Wissen Sie, heute wollte ich nur am Feldrand entlang. Mal schauen, wie weit der Weizen schon ist und was die Kartoffeln machen. Und dann, Prinz braucht auch seinen Auslauf.«

»Wie wir alle. Ich bin auch ganz froh, wenn ich mich bewegen kann.« Werner reckte sich.

»Wollen Sie nicht ein Stück mitkommen?« lockte die Frau.

»Nein, vielen Dank, ich hab hier noch eine Menge zu tun. Sie sehen doch, all der Dreck, und da muss ich alles sorgfältig durchsuchen, ob da nicht doch noch was drin ist, was die Flammen verschont haben. So wie diese alte Vase hier.«

Er hob die Silbervase aus der Karre und zeigte sie der Frau.

»Ja, ich erinnere mich. Die stand immer auf dem Fensterbett, und wenn die Sonne richtig hoch stand, dann funkelte sie schon von weitem. Ich habe die immer sehr bewundert.«

»Sie kommen also öfters hier längs, oder?«

»Ja, immer mal wieder. Ach, es ist schon schade, die alte Martha, das war schon eine, sie war sehr klar und deutlich in ihren Ansichten und kannte keine faulen Kompromisse. aber wen sie einmal in ihr Herz eingeschlossen hatte, der konnte sich auf sie verlassen. Ich hab sie sehr gemocht.«

»Ach ja, dann kannten Sie Tante Martha etwas besser?«

»Nein, wir waren doch alle nur Nachbarn hier im Dorf.«

»Oh, entschuldigen Sie, ich hab mich noch nicht vorgestellt, ich bin..«

»Ich weiß, wer Sie sind: Sie sind der Neffe und Erbe von Martha, sie heißen Werner Schubert und hatten aus dem Haus hier eine Pension gemacht, die auch ganz gut lief. Ich hab sie damals auf der Beerdigung gesehen.«

»Tut mir leid, ich kann mich gar nicht an Sie erinnern.«

»Ich bin Gisela Steinbach, unser Hof liegt da unten, dicht am Bach, da, schauen Sie hin, wo gerade der rote Wagen um die Kurve biegt, da ist unsere Einfahrt.«

»Frau Steinbach, soso.«

»Mein Mann ist der Klempner hier im Ort. Wenn Sie also das Haus wieder aufbauen und einen Klempner brauchen für GWS, dann sagen Sie nur Bescheid. Er ist auch meist ganz preiswert. So unter Nachbarn, das ist doch klar.«

»Was ist GWS?«

Gisela lachte.

»Entschuldigen Sie, ich vergaß, Sie sind ja ein Zugereister. Hier weiß das jeder. Zumindest die meisten Handwerker. GWS ist das Kürzel für den Klempner: Gas Wasser Scheiße. Alles, was man so braucht im Leben.«

»Aber man braucht doch sicher noch etwas mehr, oder?«

»Wenn Sie meinen. Sie kommen nicht von hier, oder? Man erzählte, dass Sie aus Berlin stammen, oder?«

»Nein. Nicht aus Berlin. Ich komme aus Kiel.«

»Aha, also aus der Stadt. Ist ja auch egal, aus welcher.

Da haben Sie sich ganz schön umstellen müssen, das Leben hier auf dem Lande ist doch sicher ganz anders, oder?«

Werner lächelte und blickte sich um.

»Ach, wissen Sie, das Leben hier ist gar nicht so sehr verschieden von dem, was ich in der Stadt gelebt habe. Sicher, es war dort viel einfacher mit dem Einkaufen und so, aber wenn ich so richtig überlege, wie viel Zeit ist nur mit dem Herumfahren und Parkplatzsuchen draufgegangen, und hier, wenn ich nach Haidwitz zum Supermarkt fahre, da hab ich gleich einen Parkplatz und ich bekomme all das, was ich will und was ich auch in der Stadt gesucht habe. Nein, eigentlich ist der allergrößte Unterschied der in den Leuten. Hier muss ich nur zu Buthmann gehen und mich dort vor ein Bier setzen, dann weiß ich nach einer Stunde, was so vorgeht hier im Dorf, wer hier das Sagen hat und vor wem man sich besser in acht nehmen sollte. Das ist viel ehrlicher als in der Stadt und viel einfacher, sich zurechtzufinden.«

Gisela legte den Kopf leicht schräg, schaute erst Werner genau an, dann den Hund, zuletzt den baggernden Charlie, dann lachte sie auf.

»Da haben Sie aber mal Glück gehabt, das klingt ja, als ob Sie sich hier richtig wohlfühlen würden. Na, dann will ich Sie man nicht weiter von der Arbeit abhalten. Bis denn dann.«

Sie hob grüßend den linken Arm. Ein »Na komm, Prinz!« und dann zog sie mit dem Hund weiter am Waldrand entlang. Werner schaute ihr noch lange nach und musste sich dann mit der langweiligen Durchsuche der

Schaufelladungen ziemlich beeilen, Charlie war fleißig gewesen und hatte eifrig gebaggert, der Schutthaufen war schon zu einem richtigen Berg angewachsen.

***

Am nächsten Tag fand Werner unter Schutt und Geröll endlich seine Stereoanlage und ein paar CD's. Die Anlage war nur noch Schrott, er warf sie gleich auf den hohen Schuttberg; von den vielen silbernen CD-Scheiben waren manche noch in Ordnung, bei den meisten jedoch waren die Plastikhüllen gesprungen oder geschmolzen, auch die Silberscheiben waren völlig verbogen und zu merkwürdigen Winkeln gekrümmt und Werner musste sie wegwerfen. Knesebeck hatte gestern Abend in der Kneipe zugesagt, dass er heute mit seinem Transporter kommen und allen Schrott zur Müllhalde fahren würde. Aber es war schon fast Mittag und kein Kipplaster in Sicht.

Dafür kam der Förster Brodersen vorbei, mit seinem Hund an der Leine und einem großen Rucksack auf dem Rücken.

»Moin ok, wie siehst's denn aus?« grüßte er freundlich.

Werner begrüßte ihn und berichtete von den Fortschritten seiner Suche und vom Verlust seiner geliebten Schallplatten und Bücher.

»Tja, das ist man schlecht, wenn das allens weg ist. Aber zum Glück lässt sich das Allermeiste doch wiederbeschaffen. Und mit den Bökers, ich mein ja nur, aber wenn man so ein Buch durch hat, dann kann man das doch weitergeben, oder? Wie viele Bücher lesen Sie denn schon zweimal, oder noch mehr?«

Werner schaute ihn verdutzt an.

»Wo Sie rechthaben, da haben Sie Recht. Ja, das ist ganz sicher so, die meisten Bücher lese ich nur einmal und dann nie wieder. Aber es gibt einige, in die schaue ich immer wieder hinein. Bei Gedichtbänden zum Beispiel, oder in mein Gartenbuch, und die Lehrbücher von Kosmos über Vögel in Europa und dieses Was-wächst-denn-da, in dem hab ich schon als Schuljunge immer wieder reingeschaut. Und dann, ich muss es Ihnen sagen, es gibt da ein paar Bücher, die ich immer wieder lese. Den Moby Dick zum Beispiel, oder Tracys Tiger, und so einige Klassiker, also wenn ich die nicht da im Regal stehen habe, dann fühle ich mich einfach nicht als ganzer Mensch.«

»Was denn zum Beispiel?«

»Nun ja, ich schaue immer wieder gern in die Bücher von Siegfried Lenz oder Benn und Heinrich Böll, die lustigen Verse von Heinz Ehrhard oder die Bände von Fritz Grasshoff, und nicht zu vergessen das komplette Werk von Wilhelm Busch, den ich persönlich für einen der größten deutschen Dichter halte. Und dann natürlich Kleist, oder die Aufsätze von Schiller, den köstlichen Taugenichts von Eichendorff und Luthers Tischgespräche. Da kann man immer wieder hineinschauen und etwas Neues lernen.«

»Sie mögen recht haben damit. Ich muss auch immer mal in meine alten Lehrbücher blicken, jetzt mit der Waschbärenplage oder den immer häufiger vorkommenden Marderhunden. Und die Überlegungen, dass Wildschweine jetzt ganzjährig zu schießen seien, und meinen Hermann Löns, den brauche ich auch. Ja, Sie haben recht, ein paar Bücher muss man einfach besitzen. Für den Rest, da kann man in die Bücherei gehen, wenn man mal abschalten möchte. So ein Krimi tut doch dann gut, oder?«

»Aber sicher. Ich liebe die Abenteuerschmöker von Edgar Wallace, so wie ich als Schüler den Karl May verschlungen habe.«

»Ja richtig, da hab ich auch an die dreißig Bände gelesen, natürlich war ich immer der Old Shatterhand, wenn wir hier in den Wäldern Indianer gespielt haben.«

»Das kann ich nachvollziehen. Wenn ich die Gelegenheit gehabt hätte, in den Wald zu kommen, dann wäre ich auch Old Shatterhand gewesen.«

»Ja, was diese Dichter so an Phantasie entwickeln, der Karl May soll ja nie in Amerika gewesen sein.«

»Das ist richtig. Er war mal im Orient, aber erst sehr viel später, da hatte er all seine Romane mit Hadschi Halef schon geschrieben.«

»Und heute lesen wir immer noch über das Kurdistan.«

»Aber ganz anders, heute gibt es da richtigen Krieg in der Gegend, Kurdistan, Afghanistan, Syrien, Persien, der Irak, da war es bei Karl May doch fast zivilisierter.«

»Das mag stimmen. Na denn, es war gut, mal mit Ihnen zu reden, ich muss weiter, heute geht es zum Wildacker, das Schwarzwild braucht etwas Mais und Rüben.«

Der Förster zog den grünen Hut und schritt mit dem braunen Hund an seiner Seite den Weg weiter in den

Wald. Werner schaute ihm lange hinterher, ein alter Förster, ein Jägersmann, der sich in den Wäldern auskannte, der viel wusste von Hirsch und Reh und Hase und Fuchs.

Lena war gern im Wald gewesen, hatte auch oft nach Pilzen gesucht oder am kleinen Waldsee gesessen; sie waren zum Prinzensee gefahren, auch mit den Fahrrädern, hatten dort in der Sonne gelegen, splitterfasernackt, weit und breit kein Mensch, nur Vogelgesang oder der Wind über dem Wasser, das ist ja wie im Paradies, hatte sie gesagt, und du bist der Adam und ich die Eva und jetzt fehlt uns nur der Apfel. Sie hatten gelacht, erst leise, dann richtig laut losgelacht, die Vögel ringsum schwiegen wie empört und dann flatterten ein paar Enten auf und zogen ab. Werner seufzte. Das war lange her.

Charlie saß heute auf seinem Bagger in Vosshagen, dort war eine Wasserleitung geborsten und aus verschiedenen Dörfern hatten sie Hilfe herbeiholen müssen, die Dorfstrasse stand unter Wasser und man kam nicht mehr unter der Autobahnunterführung durch, sie war vollgelaufen. Aus Lüneburg sogar waren Ingenieure gekommen und der Chef vom Wasserwerk mit seinem Stellvertreter stand in Schlips und Kragen herum, gab wohlgemeinte Ratschläge und war allen im Wege. Das hatte Werner alles schon beim Frühstück gehört. Frau Buthmann war wie immer über das Geschehen im Dorf gut informiert, sie hatte schon sehr früh mit Irmela, der Zeitungsfrau, die Tagesneuigkeiten besprochen. Jeden Morgen kam Irmela auf ihrer Tour mit der neuen Landeszeitung in die große Küche des Gasthofes, setzte sich an den Herd, der sie im Winter gut aufwärmte, trank eine Tasse Kaffee und plauderte mit Frau Buthmann.

Werner richtete sich auf. Sein Rücken schmerzte wieder. Er sollte doch endlich zum Arzt gehen und sich Krankengymnastik verschreiben lassen. Das hatte ihm in den letzten Jahren immer wieder gut getan. Er kannte schließlich seine Röntgenbilder der Wirbelsäule, bei seinem letzten Besuche bei Doktor Kleine in Haidwitz hatte der nur bedauernd den Kopf geschüttelt und gemeint, dass er beim Heben und Tragen sehr vorsichtig sein müsse, andernfalls bliebe nur noch eine langwierige Operation mit Versteifung, um zu verhindern, dass sich der Wirbelkanal verschließen könne oder eine der lockeren Bandscheiben zu einer Totalblockade führt.

Totalblockade. Ja, das war das Wort, was der Arzt benutzt hatte. Eine Totalblockade. So fühlte er sich jetzt auch wieder, wenn er so den Müll und Schutt seines oder besser ihres Traumes erblicken musste. Werner drückte den Rücken durch und reckte die Arme in die Höhe; er brauchte so etwas wie eine Leiter oder einen hochragenden stabilen Ast, an den er sich hängen konnte; er schaute sich um und ging die paar Schritte zum Wandrand, aber an den Birken und Erlen fand er nichts geeignetes. Er sollte doch später im Hof ein Turngerüst aufstellen lassen, so eine Art Teppichstange, wie er sie aus seiner Jugend noch kannte. Damals waren in allen Hinterhöfen derartige torartige Stangen neben den Mülleimern gewesen, auch er hatte zuweilen die darauf hängenden Teppiche klopfen müssen, hatte damit riesige Staubwolken aufgewirbelt und oft mit den fröhlichen Nachbarskindern eine Art Klopfspiel erfunden, bei dem der aus Weidenrohr kunstvoll geflochtene Klopfer reihum ging und auf den Hinterteilen des jeweils Gesuchten möglichst laut aufschlagen sollte. Es gab viel Gekreische und Gejuchze, und so manches Mal öffneten sich dann Fenster und besorgte Hausfrauen äugten herunter in den Hof, schimpften und verbaten sich den Lärm, meist vergebens. Oder Rudi, ja, der Rudi Stolpe, der konnte auf der leeren Teppichstange Klimmzüge machen oder eine Riesenwelle; er war auch im Turnverein, wo sie in den Wintermonaten in der Vereinshalle trainieren durften und an den Ringen hingen, über Pferdeböcke sprangen und Trampolin und Reck aufbauten und daran ihre Übungen absolvierten. Im Sommer gab es dann an der Sandkuhle die Laufstrecken und das Weitsprungfeld. Oder zum Ende der Bewegungsübungen wurde dann mit allen Völkerball gespielt. So gingen diese Turnvereinstage immer mit lautstarken Rufen und viel Gelächter zu Ende. Rudi. Ja, der war ziemlich gut, sollte auch in der Kreisklasse mitspielen. Bei den Bundesjugendspielen bekam er stets eine Urkunde. Was mochte aus ihm wohl geworden sein?

Werner Schubert räusperte sich und nahm einen Salbeibonbon. Ja, nach dem Wiederaufbau würde er so eine metallene Teppichstange im Hof aufbauen lassen.

»Hallo, träumen Sie noch oder sind Sie schon ansprechbar?«

Werner zuckte zusammen und drehte sich um. Da stand diese Gisela Steinbach in ihrer roten Jacke, in ihrer Hand die Leine für den Hund.

»Ich hoffe, ich habe Sie nicht bei wichtigen philosophischen Gedanken unterbrochen?«

Sie lächelte ihn an. Wie sie so vor ihm stand, den Kopf etwas schräg gelegt, das Haar leicht zerzaust im warmen Wind und erwartungsvoll zu ihm hochschaute, da schoss es Werner vom Magen her ganz warm hoch und die Erinnerung blitzte auf, wie Lena ihn das erste Mal angelächelt hatte. Eine wunderbare Erinnerung: Lenas Gesicht und hinter ihr der Fluss. War es die Elbe, die Weser oder die Themse?

Gisela Steinbach unterbrach seine Gedanken mit einem:

»Hallo. Sie da, träumen Sie mit offenen Augen?«

Werner schaute sie an und konzentrierte sich, fuhr sich über das Gesicht.

»Entschuldigen Sie bitte, ich war kurz ganz weit weg.«

»Aha, der zerstreute Professor. Sie sind doch Professor, oder?«

Die Gisela lächelte etwas breiter und hatte einen aufmunternden Ton in der Stimme.

»Aber nein, wie kommen Sie denn darauf? Ich bin doch kein Gelehrter. Ich bin nicht mal auf einer Universität gewesen. Ich war nur ein kleiner Angestellter in einem großen Betrieb, erst als ich hier das Haus und den Grund geerbt habe, da bin ich mir bewusst geworden, was ich bin und was nicht. Und da habe ich mich entschlossen, mich selbstständig zu machen.«

»Das war sehr vernünftig von Ihnen. Wenn da keiner mehr ist, der einem Vorschriften machen kann, das ist immer gut. Wenn man sein eigener Herr ist, kann man tun und lassen was man will. Aber man ist dann auch für die eigenen Fehler verantwortlich. Sie wissen ja, der eigene Mist, den kann man nicht so ohne weiteres wegwerfen. Der belastet einen ganz schön, wenn man nicht aufpasst.«

»Schauen Sie, ich …«

Werner unterbrach sich und fasste mit beiden Händen an seinen Rücken, es durchzuckte ihn wieder.

»Ach, Sie haben es am Rücken? Lassen Sie mal sehen.«

Gisela kam zu ihm und betastete seinen schmerzenden Rücken.

»Das werden wir schon hinbekommen. Also, passen Sie auf, Sie nehmen jetzt meine Arme unter ihre und dann ziehe ich Sie hoch, nur für ein paar Sekunden, aber das wird Ihnen gut tun.«

Sie stellten sich Rücken an Rücken und verhakten ihre Arme, dann beugte sich Gisela nach vorn und zog Werner so in die Luft.

»Sie müssen sich richtig aushängen, verstehen Sie? Ganz locker lassen. Wird es schon besser?«

Seine Wirbelsäule entspannte sich langsam und er spürte förmlich, wie der Schmerz verging. Als die Gisela ihn wieder auf den Boden stellte, drehte er sich um und strahlte sie an:

»Das war aber wirklich gut. Der Schmerz ist weg. Ich danke Ihnen. Ich danke Ihnen sehr. Ich weiß nicht, wie ich sonst weitermachen sollte, hier mit dem Aufräumen.«

Gisela nahm die Leine fester, der Hund schaute fast gelangweilt drein und hechelte leise.

»Ich denke, ein bisschen Training täte Ihnen gut. Und

nicht nur Ihrem Rücken. Zum Beispiel im Sportklub in Vosshagen. Da bin ich auch, da sind viele hier aus Haidwitz, es ist immer ziemlich lustig, besonders die Klubfeste, aber ich denke, auch die Vereinstrainer dort können eine ganz Menge. Sie sollten mal vorbeischauen dort, jeden Donnerstag, es geht um fünf Uhr los, und Sie müssen nicht gleich beim ersten Mal eintreten, machen Sie doch einfach einen Schnupperkurs mit, Sie werden schon sehen, das erspart Ihnen so manchen Weg zum Arzt.«

Auch Werner lächelte jetzt.

»Vielen Dank, ich werde es nicht vergessen. Wenn dort auch so gut und schnell geholfen werden kann, dann werde ich am Donnerstag mal hinfahren.«

»Na denn, einen guten Tag noch.«

»Auf Wiedersehen, und vielen Dank noch mal, ich werde sehen, wie ich mich revanchieren kann.«

»Oh ja, lassen Sie sich was einfallen. Ich liebe Überraschungen.«

Erika Steinbach lachte laut auf, nahm ihren Hund fest an die Leine und beide zogen ziemlich flott den Waldpfad entlang. Werner schaute ihnen nach, unter den Buchen lag der dichte weiße Teppich der Anemonen.

Überraschungen. Ja, auch Lena mochte sich gern überraschen lassen, aber, wie sie immer betonte, »nur die guten oder die ganz spontanen. Ich mag keine bösen Überraschungen, die kommen oft von ganz allein. So wie bei Tante Martha. Da hat es ihr Hausarzt auch erst nur für eine Sommergrippe gehalten. Und dann war es doch sehr viel ernster und sie starb schließlich daran.«

Und deshalb waren sie dann hierher gezogen. Lena hatte sich gleich heimisch gefühlt und besonders den Blick von der kleinen Anhöhe, auf der das Haus gebaut war, genossen. Werner seufzte und schaute sich um, da lagen die grünen Wiesen und Weiden, einige Pferde grasten dort, und an den Straßenrändern blühten die Obstbäume, mit leichtem Rot die Kirschen, und am Waldrand ganz in weiß die Schlehen. Lena hatte im Herbst oft die Dolden abgepflückt, sie mochte Fliederbeersuppe mit Grießklößchen,; sie kochte sie nach Tante Marthas Rezeptur.

**

Als Werner am nächsten Tag wieder zur Brandruine kam, war Charlie Drebber mit seinem kleinen Bagger schon da.

»Hab schon gehört, Ihnen juckt die Bandscheibe, nicht wahr? Ich hab da was, hat schon meine Oma benutzt mit viel Erfolg. Hier!«

Er griff in seine Hemdtasche und holte eine schon abgenutzte große silbern schimmernde Blechdose ohne Beschriftung heraus, die er Werner gab.

»Die echte Pferdesalbe. Vom Apotheker aus Vosshagen. Musst du ein paar Mal auf die Wirbelsäule schmieren, genau dahin, wo es wehtut. Das hilft garantiert. Und ich wette, du wirst dann immer diese Salbe im Haus haben wollen. Ich meine, wenn du wieder ein Haus hast. Oder so.«

Werner nahm dankend die Dose entgegen, dann drehten sich beide Männer um, denn von der Straße her hupte es laut.

»Das ist sicher Knesebeck sein Laster.«

Charlie griente.

»Der hat sich richtig Zeit gelassen, meinst du nicht auch? Aber besser spät als nie. Wer hat das doch immer gesagt? Das war die Opernsängerin unterm Erzbischof. Oder so.«

Achim Knesebeck fuhr seinen Kipplaster rückwärts an den großen Geröllhaufen heran und stieg aus, nach der Begrüßung nahm er einen Stumpen aus der Brusttasche und ließ sich von Charlie Feuer geben. Dann baggerte Charlie den Abfallhaufen kleiner und die Lasterfracht größer, bis Achim meinte, es sei nun genug, jetzt müsse er erst mal die erste Fuhre wegbringen, aber er käme gleich wieder und dann ginge es weiter; er habe den ganzen Tag für diese Abfuhr eingeplant. Achim fuhr wieder ab und Charlie baggerte wieder in der Ruine und warf Schaufel um Schaufel auf den Müllberg, Werner Schubert stocherte dann darin herum mit dem Messingrohr aus dem verbrannten Kleiderschrank. Aber seine Ausbeute war gering, es gab heute nichts, was sich zum Aufheben gelohnt hätte.

Gegen halb elf dann setzten sich beide Männer neben dem Zaun auf den Stubben, der mit grünen Flechten bewachsen war und einst eine stolze Eiche getragen hatte. Werner biss hungrig in das von Frau Buthmann geschmierte Wurstbrot und Charlie rauchte seine Selbstgedrehten, dazu tranken sie alkoholfreies Dosenbier.

»Knesebeck lässt sich aber viel Zeit, meinst du nicht

auch? Ich wette, der ist jetzt bei der scharfen Gila. Das macht er öfters, besonders, wenn er weiß, dass seine gute Else keine Zeit hat, um ihm nachzuspionieren. Sie war früher noch viel eifersüchtiger als wie jetzt. Wenn Achim da auf dem Feuerwehrfest mal zu einer hübschen Deern rübergeschielt hatte, na, das hättest du mal erleben sollen. Vor allen Leuten hat sie ihm dann eine geknallt. Dabei hatte er nichts getan, er hat nur hingeschaut. Und ich kann dir sagen, da gab es wirklich was zum Hinschauen. Wir hatten da mal so eine Trachtenwoche gehabt, und die jungen Mädels, also die hatten ordentlich was vorzuzeigen, und dann diese Ausschnitte, und alle mit so Rüschen, und wenn die hübschen Dinger sich dann bückten, weil ihnen was runtergefallen war oder so, also ich muss schon sagen, da gab es allerhand zu sehen. Und da hat nicht nur der Achim hingeschaut, alle haben so glöönige Augen bekommen.«

»Also hast du auch in den Ausschnitt gestarrt?«

Charlie griente.

»Aber sicher. Und dann, wenn es gegen Abend dunkler wurde und so schön schummerig, und die Musik spielte dann den Schneewalzer und danach so was ganz Sanftes, da war einem so richtig urig ums Herz; und ich wusste ja, wo die Leiter zum Heuboden lag. Ich hatte sie ja selber versteckt. Und da oben, und wenn sie blond war, du verstehst, also, das war einfach allerliebst, oder so.«

»Und man hat dich nie erwischt, oder?«

»Mich erwischen? Wer sollte denn so was tun? Nein, ich war immer vorsichtig. Und die Mädels wollten auch nicht, dass das einer von den anderen mitbekam. Und sie haben alle auch immer schön den Mund gehalten. Nur die Claudia. Aber die war ja auch aus Karkenfelde.«

»Was war mit der Claudia?«

»Also die Claudia, das war eine ganz hübsche, und sie war so elegant. Das kannten wir noch nicht so damals hier. Inzwischen ist das ja anders. Da holen sich die jungen Dinger alles über die neueste Mode aus dem Internet und eine glänzt heller als die andere. Das ist jetzt bei uns auf dem Dorf schon wie ein Wettbewerb, und dann schauen alle immer diese Fernsehsendungen, wo junge Mädchen zu Models werden wollen, du weisst schon, und dann kommen sie mit solchen Modellkleidern zum Schützenfest und alle sollen staunen. Und sie giften sich an, weil sie der Anderen das tolle Kleid nicht gönnen und sie ärgern sich, dass sie die falsche Farbe gewählt haben oder die eine kommt in lang und die andere in ganz kurz. Und sie wissen nicht, was nun das neueste ist, lang oder kurz. Ich persönlich mag ja die kurzen Kleider bei den jungen Damen lieber, da kann man viel mehr sehen. Jedenfalls im Sommer, im Winter tragen die doch alle diese Strumpfhosen, aber die dicken, da gibt es nicht viel zu sehen.«

»Du bist ja ein richtiger Experte, was Frauen angeht« grinste Werner.

Charlie drückte seine Kippe aus und deutete ins Tal:

»Da, siehst du die Frau dort. Neben der alten Weide am Bach. Das ist doch schon wieder die Steinbach. Aber heute ohne ihren kleinen Hund an der Leine. Komisch.«

»Ach, diese Frau, die neulich hier war? Die mir den Rücken wieder eingerenkt hat?«

»Ja, genau die. Gisela. Die kennt sich aus. Nicht nur mit Rücken. Auch mit Männern. Man sagt ja, dass sie einen festen Freund in Vosshagen hat. Weil ihr Mann, der Ludger, so viel unterwegs ist. Und eine schöne Frau, immer so allein zu Hause, da kann ich mir schon denken, was da in ihr vorgehen mag.«

Die kleine Gestalt im blauen Anorak verschwand hinter den Bäumen und die beiden Männer zogen wieder ihre derben Arbeitshandschuhe an und wandten sich wieder ihren Aufräumarbeiten zu. Mittags gingen sie dann in Buthmanns Krug, es gab Schnitzel mit Rotkohl. Als die anderen Gäste gegangen waren, setzte sich Frau Buthmann zu ihnen und fragte:

»Hör mal zu, Charlie. Du warst doch gestern in Vosshagen, hast du da etwas über die Wilkenings gehört?«

»Nein. Was soll ich denn gehört haben?«

»Na, man sagt doch, dass der Wilkening hier wegziehen will mitsamt dem Gestüt. Seine Frau soll doch so krank sein und sie verträgt das Klima hier nicht.«

»Wer sagt denn so was?«

»Ich habe es von der Lissie Cordes gehört.«

»Ach, dieses alte Waschweib! Lissie! Die gehört doch auch zu all den Spökenkiekern, die nur lauter Unsinn unter die Leute bringen. Wenn es jemand wüsste, dann doch die Heide Meiners. Die ist doch schon seit Jahren als Pferdepflegerin bei Wilkening auf dem Gestüt angestellt. Die müsste das doch als erste wissen, wenn was mit dem Gestüt sein sollte.«

»Da hast du recht. Ja ja, die Heide Meiners. Eine tüchtige Frau. Wie sie das mit den beiden Kindern schafft neben all den Pferden, und dann noch dieser quengelige Ehemann, na ja, der kommt ja auch aus Karkenfelde. Der Wilkening hält große Stücke auf sie, wie man so hört.«

Charlie grinste.

»Auf jeden Fall kann sie prima tanzen. Beim Schützenfest in Haidwitz hab ich die Heide vielleicht rumgeschwenkt, Mann oh Mann. Und ihr Günter machte große Augen. Aber er hat nix gesagt. Na ja, so ein Bauer aus Karkenfelde, wo soll der schon richtig tanzen lernen.«

Werner lachte und fragte Charlie, wo er denn tanzen studiert habe.

»Na, studiert nicht gerade. Aber ich habe es in Hamburg gelernt, wo ich da im Gartenbau beschäftigt gewesen bin, das war bei so einer richtig vornehmen Familie, in Blankenese war das, und da sollte es ein großes Fest geben und die hatten da extra eine süße Französin und die hat den Kindern dann alles beibringen müssen, Rumba und Tango und Wiener Walzer. Den tanze ich aber auch zu gerne.«

Trude Buthmann lachte auf:

«Das kann ich nur bestätigen. Aber beim nächsten Fest pass nur auf, dass du beim Drehen nicht wieder in die Bowle fällst!«

Charlie leerte sein Glas und schaute grinsend um sich:

»Wenn man so richtig in Fahrt ist, dann kommt einem so was schon mal vor. Und wenn man die richtige Partnerin dafür hat.«

»So wie Heide Meiners.«

»Ja, genau so wie Heide Meiners. Die kann vielleicht tanzen!«

»Na gut. Ich werde sie dann mal fragen, wenn ich sie wieder treffe.«

»Woher das nur kommt, dass der Wilkening umziehen will oder soll.«

»Da steckt sicher der alte Fricke dahinter. Der spielt doch Skat mit dem Dorfschulzen, und er möchte zu gern die Koppel oben am Bach haben, die Keilerkoppel. Da hat er doch schon seit Jahren mehr als nur ein Auge drauf geworfen.«

Das Telephon klingelte auf dem Tresen. Ortrud Buthmann ging hin und nahm das Gespräch entgegen. Dann hielt sie den Hörer hoch und rief Werner zu:

»Für Sie, Herr Schubert.«

Werner nahm den Hörer. Es war die Autowerkstatt in Haidwitz, sein Wagen sei jetzt fertig und wieder fahrbereit. Werner sagte dem Monteur, dass er am nächsten Tag das Auto abholen würde. Er war sehr froh, denn in den nächsten Tagen musste er verschiedene Fahrten machen, zum Architekten, zur Bank, zum Bauamt nach Lüneburg, und es wurde auch Zeit, dass er sich ein paar neue Kleidungsstücke kaufte; fast alles, was er besessen hatte, war ja nur noch Schutt und Asche und wurde von Charlie weggebaggert.

Gemächlich gingen die beiden Männer wieder zurück zur abgebrannten Pension und arbeiteten weiter.

***

Lissie Cordes stellte die beiden schweren Einkaufstaschen auf ihrem Küchentisch ab und wischte sich den Schweiß aus dem Nacken. Sie hielt sich an der Stuhllehne fest und atmete erst einmal tief durch. Dann setzte sie sich und streifte ihre Schuhe ab. Sie wackelte mit den Zehen und seufzte erleichtert auf. Das tat gut. Ihre »guten« Schuhe, so nannte sie die dunkelblauen ledernen mit den kleinen Absätzen, die zog sie aber nur an, wenn sie sich außerhalb von Harmshausen bewegen wollte.

Früher, ja, da hatte sie noch ziemlich hohe Pumps tragen können, als ledige junge Frau mit der Stellung bei Seyfert & Co in Lüneburg, ihre Fesseln waren ganz schlank gewesen und sehr oft hörte sie im Sommer bewundernde Pfiffe der schweißtriefenden Bauarbeiter. Damals kaufte sie ganz bewusst ihr eleganten Schuhe immer eine Nummer kleiner, die Großmutter hatte ihr eingetrichtert:

»Weißt du, mein Kind, Männer wollen vor allem eine elegante Frau, eine, die andere Männer neidisch macht. Und dazu gehört ein kleiner Fuß. Also denk dran, lieber eine Nummer weniger kaufen, die kurzen Wege, auf denen du dann gehen musst, lassen den Schmerz erst gar nicht hochkommen. Und der ist dann auch auszuhalten. Aber Männer gucken immer zuerst auf Füße und Beine, dann auf den Busen. Na, da brauchst du ja nichts auszustaffieren, da hat dir Mutter Natur schon genügend mitgegeben. Aber deine Füße! Du kommst nach deinem Opa, der lebte auch auf großem Fuße. Also denk dran, wenn du dir Schuhe kaufst, immer eine Nummer kleiner, auch wenn es wehtut! Es lohnt sich. Glaub mir!«

Und so hatte Lissie sich daran gehalten, bis der Jan gekommen war. Der hatte nicht erst auf ihre Füße geschaut, er hatte ihr gleich tief in die Augen geblickt und nach dem ersten Kuss gesagt, dass sie die richtige für ihn sei, und so war es auch gewesen. Lissie hatte sich bei ihm immer wohl gefühlt. Ach. Der Jan! Er fehlte ihr doch sehr. Sie wischte sich übers Gesicht.

Als der Herzschlag sich wieder beruhigt hatte, packte sie ihre Einkäufe aus und stellte die Sachen in Speisekammer und Kühlschrank. Es war jedesmal dasselbe, dieser elende Bus! Der fuhr nur zweimal am Tage von Harmshausen nach Haidwitz und zurück, und Lissie wollte doch so gern die Sonderangebote wahrnehmen, die in der Zeitung angepriesen waren. Aber jedes Mal, wenn sie den Supermarkt erreicht hatte, waren die schon ausverkauft. So zumindest erzählten es ihr die Verkäuferinnen. Und schuld war immer der Bus, der fuhr einfach zu spät los. Natürlich hätte sich Lissie auch von einem aus dem Dorf mitnehmen lassen, aber das ging nun gar nicht. Der Kröger Buthmann fuhr ein paar Mal in der Woche nach Haidwitz, aber den konnte Lissie nicht leiden. Der hatte sie auf dem Schützenfest vor fünf Jahren dermaßen bloßgestellt vor allen Leuten, mit dem würde sie nie wieder ein Wort wechseln. Und dann der Herrmann Blohm, Blohms Fidi, so wurde er allgemein genannt. Der fuhr auch oft nach Haidwitz. Aber er war nur selten nüchtern, vor ein paar Jahren im Gottesdienst am Heiligabend hatte er ziemlich betrunken in der Kirchenbank geschnarcht und erst die Glocken hatten ihn wieder geweckt, auf dem Heimweg war er doch Lissie an die Kleider gegangen, von wegen die Liebe soll sich doch weiter verbreiten unter allen braven Christenmenschen und auch er müsse eben jetzt sein Scherflein dazu beitragen und Lissie solle sich doch nicht so zieren und überhaupt, sie sei doch eine ehrbare Witwe und er sei schließlich auch alleinstehend, da könne man doch solch einen Festtag gemeinsam verbringen und dies und das – Lissie musste ihm schließlich eine schallende Ohrfeige geben, bis er endlich von ihr abließ und etwas schwankend zum Gasthof getorkelt war. Er rieb sich die Wange und rief Lissie noch so etwas wie »Das wirst du aber noch bereuen!« zu. Lissie war in ihr Haus geeilt und hatte die Haustür zweimal umgeschlossen. Nein, mit dem wollte sie auch nicht fahren.

Dann blieb noch Ludger Steinbach, der war ständig unterwegs, als guter Handwerker war er überall gern gesehen und hatte im ganzen Landkreis seine Aufträge, und der fuhr mehrmals in der Woche nach oder durch Haidwitz. Mit dem hätte sie schnell einen Termin abmachen können, aber da gab es ja auch noch die Gisela, seine Frau. Und die konnte Lissie nun mal nicht leiden. Schon damals auf deren Hochzeit, in Karkenfelde war die alte Dorfkirche mit Sonnenblumen geschmückt gewesen und der gemischte Kinderchor aus den Gemeinden Vosshagen, Harmshausen und Karkenfelde hatte so schön gesungen, Lissie hatte extra ihre alte dunkle Witwentracht getragen und hielt Salz und Brot und Weizenähren bereit, denn zusammen mit Ortrud Buthmann wollte sie dem jungen Paar Glück und Segen wünschen, aber Gisela Steinbach in ihrem modischen kurzen weißen Spitzenkleid hatte die traditionellen Gaben der Dörfler keines Blickes gewürdigt und schnell ihren Bräutigam zur Kutsche gezerrt, der jubelnden Menge gnädig zugewinkt und den Kutscher angetrieben, sie wollte so bald als möglich von ihrem eigenen großen Freundeskreis im teuren Landgasthof gefeiert werden. Seit jenem Tag konnten Ortrud und Lissie die neue Frau Steinbach nicht leiden. Und als diese dann in den folgenden Jahren sich auch noch mit anderen Männern einließ, da war zumindest für Lissie der Kontakt endgültig zerbrochen.

Bei der Ortrud Buthmann war es etwas anders, die musste ja als Frau des Dorfkrögers nett und freundlich zu allen Gästen sein, und Trude hatte noch einen guten Grund für ihre Aufmerksamkeit: sie passte auf ihren Mann auf. Sie musste sich im allgemeinen um ihre Ehe keine Sorgen machen, aber Herbert Buthmann war auch nur ein Mann und konnte also den Reizen von Gisela nur wenig entgegensetzen, und die bemühte sich immer wieder, aber vergeblich, denn Ortrud verstopfte immer aufs neue ihrem Herbert Ohren und Augen, um es in einem Bilde auszudrücken, oder, wie Trude es auf dem letzten Erntedankfest zu Lissie gesagt hatte:

»Ich hab ihn immer dann weggeschickt, wenn diese Gisela auch nur in der Nähe war. Einmal, bei der Taufe des kleinen Markus bei uns in der Gaststube, da kam dieses Weib unangekündigt zur Tür herein, da hab ich den Herbert schnell in den Keller geschoben, er habe den Wein doch zu knapp berechnet und er müsse doch noch eine oder zwei von dem guten Badischen dort liegen haben. Und dann hat er gesucht und gesucht, ich wusste doch, dass wir keinen mehr hatten, und als die Gisela dann weg war, da hab ich ihn wieder hochgeholt. Das war mir ein wahres Fest, kann ich dir sagen.«

Auch mit Ludger Steinbach, dem Ehemann von der Gisela, konnte Lissie daher nicht nach Haidwitz fahren, so gern sie es auch getan hätte, denn ihn mochte sie, er war ein Pfundskerl, und tüchtig. Der konnte nicht nur in seinem Beruf als Klempner alles, was anlag, sondern er verstand auch etwas von elektrischen Leitungen. Als Lissies Mikrowelle defekt war, hatte er sie mitgenommen und nach einem Wochenende brachte er sie heil wieder zurück, sie funktionierte seitdem ohne Probleme. Nicht dass Lissie nur noch mit der Mikrowelle gekocht hätte, nein, sie mochte die auf herkömmliche Weise zubereiteten Speisen, so richtig auf dem Herd gekocht, und Lissie hatte neben dem vierflammigen Elektroherd noch ihren alten, der mit groben Holzkloben befeuert werden konnte oder mit Kohlestücken. Und im Winter, wenn die Leitungen von der Schneelast zu Boden gedrückt waren und es in Harmshausen keinen Strom mehr gab, jedenfalls für einige Zeit, dann kochte Lissie eben auf dem alten Bullerherd mit Holzscheiten, die sie unter der Treppe gelagert hatte. Das Feuerholz bekam sie vom Förster Brodersen, er sorgte schon seit Jans Tod dafür, dass Lissie in jedem Jahr genügend Holz erhielt. Er war mit Jan zur Schule gegangen und auch bei ihrer Hochzeit Trauzeuge gewesen, Lissie mochte ihn, sein Humor war in der ganzen Gemarkung sprichwörtlich. Am lautesten hatte sie gelacht auf dem Feuerwehrfest, als Harry Brodersen zum alten Feldmann so laut gerufen hatte, dass alle im Festzelt es mitbekommen mussten: »Pass nur gut auf dich auf, Dieter, wenn du am Friedhof vorbeigehst, dann binden sich die Würmer schon die Lätzchen um!«

Ja, der Ludger. Er sollte doch besser auf seine Ehe aufpassen und nicht so häufig wegfahren.

Lissie ging zum Herd und kochte sich eine gute Tasse Kaffee. Heute würde sie alles ein wenig langsamer angehen lassen.

***

Am nächsten Morgen ließ sich Werner von Herbert Buthmann nach Haidwitz zur Autowerkstatt fahren. Der Kröger wollte nach Vosshagen zum alten Lüders; der brannte den besten Korn im weiten Umkreis, er hatte auch eine Lizenz zum Schnapsbrennen, und sein »Moorgeist« war überall hoch geschätzt.

»Wissen Sie, Herr Schubert, solch reinen Kram kriegen Sie nirgendwo anners mehr, das ist noch das uralte Rezept von dem alten Erich Lüders, und der soll das angeblich in der alten Familienbibel gefunden haben, das war noch zu Zeiten, als die Schweden hier unter König Gustav-Adolf das Land brandschatzten. So im Mittelalter. Aber so alt wird hier kein Kornbrand, und Bartels sein Schnaps erst recht nicht. Der ist so weich, da werden hier schon die Säuglinge mit ruhiggestellt. Das kriegen die in den Fabriken gar nicht hin. Ich will damit sagen, wenn ich manchmal am Sonntag bei Lüders vorbeigefahren bin, da standen dann auch schon mal diese dicken Autos aus Hamburg oder Hannover auf dem Hof, diese Herren mit der dicken Brieftasche, Sie verstehen, die all das Land hier aufkaufen, denn die wollen nicht immer nur in Aktien investieren, die wollen was Reelles haben, was zum Anfassen. Und so kaufen sie Land, alles Ackerland, was sie nur bekommen können. Und dann wird das verpachtet, an die Bauern hier, damit gewinnen die in der Stadt eine ganze Menge, und wenn mal wieder schlechte Zeiten kommen sollten, dann haben die immer etwas, auf das sie sich zurückziehen können. Im letzten Krieg, da kamen die aus der Stadt hinterher auch immer hierher, und da wurde dann getauscht, der Brilliantring gegen Butter und Speck, oder ein halbes Schwein gegen echte Perserteppiche. Ich könnte Ihnen da so manche Geschichte erzählen; mein Großvater war damals dick im Tauschgeschäft. Auch einer der vielen Gründe, warum wir lieber unter uns bleiben wollen.«

Der Kröger setzte Werner Schubert an der Werkstatt ab und fuhr zu seinem Schnapslieferanten. Werner ging die schmale Treppe hoch zum Meister in das kleine Büro mit den großen Scheiben, durch die man die ganze Werkstatt überblicken konnte und zahlte die Rechnung, die nicht sehr hoch war; das Ersatzteil hatte der Lehrling in Karkenfelde auf dem Hof des Autoverwerters günstig ausbauen können.

»Wissen Sie, Herr Schubert, hier auf dem Lande muss man sehen, wie man zurecht kommt. Und dazu gehört auch, dass man sich gegenseitig hilft. Wie immer schon. Seit dem dreißigjährigen Krieg war es bei uns üblich, dass man zusammenhielt. Und so ist es bis heute geblieben. Als ich wusste, dass Ihr Wagen einen neuen Anlasser braucht, hab ich da kurz mal angerufen, und der hatte noch so ein Modell auf Halde, da hab ich Egon gleich hingeschickt, und so ist das alles mit dem Einbau doch erheblich günstiger geworden und auch viel schneller. Wenn ich das Teil erst im Werk hätte bestellen sollen, oh Mann, das hätte ja mindestens drei Wochen gedauert, wenn ich das Teil überhaupt hier bekommen hätte, und dazu dann noch all der Papierkrieg. Aber nun ist der Wagen wieder flott und Sie können wieder mit ruhigem Gewissen fahren.«

»Das geht aber nur, wenn ich mich strikt an die Verkehrsregeln halte, nicht wahr?«

Beide lachten, und nachdem Werner seinen Schlüssel bekommen hatte, fuhr er nach Haidwitz zum Tanken und von dort auf den gut ausgebauten Landstraßen zurück nach Harmshausen zu seiner Brandruine.

Da stand er nun und schaute in die Runde. Der Wind spielte ganz leise in den Wipfeln der hohen Ahornbäume, eine große Stille, kein Vogel zirpte, kein Auto fuhr, kein Trecker brummte. Werner schaute auf die geschwärzten Steine, den Schutt, die zerborstenen Holzstücke der Fensterrahmen, die Asche.

Was hatte der Autoschlosser noch gesagt, etwas vom dreißigjährigen Krieg. Auch damals schon waren Häuser in Schutt und Asche gelegt worden. Und im Blick auf die Welt und das All war das ja auch erst nur eine kurze Weile her.

Werner hockte sich auf den Stamm neben der Einfahrt und zerzupfte einen Ast, den Blick unverwandt auf die Trümmer gerichtet.

Ach Lena! Mit Lena wäre es jetzt alles viel einfacher.

Das war schon ganz am Anfang so gewesen, sie hatte ihn einfach nur angeschaut, seine Hand ergriffen und ihn dann zur Kinokasse gezogen. In der Warteschlange hatte sie ihn angeschaut und gesagt: keine Sorge, du wirst es nicht bereuen, der Film ist wirklich gut. Werner hatte den Film nie vergessen, es war dieser russische Film von den Kranichen und dem Liebespaar gewesen, die Schauspielerin hatte ein wenig Ähnlichkeit mit Lena gehabt, zumindest lächelte sie fast genau so. Nach dem Kino waren sie noch Hand in Hand durch die Straßen geschlendert, in einem kleinen Lokal gelandet, wo die dicke Wirtin eigenhändig Mettbrötchen schmierte und ein gutes Pils zapfte. Ringsherum auf den Holzbänken saßen sie neben jüngeren Leuten, Männer und einige Frauen, Werner hielt sie für Studenten oder Lehrlinge, auch ältere und ganz alte gab es da, fast nur Männer, sie saßen da vor ihren kleinen Biergläsern, schienen am Alkohol nur zu nippen, hin und wieder gab einer eine Runde Kurzen aus, dann kam das: Nicht lang schnacken Kopf in Nacken! Und alle tranken. Lena mochte keinen Korn, aber hier konnte sie sich nicht davor drücken. Einer der uralten nahm ihre Hand und begann von seiner Fabrik zu erzählen, die er vor dem Kriege in Pommern besessen haben wollte, eine rotgefärbte junge Frau schmiegte sich eng an Werner und stammelte leise etwas von »Papageien sind auch nur gute Wesen« und schlief dann ein. Er saß mit einem zufriedenen warmen Gefühl in dem Gewirr von Zigarettenrauch, halblauten Gesprächen, verwehten Lächeln, Bierdunst, den Düften von Bratkartoffeln und Frikadellen, die Kaffeemaschine zischte, die dicke Wirtin wischte mit einem rotgeränderten Handtuch Gläser trocken, ein alter Mann im dunklen Anzug schlurfte zur Toilette; Lena schaute ihn an, ganz ernst, lächelte dann und drückte seine Hand: Komm, lass uns jetzt gehen!

Ach Lena!

Sie hätte mit ihrem hellen Lachen die Aufräumarbeiten verschönert, alles wäre ihm leichter gefallen, einfacher, er hätte ja gewusst, wofür er das alles machte. Aber Lena war nicht mehr da. Sie lag in ihrer Urne auf dem grünen Rasen unter ihrem Grabstein in Harmshausen, hinter der alten Feldsteinkirche. Werner war seit der Beisetzung vor drei Jahren nicht oft dort gewesen, er war kein überzeugter Friedhofsgänger. Lena, die war ein paar Mal im Jahr zum Grab ihrer Eltern nach Hannover gefahren.

»Weißt du, ich brauche das einfach. Ich habe das Gefühl, dort bin ich ihnen sehr nahe. Besonders Mutti. Ich kann dann so richtig mit ihr reden, das ist anders als hier, wenn ich beim Kartoffelschälen mit ihr spreche. Es geht dann um alle Dinge, die mir wichtig sind. Wenn ich etwas plane oder tun will, und ich weiß nicht so recht, ob ich das auch darf oder soll, dann höre ich Mutti geradezu, wie sie: Aber Kind, muss das denn sein? sagt. Oder sie lacht und freut sich und sagt, ja, mach das nur, das wird dir gut tun. So fühl ich mich dann bestärkt und es geht mit mächtig viel Elan dann weiter. Das gibt mir neue Kraft und Schwung.«

Werner seufzte. Kraft und Schwung, den hätte er auch gern wieder. Bisher konnte er die Aufräumarbeiten gut durchstehen, es war eben eine Notwendigkeit, er konnte sehen, was getan werden musste, und im steten Gedenken an Lena und Tante Martha musste er für den Wiederaufbau Sorge tragen. Soweit so gut. Aber dann?

Sollte er Lenas Traum leben, ohne sie? Wollte er das wirklich? Oder konnte er sich etwas anderes vorstellen, eine andere Art von Leben. Aber welche? Lena war so voller Neugierde gewesen, für sie war jeder andere Mensch ein Abenteuer, daher kam sie mit den Sommergästen auch so gut aus, sie ging auf jeden einzelnen ein, so dass der sich als besonders gut behandelt fühlte.

Oder ihre gemeinsamen Reisen: jede neue Landschaft war für Lena wie das Genießen einer neuartigen Speise, jede Form von Musik sog sie in sich auf, oft waren sie in fremden Städten durch Museen geschlendert und vor so manchem Bild, vor einzelnen Skulpturen war sie stehen geblieben, hatte die Figur immer wieder umrundet und nachdenklich geschaut und geschaut, und oft erst nach minutenlangem Schweigen hatte sie dann lächelnd zu ihm hingeschaut und gemeint, »Jetzt hab ich verstanden, was er da gemacht hat. Das war wirklich ein grandioser Einfall. Ich mag den Lehmbach.« Oder den Picasso, oder den Cezanne, Breughel oder oder.

Werner schmunzelte. Ja, erst durch Lena hatte er etwas von Kunst mitbekommen. Erst sie hatte ihm die Augen geöffnet für Formen und Farben. Sie hatte ihm Zusammenhänge zwischen Makrokosmos und Mikrokosmos deutlich gemacht, konnte ihm viele Parallelen aufzeigen zwischen den Abhängen der Alpen und Libellenflügeln, machte ihm die ewig gleichen Muster in Geweb und Fels deutlich und verwies zugleich auf neue Materialien in Natur und Kunst, etwa so wie Musiker mit den gleichen

Noten in neuer Anordnung eine Erweiterung der tonalen und atonalen Dimensionen erschufen, wie Maler die immerwährenden alten Farben zu neuen vermischten, alte Formen neu zusammenstellten, wie alles und jedes im Sein, im All, in der Welt seinen Sinn finden konnte und musste; und wie sie dann den Kopf schräg legte und ihn anschaute und lächelnd sagte: »Und dein Da-sein ist in meinem So-sein jetzt ein Wir-sein.«

Das war in Jena gewesen, sie hatten in einem kleinen Lokal ziemlich gut gegessen, dann noch Schillers Gartenlaube besucht und diese gebührend bestaunt – die Schublade mit den faulenden Äpfeln etwa – im Hotel nachts hatten sie innig miteinander geschlafen und waren dann durch Sachsen-Anhalt gemächlich zurück gefahren.

Er vermisste sie sehr.

***

Lissie Cordes saß hinter ihrem Haus in der Sonne und schälte Kartoffeln. Das Damenkränzchen hatte geladen, in der nächsten Woche fanden sich alle ein bei Heide Meiners, die hatte Geburtstag, und zwar einen runden, das gab sicher wieder ein ziemlich großes Gelage in Petersens Scheune. Das ganze Dorf würde kommen und sicher noch einige Leute aus dem umliegenden Kreis, zumindest alle, die Anke Petersen oder ihren Mann gut genug kannten. Jede Frau aus dem Kränzchen brachte etwas mit, sie hatten sich untereinander verständigt, die Anke Petersen machte ihren berühmten Geflügelsalat,

Renate Lüders brachte den Maissalat mit und Lissie sollte ihren Kartoffelsalat nach Oma Dreyers Rezept machen. Die Kräuter hatte sie im Garten und für die selbstgemachte Mayonnaise nahm sie natürlich die Eier ihrer eigenen Hühner. Dazu hatte Bauer Clausen frische Wildschweinwürstchen spendiert, die würde er auf dem Grill braten. Lissie griente, ja, was das Feiern anbelangte, da war das Dorfleben noch in Ordnung. Da kam auch nichts zwischen. Der Lüders würde mit seinem Frontlader ein Fass Bier auf den Hof stellen, Ludger Steinbach, der Klempner, verlegte dann eine Bierleitung in die Scheune, die jetzt ja noch leer stand, erst im Herbst nach der Ernte würde sie wieder mit Kartoffeln gefüllt sein. So aber war sie der ideale Ort für eine große Feier. Die Männer des Dorfes hatten zusammengelegt, also die Stammtischkasse beim Kröger geplündert und den einkaufen lassen, ohne Korn niemals vorn, so lautete ihr Wahlspruch am Stammtisch, und Buthmann der Kröger besorgte den Stoff, den sie alle wollten, nur zu gern. So kam er auch zu einem wenn auch kleineren Gewinn.

Der Bauer Petersen würde zusammen mit den jungen Burschen vom Schützenverein die Scheune ausschmücken, mit Birkengrün und hellem Sand für den Boden, für den Tanzboden, denn ohne Tanzen gab es kein Fest in Harmshausen.

Ja, tanzen, Lissie hatte damals so gerne getanzt, der Jan konnte tanzen, und wie! Sogar den Tango konnte er, wie hatte er sie herumgeschwenkt, und dann erst der langsame Walzer, und so eng an eng und dann immer wieder die Küsse zwischendurch. Ach ja. Tanzen, das war was! Für die Musik sorgte sicher wieder Heiner, der flinke Sohn vom Architekten Hartmann. Hatte der nicht was mit der kleinen Wilkening gehabt? Oder war das schon länger her?

Lissie seufzte. Sie war einfach nicht mehr auf dem Laufenden. Seit ihren Kniebeschwerden kam sie nicht mehr so oft nach Haidwitz, wo sich im Cafe des Supermarktes die Frauen immer wieder trafen, besonders an Donnerstagen, wenn die besonderen Angebote in der Zeitung standen. Erst einkaufen, was nötig war, dann eine Tasse Kaffee oder ein kleiner Eierlikör, dann miteinander und übereinander reden, vielleicht auch ein Stück Kuchen, Frankfurter Kranz oder eine Nougatschnitte, und wenn es Zeit für den Bus war, nahmen sie ihre Büdel, Körbe und Tragetaschen und strömten zur Haltestelle, fuhren zurück nach Karkenfelde oder Harmshausen.

»Moin, Lissie!«

Lissie Cordes schreckte aus ihren Gedanken hoch. Vor dem Zaun stand Erich Möller, der Dorfpolizist, in seiner schwarzen Uniform, wie immer tadellos mit frischen Bügelfalten. Er war noch ledig und man munkelte bei Buthmann zu später Stunde, dass er seine Feierabende am liebsten am Bügelbrett verbringen würde. Die Schirmmütze hatte er ins Genick geschoben, er wischte sich den Schweiß von der Stirn.

»Na, wie geiht denn so?«

Lissie schälte die Kartoffel zuende, warf sie zu den anderen in die Schüssel und erhob sich.

»An dich hab ich nun gar nicht gedacht, Erich.«

»Du warst wohl ganz weit weg, was.«

»Ach weißt du, wenn man so wie ich in die Jahre kommt, da kreisen die Gedanken über so manchen Acker …«

»Und dann kommt der berühmte Geiersturzflug und du landest bei Torte und Kaffee zusammen mit der Wiebke oder Frau Lüders.«

»Wo du schon so schön davon reden tust, willst du einen mittrinken?«

»Da sag ich nicht nein, dann komm ich mal rein.«

Und Erich Möller kam durch den Vorgarten und setzte sich an den Tisch mit der bunt gemusterten Wachstuchdecke.

Lissie holte noch eine Tasse aus der Küche und goss ihnen beiden aus der Thermoskanne den duftenden schwarzen Kaffee ein.

»Milch auch, oder bist du lieber ein Süßer?«

»Nix. Ich mag ihn stark und schwarz, ganz so wie ich bin.«

»Na klar, das wissen doch alle hier in der Gegend, dass du so ein ganz Starker bist. Und das einzige, vor dem du Angst haben sollst, das sind die Frauen, oder?«

»Da hast du aber was gehört, Lissie, woher hast du das denn nun wieder?«

»Ich mein ja nur. Weil du immer noch so unbeweibt durch die Gegend läufst. Und bisher hat ja auch keine Jungfrau aus dem Dorf von dir einen Vaterschaftstest verlangt, oder?«

Erich lachte und trank.

»Der ist aber gut! So mag ich ihn.«

»Hab ich ja auch extra für mich gemacht, ich hab heut

nicht mit Gästen gerechnet. Und du, was treibt dich hierher in unsere Straße? Hat wieder mal einer falsch geparkt?«

Erich lachte.

»Du bist mir aber eine. Nein, ich wollte mal einfach so mit dir klönen, denn ich weiß ja, dass du von allem, was sich so tut in unserem Dorf, das Allermeiste ja doch mitbekommst. Nein, ich helfe zur Zeit mit, diesen Pferdeschlächter zu fangen und so wollte dich fragen, ob du was gehört hast. Ich meine, was reden die Leute denn so über diese Untat hier in Harmshausen?«

Lissie lehnte sich zurück.

»Der Pferdemord also, da bist du hinterher. Da solltest du lieber mal zu Buthmann an den Stammtisch gehen. Da hörst du sicher mehr. Ich weiß nur, dass die Bauern hier alle glauben, das war einer von außerhalb, ich meine, nicht aus unserem Landkreis. Der soll was mit dem Wilkening haben, so ein schleichender Streit, vielleicht schon etwas länger her, und es könnte auch ein Hamburger sein. Weil der Wilkening doch mit vielen Hanseaten seinen Ärger hat, wegen der Felder, und vor allem wegen des Schüllwaldes.«

»Du meinst, es geht um den Wald? Also diesen Überweg im Wald, den der Wilkening einfach zugeschüttet hat?«

Lissie lachte auf.

»Das war so recht nach seiner Mütze. Da hatte sich doch dieser reiche Hamburger Reeder das so einfach vorgestellt, der hatte auf der Auktion den Schüllwald gekauft, den der Wilkening doch so gern haben wollte. Hat der ihm den Wald direkt vor der Nase weggeschnappt. Aber die Zufahrt, die lag ja auf Wilkenings Land, und die hat der ganz einfach zugebaggert. Charlie Drebber hat bis tief in die Nacht gebaggert, und es gab reichlich Stoff hinterher, und dann noch schnell ein paar Föhren auf die Schneise gepflanzt, und weg war die schöne bequeme Zufahrt zum Schüllwald. Und nun hat der Reeder seinen Wald, aber er kommt nicht ran. All die schönen Sauen und Hirsche laufen frei darin herum, aber er kann sie nicht bejagen, weil er keinen Zugang hat. Und die Sache mit dem Gericht zieht sich auch hin. Die haben sich schon ein paar Mal in Lüneburg im Amtsgericht getroffen, aber der vorsitzende Richter ist ein alter Jagdfreund vom Wilkening, und du kennst das ja, die Jäger halten zusammen. Fast immer.«

Erich Möller nickte bedächtig. Er konnte sich noch gut daran erinnern, wie er nach bestandener Jagdprüfung voller Stolz sein Abzeichen vom DJV, dem Deutschen Jagd Verband, im Revers getragen hatte und auf einmal standen ihm viele Türen offen, an die er vorher nur zaghaft hatte klopfen dürfen. Er wurde zu Drückjagden eingeladen und traf bei den obligatorischen Schießübungen auch viele Honoratioren, Bürgermeister, Staatsanwälte, Richter, sogar einmal den Polizeipräsidenten. Auch den Kredit für sein kleines Häuschen bei der Sparkasse bekam er jetzt schnell und unkompliziert, denn Bernd Petersen, der Leiter der Sparkassenfiliale in Haidwitz, war ebenfalls im Jagdverband.

Lissie goss nach und sagte dann:

»Meinst du, dass diese Sache mit dem toten Pferd bei

Wilkening und der Brand bei Werner Schubert neulich, also dass das zusammenhängt?«

Erich Möller runzelte die Stirn.

»Da hab ich noch gar nicht drüber nachgedacht. Du meinst, dass das tote Pferd und der Brand, also dass jemand da nachgeholfen hat..?«

»Ja, das hörte ich neulich. Ich glaube, beim Bäcker war es. Denn die meinten, die Vorstellung, dass da zwei Übeltäter am Werk sein sollen, das glaubt hier keiner. Die denken alle, das muss ein Täter gewesen sein. Und wenn schon ein Pferd geschlachtet wird, dann ist so einen Brand zu legen ja auch vielleicht als Ablenkung gedacht, denn fast alle Männer waren bei der Pension und halfen beim Löschen; der alte Knesebeck hatte ja großen Alarm gemacht. Und da waren alle eben im oberen Harmshausen und keiner hat auf die Pferdekoppel geachtet. So sagt man hier.«

»Sieh an. Aber zufällig weiß ich, dass der Brand bei Schubert durch ein technisches Versagen ausgelöst worden ist. Da ist eine Verteilerdose durchgeschmort. Das hat mir der Gutachter von der Versicherung gesagt. Und die sind ja immer sehr genau, die müssen ja bezahlen. Da liegen die Leute hier alle falsch. Diese beiden Dinge haben nichts miteinander zu tun. Übrigens, dieser Werner Schubert, kennst du den näher?«

»Na, wie man sich eben so kennt, vom Sehen hier im Dorf. Er war ja mit der Lena verheiratet, die hatte auch das Haus von Martha geerbt, sie war ja von hier. Der Werner ist ja nur ein Eingeheirateter. Aber er hat sich bemüht, der ist auch im Schützenverein, und bei Buthmann, da wohnt er zur Zeit, da hat er früher auch immer mal wieder einen ausgegeben, also, ich kann nichts Schlechtes über ihn sagen.«

»Und die Lena, was war mit der?«

»Tja die Lena. Das war so eine ganz Hübsche, da waren schon in ihrer Schulzeit alle hinter ihr her. Aber sie hat alle Jungs abblitzen lassen, ist dann weggegangen, ich glaube nach Hamburg. Dort hat sie dann auch den Werner kennengelernt und die haben dort geheiratet. Er machte was im Büro oder so, genaues weiß ich nicht, über sich selber redet der ja nicht viel. Nach Marthas Tod haben die dann aus dem Häuschen eine Pension gemacht, und das lief wohl auch ganz gut. Ach ja, die Lena. Die konnte so gut Aale braten, weißt du. Und dann hat sie eine ganz schwere Krankheit erwischt, so ein Krebs an den inneren Organen, sagt man. Das ging alles sehr schnell, und da blieb der Werner allein übrig. Er hat dann die Pension allein weitergeführt, und das gar nicht mal so schlecht. Aber man merkte es schon, er ist stiller geworden, und zu Buthmann abends ist er auch nicht mehr so oft gegangen. Die Lena hat ihn wohl immer dahin geschubst. Die wusste ja, wie die Leute hier so sind und dass die Zugereisten sich immer bemühen müssen, um Anerkennung und so. Na, das kennst du ja auch.«

Erich Möller nickte langsam. Ja, das kannte er auch. Als er vor acht Jahren aus Winsen hierher befohlen worden war, wo er zusammen mit seinem Kollegen Wichmann die kleine Polizeistation für den gesamten Landkreis übernahm, da war er dem anfänglichen Misstrauen der Dörfler begegnet. Die wollten ihn erst einmal prüfen und abwarten, ob er sich wohl in das Leben hier einfinden könnte.

Das war anfangs nicht einfach gewesen, zumal bei Befragungen wegen zu schnellen Fahrens oder Autofahren unter Alkohol; die sogenannten Zeugen waren meist sehr zurückhaltend gewesen, und wenn es nur um Verkehrsdelikte ging, da gab es unter den Bauern weitgehend nur eine Meinung: sie hatten nie was gesehen und wussten von nichts und waren nie dort gewesen. Denn der Lappen, der Führerschein, war hier auf dem Lande so wichtig, da geschah es auch schon, dass spät abends einer zu Buthmann hereinstürmte und lauthals »Blaue Nacht!« rief.

Dann wussten alle Bescheid, dass die Polizei wieder einmal mit einem Blitzer an der großen Kreuzung stand und auch Alkoholproben machte. Mitunter fuhr dann einer der Gäste mit seinem Trecker quer über die Felder und umging so die Kontrollen, oder wie Blohms Fidi, der hatte vor vier Jahren etwas gemacht, was ihm noch heute die Hochachtung aller Stammtische im gesamten Landkreis eingebracht hatte, es war allerdings nicht ganz billig geworden. Er war mit seinem alten Opel an den verblüfften Polizisten vorübergebraust und als die dann endlich die Verfolgung aufgenommen hatten und mit Blaulicht und Sirenen hinter ihm her rasten, war er kurzerhand auf Lüders Hof gefahren und hatte den Wagen unter der Getreideklappe vom Silo abgestellt, schnell den Riegel aufgeschoben und die Hände in die Taschen gesteckt. Als die Polizei dann mit Tatütata auf den Hof eingefahren war, stand Blohms Fidi vor der Scheune und bewunderte den großen Roggenhaufen mitten auf dem Hof. Die Polizei war ratlos, kein Auto, kein Sünder. Sie fuhren wieder weg und man munkelte, dass der alte Lüders von dem Geld, das er als Ausgleich für das verdorbene Getreide von Blohms Fidi erhalten hatte, mit seiner Frau die große Schiffsreise gemacht hatte, von der er seitdem immer wieder erzählte und allen den Mund wässrig machte.

Ja, Erich Möller kannte das Gefühl, in diesen Dorfgemeinschaften der Außenseiter zu sein.

»Und das hat der Schubert dann auch bekommen, ich meine die ganze Anerkennung von den Dorfleuten hier?«

»So nach und nach wurde er akzeptiert. Er wurde nicht gerade als ein vollwertiger Dörfler angesehen, aber er durfte an allem teilnehmen, zuletzt wurde er sogar zu den Geburtstagsfeiern in die kleine Jagdhütte eingeladen, und das will schon was heißen, denn Jäger war er ja nicht.«

Erich Möller trank seine Tasse leer und erhob sich.

»Dann muss ich mal wieder los. Na, mal sehen, ob ich da heute noch zum Kröger komme. Ich will doch mit eigenen Ohren hören, was die Leute so reden. Tschüß ok!«

»Bis bald mal wieder, und pass auf dich auf, es gibt so viele böse Leute auf der Welt.«

Lissie griente und goss sich nach. Sie mochte den Polizisten. Der war immer klar und gradlinig, machte keinen Schmu und für ihn gab es keine Bevorzugung, wenn der Bürgermeister unter Alkohol am Steuer saß, dann musste er der genau so seinen Führerschein abgeben wie Jan Harms oder der kleine Fricke. Der hatte nur ein Bier und zwei Wacholder gehabt, aber das hatte ausgereicht, zu viele Promille, da war er den Lappen schnell losgeworden.

»Weißt du, Lissie,« hatte er ihr erzählt, »Ich muss doch tagein tagaus mit Nadel und Schere mein Geld verdienen, und die Leute wollen oft nicht gleich bezahlen, und der Ärger, das geht auf die Knochen, und für so einen Schnaps, da geb ich das nicht her!«

Wenn aber beim Kröger abends einer eine Lokalrunde ausgab, da langte er zu. Nur vertrug er nicht so viel wie der anderen, und im Gegensatz zu Achim Knesebeck oder Blohms Fidi wurde er dann ganz still, setzte sich in eine Ecke und schlief meistens ein. Der Kröger Buthmann weckte ihn dann, wenn er die Wirtschaft in der Nacht schließen wollte und dann wankte der Schneider mühsam nach Hause.

Blau ist blau, so sagt man doch, und Lissie wunderte sich wieder einmal, warum ein erheblicher Trunkenheitsgrad unter Alkohol allüberall mit »Blau« bezeichnet wurde. Warum sagte man dazu nicht Gelb oder Ocker oder Tiefschwarz, denn oft wussten die Betroffenen ja nichts mehr, das Gedächtnis war wie ausgelöscht, da war nichts mehr da, ganz leer, wie der Weltraum, also wäre Schwarz doch eher der entsprechende Ausdruck dafür. Aber statt dessen Blau, oder Dunkelblau sogar. Komisch, was die Sprache sich so alles ausgedacht hatte, und nachdem das einer erstmals gesagt hatte, wurde dieser Begriff dann von allen anderen übernommen.

Lissie wandte sich wieder ihren Kartoffeln zu.

***

Für Werner Schubert waren die letzten Tage schnell vergangen, er hatte die Planungszeichnungen des Architekten Hartmann für gut befunden, und dann hatte der Hartmann noch einen guten Vorschlag gemacht, der ortsansässige Bauunternehmer Knesebeck solle den Keller aus- und aufbauen, und dann würde eine Firma aus Südniedersachsen mit den vorgefertigten Teilen das Haus in kurzer Zeit aufbauen:

»Weißt du, die kommen mit einem großen Kran, und dann werden die vorgefertigten Teile hochgezogen, nein, keine billige Holzhütte, das sind alles echte Steine, aber alle innen mit Hohlraum, das ist nämlich gut für die Wärmedämmung und den Schall, und es hat den Vorteil, das gibt es zum Festpreis, da gibt es keine zusätzlichen Kosten mehr wie oft bei der herkömmlichen Bauweise, und die Leitungen für Strom und Wasser sind schon alle installiert, die brauchen dann nur noch angeschlossen werden. Also eigentlich fast wie ein Fertighaus, aber in stabiler konventioneller Bauweise; ist erst seit einigen Jahren auf dem Markt. Ich kann das nur empfehlen, ich hab schon bei zwei derartigen Bauten mitgemacht und es mir genau angesehen. Und es ist preislich günstig, geht schnell und man hat keinen Ärger mit den Handwerkern. Du wirst schon sehen, allein mit dem Keller hast du dann eine Menge Probleme, aber ich werde mich dann darum kümmern und selbst die Bauleitung übernehmen, und ich denke, für dich wird es auch besser sein, wenn der Knesebeck das macht, dadurch wird dein Ansehen im Dorf noch mehr steigen, dass du einen von ihnen beschäftigst und nicht wie so ein arroganter Städter eine Firma von außerhalb nimmst. Und dann kommt noch eins hinzu, ganz wichtig: weil es in seinem Dorf geschieht, kann sich der Knesebeck auch keinen Pfusch erlauben, er wird also erstklassige Arbeit abliefern, das ist wieder gut für dich, verstehst Du?«

Der Neubau hatte in etwa die Dimensionen des alten Hauses von Tante Martha, nur im ersten Stockwerk waren die Gästezimmer etwas größer geworden, jetzt nannte der Hartmann diese »Appartements«, alle waren auf Werners Wunsch mit einem Bad ausgestattet.

»Du musst auch mal an die Zukunft denken. Die Leute werden immer anspruchsvoller, und gerade die Großstädter, die hier ihre teuren Pferde einstellen, die haben erhebliche Ansprüche an die Hotellerie. Du bist hier einer der ersten, der eine Pension hat, da müssen die Zimmer und ihre Ausstattung schon stimmen. Und außerdem kannst du so etwas mehr für ein Appartement verlangen, das Geld der Versicherung wird sicher bald verbraucht sein, und dann, so groß ist deine Rente auch nicht, da kannst du gut von einer hochpreisigen Vermietung leben. Und wer weiß, wie das Leben so spielt, vielleicht findest du doch noch mal jemanden, mit dem du leben möchtest …und die wird sicher auch ein paar Ansprüche haben, oder siehst du das anders?«

Werner konnte ihm nur zustimmen; viel mehr Kopfzerbrechen aber machte ihnen beiden die Sache mit der Heizung. Werner wollte keine Ölheizung, denn »da kann immer was dazwischen kommen, weil die Araber den Ölhahn zudrehen oder es wieder einen Konflikt gibt mit der OPEC oder so, außerdem sind die Preise so schwankend, und immer heißt es, das liege an Rotterdam. Dabei weiß doch jeder, der mit dem Auto unterwegs ist, wie stark die Benzinpreise hin und herschwanken, wenn du mittags hinschaust, kostet es fast zwanzig Cent mehr als am frühen Morgen, und an manchen Wochentagen gibt es mehr als vier verschiedene Preise an der gleichen Tanke. Und das kann doch nicht an irgendwelchen Ölmultis in Rotterdam liegen, nein, das liegt an der Raffgier der verschiedenen Konzerne hier bei uns, oder warum fahren die Benzinpreise zu Beginn der Ferien immer in die Höhe und dann, wenn nur wenig Leute unterwegs sind, gehen sie wieder nach unten. Nein, eine Ölheizung kommt mir nicht ins Haus, da bin ich viel zu abhängig.«

Horst Hartmann schmunzelte über Werners heftige Reaktion:

»Aber was hattet ihr denn vorher?«

»Ach, da haben wir mit Holz und Kohlen geheizt. Tante Martha war das ja so gewöhnt, und als wir das Haus übernahmen, da haben wir eben so weitergemacht. Wir haben die Briketts immer in Karkenfelde bei Bartels gekauft. Aber wenn ich es mir so recht überlege, das mit der Kohle wird auch auf die Dauer nichts mehr werden. Mit der Steinkohle haben sie jetzt überhaupt aufgehört und die Braunkohle wird auch nur noch ein paar Jahre noch abgebaut werden, dann werden sie schon der Umwelt wegen damit aufhören. Nein, Kohleheizung geht auch nicht.«

»Dann bleibt noch Gas über oder elektrische Nachtspeicheröfen oder als Selbstversorger mit Fotovoltaikplatten auf dem Dach.«

»Also Gas, nein danke! Zum einen hätte ich dann gerade jetzt nach dem Brand ständig Angst, dass es explodiert, und zum anderen, da bin ich ja wieder abhängig von den Russen. Die bauen zwar große Leitungen durch die Ostsee bis zu uns, aber man hat das ja wiederholt schon gesehen, in den ehemaligen russischen Ländern, wenn die nicht so wollten wie der Kreml es für gut befunden hat, dann haben die den Gashahn einfach zugedreht. Nein, Gas will ich nicht.«

»Also dann bleibt noch die Photovoltaik.«

»So eine Anlage auf dem Dach? Wie sieht das denn aus. Bauer Clausen hat so etwas auf seiner großen Scheune, das verscheucht ja bei ihm sogar die Tauben. Nein, diese Fotoplatten auf dem Dach, das mag ich nicht leiden. Das sieht für mich einfach beschissen aus.«

»Dann soll es also Strom sein, vielleicht als Nachtspeicheranlage? Die haben ja jetzt ein paar Windräder aufgestellt gleich hinter Vosshagen, und sie wollen eine Genossenschaft gründen, und wenn du da Mitglied wirst, dann gibt es den Strom günstiger. Und das ist dann erneuerbare Energie, die hat Zukunft. Das wird zwar jetzt in der Anschaffung etwas teurer, aber letztlich auf lange Sicht bist du aus allem raus. Denn deine Angst vor Abhängigkeit, du bist immer abhängig, bei Öl und Gas von ausländischen Anbietern und der Regierung, bei Holz und Kohle von der Zulieferung, und die wird immer schlechter. Die erneuerbaren Energien, die werden ja auf Dauer bleiben, das ist glaube ich für dein Haus das Richtige.«

»Ja, Horst, da hast du recht. Ich setze auf diese neue

Technik, und im Verbund mit den anderen hier im Umfeld, auf lokaler Ebene, das klingt mir gut. Da bin ich mit dabei, Windräder, saubere Energie, das ist es.«

»Dann machen wir es so, Zuleitung über saubere Energie, dann geht es in Nachtspeicheröfen, die auch die Warmwasserbehälter versorgen, und die Gäste werden es zu schätzen wissen, dass sie in einem Haus wohnen, das mit erneuerbarer Energie versorgt wird.«

Horst Hartmann erklärte, dass er sich um Angebote kümmern werde und diese dann mit ihm besprechen wolle, sie verabschiedeten sich mit guten Gefühlen, und am Nachmittag fuhr Hartmann dann nach Lüneburg zum Bauamt, gab dort die Unterlagen ab für die neue Pension und besuchte den Amtsleiter, den er gut kannte; sie hatten vor Jahren zusammen das Jagdabzeichen gemacht und trafen sich seitdem häufig zu Drückjagden und natürlich auch zum großen Hubertusmahl in Schneverdingen.

Werner fuhr in Gedanken zum Dorfgasthof zurück. Dort traf er Wiebke Feldmann in der Gaststube, sie war mächtig herausgeputzt, hatte ein rotweißes Cocktailkleid an von einer gefährliche Kürze und schleppte schwer an einem Flaschenkarton.

»Ach, Sie kommen gerade recht, Herr Schubert, helfen Sie doch bitte tragen, ich kann doch mit meinem Arm nicht mehr so.«

»Aber gern.«

Werner nahm ihr den schweren Karton ab.

»So, Sie müssen aber nun mit, ob Sie wollen oder nicht. Wir müssen zu Heide Meiners Geburtstagsfest fahren.

Das feiern wir in diesem Jahr in Petersens Scheune, denn in Meiners kleinem Häuschen haben ja nicht alle Gäste Platz. Kommen Sie, mein Wagen steht draußen, ich musste nur noch flüssigen Nachschub besorgen.«

Wiebke lachte laut über Werners verdutztes Gesicht.

»Nun man los, der Abend ist noch lang.«

Heide Meiners Geburtstag. Dass Werner den vergessen konnte. Wo doch Heide Meiners als beste Freundin von Lena fast schon zur Familie gehört hatte. Oft waren sie mit dem Rad zum Wilkeninghof gefahren und hatten der Heide bei den Dressuren mit ihren Pferden zugeschaut, im Winter in der großen Reithalle, in den anderen Jahreszeiten auf dem eingezäunten Übungshof. Heide führte meist die Pferde an der Longe im Kreise und setzte die Peitsche nur selten ein, ihre Stimme und mitunter ein Schnalzen mit der Zunge waren meist Hinweise genug für das Pferd. Lena bewunderte Heides Fähigkeit, die großen sanften Tiere fast nur über Augenkontakt zu lenken und zu leiten. In den Jahren gab es des öfteren auch die Tage, an denen Lena zu Heide fuhr und sie einen reinen Frauentag machten, wie sie es nannten, wo sie miteinander ungestört reden und lachen konnten, und mitunter fuhren sie auch gemeinsam in die Stadt zum Einkaufen, was Werner nicht unlieb war, denn das müßige Herumstehen in Warenhäusern vor der Umkleidekabine, gar in der Unterwäscheabteilung, das mochte er gar nicht. Ja, und als Lena dann gestorben war, hatten Heide und ihr Mann Günter ihn gut und behutsam aufgefangen, manchmal zum Abendessen eingeladen, manchmal einfach nur so durch die Gegend mit dem

Fahrrad gefahren, oder zum Tee ohne die beiden Kinder und dann wieder zum Kindergeburtstag eingeladen. Werner hatte das in den Anfangsmonaten sehr genossen und war dankbar gewesen, dann aber so nach und nach hatte er den Kontakt gelockert, und er meinte, dass auch Günter eher erfreut gewesen war, denn der hatte einen ziemlich anstrengenden Beruf und war froh um jede freie Minute, in der er mal einfach ausspannen konnte und sich ganz der eigenen Familie widmen durfte. Heide hatte Werners langsamen Rückzug einfach so akzeptiert; wenn sie sich sahen, war es gut und wie früher, als ob es Lenas Tod nicht gegeben hätte, sie war für Werner eine richtige Freundin geworden. Bei Günter gab er sich reservierter, aber, was hatte Lena damals gesagt:

»Ihr seid eben zwei Rivalen um die Gunst einer schönen Frau, und welche von uns beiden diese Schöne ist, das müsst ihr schon selber herausfinden.«

Und jetzt hatte er Heide Meiners Geburtstag vergessen. Es war ihm richtig peinlich, aber er war Wiebke doch sehr dankbar, dass sie ihn so drängte, mitzufahren. Denn er merkte, wie sehr es ihn da hinzog, Heide und Günter waren ihnen beiden und dann ihm allein ja auch immer sehr gute Freunde gewesen.

Wiebke schubste ihn fast aus der Gaststube hin zu ihrem kleinen Wagen und dann fuhren beide zu Petersens Hof. Werner Schubert war doch etwas unbehaglich zumute. All die Jahre im Dorf hatte er sich stets davor gedrückt, auf den ganz groß gefeierten Geburtstagen mitzumachen, auch auf den Schützenfesten war er stets im Hintergrund geblieben und oft nur Lena zuliebe auf die

Tanzfläche gegangen, nach ihrem Tod hatte er nur die kleinen Besäufnisse in der Jagdhütte wegen der dringlichen Einladungen mehr oder weniger notgedrungen mitgemacht, um nicht ganz als der Außenseiter dazustehen, denn er wusste, dass er für viele immer noch »der Zugereiste aus der Stadt« war, der »Neue«, der Marthas Nichte geheiratet hatte.

Wiebke parkte seitlich vor der großen Scheune, aus der schon eine laute wummernde Musik erklang. Sie stiegen aus und gingen hinein, hinein ins Getrubel.

Die ganze Scheune war mit frischem Birkenlaub ausgeschmückt, überall hingen bunte Lampions, die mit LED-leuchten bestückt waren. An der linken Seitenwand war ein langer Tresen aufgebaut, auf dem das Besteck in Bierkrügen bereit stand neben den Tellerstapeln, Papierservietten lagen griffbereit daneben, und dann natürlich kamen die erquicklichen Sachen: diverse Schüsseln mit Frikadellen, Salaten und frischem Mett mit Zwiebeln, Teller voll Tomaten und Gewürzgurken, Bastkörbe mit Brötchen und Pumpernickel. Und dann stand da noch neben dem glänzenden großen Bowlengefäß für die Damen das metallene Bierfass, aus dem Günther Zils, der Knecht von Bauer Clausen, ununterbrochen die Gläser füllte. Ihm zur Seite stand Angela Martens, eine resolute Mittvierzigerin, die schon seit ihrer Jugend hinter den verschiedensten Tresen bei Jagdfesten, Hochzeiten und vielen runden Geburtstagen gestanden und vor allem für die Kornrunden gesorgt hatte. Sie ordnete die Schnapsgläser auf dem kleinen runden Blechtablett an und goss dann den Korn darüber, hielt das Tablett den

Wartenden hin und bereitete das nächste Tablett vor. Die leeren zurückkommenden Gläser wurden wieder auf diese Weise gefüllt. Der alte Lüders hatte sie mal gefragt, ob sie denn auf diese Weise den Umsatz beim Doktor antreiben wolle, daraufhin hatte sie gelacht und nur gemeint, dass es für sie als Frau immer viel leichter sei, mit betrunkenen Männern klarzukommen als nur mit den leicht angesoffenen:

»Denn die nur Angetrunkenen wissen ja immer noch, was sie von einer Frau wollen. Die anderen wollen zwar auch, aber sie können nicht mehr. Und ich kann sie dann leichter abwimmeln, wenn sie nicht vorher schon einschlafen. Nein, sag mir nix, wenn einer so richtig zu ist, dann ist er einfach ungefährlich für mich und die anderen Frauen.«

Das kannte sie ja auch von ihrem Mann Theo, der war kein Kind von Traurigkeit und bei jeder Feier kräftig mit dabei; aber er war auch sehr tüchtig und fleißig, sein Hof konnte sich sehen lassen, und er bemühte sich zumindest, die Wünsche seiner Angela zu erfüllen.

Heute ging er von Tisch zu Tisch und redete mal hier und mal dort mit allen und jedem, vergaß aber nicht, dabei sein Glas immer wieder zu füllen; sein Durst war an diesem Abend ziemlich groß und so war es nicht weiter verwunderlich, dass der Theo dann etwas später draußen neben der Scheune keinen festen Tritt mehr hatte, ins Stolpern geriet und rücklings auf einen Baum fiel. Er blieb liegen und jammerte kläglich, der Tierarzt Bernsdorff und Horst Hartmann kümmerten sich um ihn und Achim fuhr ihn dann nach Vosshagen zum Hausarzt, dieser stellte eine erhebliche Prellung des gesamten Rückens fest und hatte den Verdacht auf eine Schädigung der Wirbelsäule. Daher wurde Theo Martens dann mit dem Krankenwagen nach Lüneburg gefahren, dort geröntgt und für ein paar Tage stationär aufgenommen ; als er endlich wieder nach Hause entlassen wurde, musste er sich noch schonen, sollte viel liegen, bekam Tabletten und zweimal in der Woche gab der Hausarzt ihm eine Spritze. Er fand das nicht sehr angenehm, zumal die Arbeit auf dem Hof sich drängte, aber er konnte einfach nicht. Und Angela bemutterte ihn so gut sie es vermochte und versuchte ihm, etwas Geduld beizubringen. Aber das geschah alles viel später.

Das Geburtstagsfest ging seinen Gang.

Im hinteren Teil war die große Scheune mit Holzbänken und Tischen vollgepackt, vorwiegend die älteren saßen hier, mit schwer beladenen Tellern vor sich, die jüngeren Dörfler tanzten im vorderen Drittel auf dem festgestampften Boden zu der Musik, die häufig überlaut aus den vielen kleinen Lautsprechern über die Köpfe der Gäste wummerte. Der Disc-Jockey war wie immer bei großen Festen Uwe Lührs, seit vielen Jahren der Verlobte von Wiebke. Die meisten Frauen fühlten sich als Damen und hatten sich neue Kleider machen lassen oder diese gekauft, oft natürlich auch über das Internet; der Paketbote hatte viel zu tun gehabt in den letzten Wochen, denn zuweilen passte dies nicht oder bei einem Stück war die Farbe falsch bestellt worden und das Paket ging dann zurück, und der Schneider Fricke hatte mit den Änderungen und Erweiterungen oder hier noch ein wenig mehr an Ausschnitt oder dort ein Stück Spitze für den Busen oder die Länge stimmte nicht, vorn und hinten waren unterschiedlich oder ausgezipfelt, er hatte sein Tun und war in diesen Wochen völlig ausgebucht, kam kaum dazu, das Kleid für seine Tochter zu richten und fertigzustellen. Aber es musste etwas ganz Neues sein, so wie es der Sitte entsprach, bunte weite Kleider oder schmale enge, je nach Figur und Geldbeutel, nach Geschmack, Modestil und Vorstellungskraft. Meist Cocktailkleider, wie man es hier immer noch nannte, meist in Knielänge oder etwas kürzer, und meist oben, wie sagt man so treffend, offenherzig, denn die Männer beziehungsweise die Herren der Schöpfung sollten ja auch etwas geboten bekommen. Denn wenn auch die meisten Frauen zwischen zwanzig und fünfzig verheiratet waren, so waren sie einem kleinen Flirt nicht abgeneigt, und sei es auch nur, um den Gemahl daran zu erinnern, dass es neben Haus und Hof und Ernte noch etwas anderes gab, woran er besser denken sollte und wofür er seine Kräfte einsetzen könnte. Müsste. Dürfte.

Die meisten der Männer hatten ihre dunklen Anzüge aus den hohen Schränken herausgeholt, mancher «duftete» noch nach Mottenkugeln und mitunter wurde auch das Zuknöpfen ziemlich schwierig, aber Schlips und Kragen war Pflicht, zumal bei den Älteren, wenn auch nach einer straffen Rasur der Kragen ein wenig eng am Hals saß, aber Walzer und Polka mussten abgeleistet werden, und bei so manchem war die dunkle Anzugjacke auch außen nass vom Schweiß. Eine ungewohnte Arbeit eben, und der reichlich genossene Schnaps tat seinen Teil dazu.

Die Jubilarin Heide Meiners wurde auf einem mit bunten Girlanden geschmückten Hochstuhl feierlich in die Diele getragen und musste sich rücklings zur Theke hinsetzen, dann nahm der Chor aus den drei Kirchspielen vor ihr Aufstellung und es wurde ein Loblied auf die Heide, von Achim Knesebeck höchstpersönlich gedichtet, nach der Volksweise »Das Wandern ist des Müllers Lust«, laut und meist wohltönend dargebracht; es wimmelte von sexuellen Anspielungen, schließlich hatte Heide ja zwei Kinder und war vom alten Wilkening schon lange als seine beste Pferdeflüsterin bezeichnet worden, und sie führte auch gemeinsam mit dem Tierarzt Bernsdorf die Besamungen der Stuten durch.

So hatten alle ihren Spaß, die Männer redeten über Geld und Politik, über Autos und Jagdglück, die Frauen saßen beieinander und sprachen über Hochzeitschancen, Kindersegen, die anderen Frauen, Mode und Kochrezepte. Alle lobten wie bei jedem Fest Lissies Kartoffelsalat und Renates Dessert, mokierten sich später über Jens Röslers Frau Elke, die den in seinem Erbrochenen schlafenden Rösler von allen Seiten mit dem Handy fotografierte.

»Sie bereitet sich wohl schon auf die Scheidung vor,« ulkte Anke, »mit solchen Bildern ist ihr vor Gericht allemal das Sorgerecht für die Gören sicher.«

Sie tanzten den »Schneewalzer« und sangen den »alten Holzmichel«,

viele Männer erhoben zwar ihre Korngläser, um einander zuzuprosten, aber ein großer Teil von ihnen schüttete den Schnaps dann wie jedes Jahr in die Damenbowle, die im Laufe der Stunden immer gehaltvoller wurde und sicher wie bei jedem Fest am nächsten Morgen als Katerkiller gute Dienste tat.

Die jungen Männer zogen ihre jeweiligen auserwählten Damen an den Händen aus der Scheune ins Dunkel und verschwanden für eine kleine Weile; wenn sie wieder auftauchten, sahen die meisten äußerst zufrieden aus.

»Die schauen so wie der Kater, wenn er die Sahneflasche geleert hat!« meinte Lissy halblaut zu Irmela, der Zeitungsfrau.

»Fehlte nur noch, dass die jetzt auch noch zu schnurren anfangen.«

»Früher, weißt du noch, wir sind dann zumindest anstandshalber von der anderen Seite wieder ins Zelt gehuscht. Aber die Mädels von heute, sieh nur, die sehen ganz zufrieden aus.«

»Weißt du, die üben nur für das Hauptmannsfest nächsten Monat.«

»Na, mal sehen, wie viele Verlobungen das im Herbst wohl geben mag.«

»Lissy, du weißt doch, es ist eben Brauch, dass kein Bauer die Katze im Sack kaufen tut.«

»Du, ich sage dir, das gilt auch für die jungen Frauen. Die wollen auch wissen, woran sie sind. Ob der seinen Mann stehen kann oder nicht. Das ist heute anders als noch bei uns, wir mussten uns fügen, wohl oder übel, und die Herren der Schöpfung bestimmten, was Sache war. Aber heute..«

»Zum Glück hat sich da was getan. Wurde ja aber auch langsam Zeit!«

Und mit ziemlich großem Wohlwollen beschauten sich dann die älteren Frauen die zurückkehrenden Paare auf ihre Ehetauglichkeit und äußerten Vermutungen über die Dauer der jeweiligen Beziehungen.

Auch die Steinbachs waren da, und während der Ludger am Tresen stand und mit seinen Kumpels ein paar Runden vom »Nicht lang schnacken Kopf in'n Nacken«-Korn runterschluckte, konnte sich seine Frau Gisela nicht vor Tanzherren retten. Sie tanzte gern und gut, ließ sich immer wieder herumwirbeln und zeigte oft mehr Bein als den anwesenden Ehefrauen lieb war, zog damit böse Blicke auf sich und sorgte für viele anzügliche geflüsterte Bemerkungen. Als sie sich zum Verschnaufen ebenfalls an die Theke lehnte und ein Glas Bowle leerte, fragte Frau Lührs sie schmallippig:

»Na, kommst du auch auf deine Kosten, hier unter uns Bauersleuten?«

Die Gisela leerte ihr Glas, lächelte und schaute sich um:

»Ich sehe hier nur liebe alte Bekannte. Aber was ist denn mit dem jungen Wilkening, will der gar nicht mittanzen?«

»Da muss ich dich aber enttäuschen. Weißt du das denn nicht, nach der Sache mit seinem Lieblingspferd, als das gute Tier tot auf der Koppel gefunden wurde, da hat er ja einen förmlichen Zusammenbruch erlitten, und der Alte hat ihn deshalb zu seinem Cousin geschickt in die Staaten, nach Wisconsin. Na ja, er wollte ja schon immer nach Amerika, und so hat der alte Wilkening zwei Fliegen mit einer Klappe geschlagen und den Junior in die USA auf die Universität geschickt, dort wird er dann alle Tricks lernen, die man so als gestandener Volkswirt braucht. Und wenn er zurückkommt, falls er jemals zurückkommen sollte, dann ist er hier als Topmanager sicher nicht zu schlagen und wird vermutlich in die Firma seines Onkels in Hamburg einsteigen. Aber das wird erst in ein paar Jahren geschehen, wenn überhaupt, und man munkelt ja so, dass das Studentenleben an einer amerikanischen Universität so mit all den tollen Festen und feschen Girltruppen seine Reize nicht verfehlen kann auf die schlichten Gemüter aus good old Germany.«

Mit einem hohnvollen Lachen drehte sich Renate Lührs um und ließ die verdatterte Gisela einfach stehen. Viele der Umstehenden, die von den Bemühungen der Gisela um die Gunst des jungen Wilkening wussten, grinsten sich eins und sahen dann zu, wie Gisela sich sehr um Fassung bemühte, dann aber ihren Ludger fest am Ärmel packte und ihn mit sich zog:

»Ich habe plötzlich Migräne bekommen. Komm jetzt, wir müssen nach Hause fahren!«

Und weg waren sie.

Charlie Drebber hatte sich herausgeputzt und trug eine rotweiße Fliege, er tanzte jeden Tanz mit, trank aber auch tüchtig und fiel kurz vor elf vor der Theke einfach um, hielt aber sein Bierglas fest und schloss für ein Viertelstündchen die Augen, das kannte man schon von ihm; dann erhob er sich wieder schwankend, griff sich Else Knesebeck und walzte mit ihr freundlich grinsend quer durch die ganze Diele.

Irgendwann stand Werner Schubert mit einem halbvollen Bierglas in der Hand neben Heide Meiners am großen Scheunentor, beide waren froh, die frische Nachtluft genießen zu können. Werner hob sein Glas und deutete eine Verbeugung an:

»Also zum Wohl, bei all den guten Wünschen wird es wohl ein gutes und erfreuliches Jahr für dich werden, oder?«

Heide Meiners lachte; dieses Lachen hatte sie weithin bekannt gemacht, es war schon in der Schule aufgefallen, es kam so ganz tief von Herzen und war einfach ansteckend. Dazu die blitzenden braunen Augen unter dem dunklen Kurzhaar und die frischen Wangen, sie sah für die meisten, auch die Frauen, zum Anbeißen aus. Die Mitschüler waren alle ohne Ausnahme in sie verliebt gewesen, und auch heute noch brauchte Heide nie lange auf einen Handwerker zu warten, die waren immer gleich zur Stelle, obschon alle im Landkreis wussten, dass die Heide ihrem Günther treu war; sie hing an ihren beiden Kindern fast so sehr wie an den Pferden. Ein Leben ohne beides war für sie nicht vorstellbar.

»Weißt du, Werner, heute bin ich einfach froh. Froh darüber, dass alles so geklappt hat, dass sich alle so viel Mühe gegeben haben, sogar die Kinder waren ziemlich brav heute, und dieses Loblied, du kennst das ja, wie das so ist auf dem Lande hier bei uns, da denkt man sich dies und das und ich sehe natürlich die Blicke der Männer. Wie mich die meisten Männer so anschauen, die machen dann so große Augen wie meine Pferde, und sie denken, wie toll das ist. Aber solange es nur bei Blicken bleibt, solange dürfen sie mich anschauen. Und ich will dir was sagen, auch mit vierzig noch, ich genieße das mitunter. Meine Mutter hat mich immer gewarnt vor Eitelkeit und Hochmut, aber ganz ehrlich, wenn ich heute in die Diele schaue und sehe dann die Männeraugen, so richtig voll Korn und Bier und die werden dann so glöönig und meinen, ich merk das nicht, ich könnte einfach so loslachen. Aber das tut man nicht, man darf keinen Menschen auslachen, nur weil er sich mal verguckt hat. oder?«

Sie lachten beide in sich hinein und Heide legte ihm ihre Hand auf die Schulter:

»Und wie ist es so mit deinem Neubau? Kommst du gut voran? Ich frage, weil der Charlie Drebber in den letzten Wochen immer nur über dich redet und wie du mal fröhlich pfeifend und mal traurig in den alten Brandresten herumwühlen sollst und dabei so zäh und ausdauernd bist wie ein guter Jagdhund.«

Werner lachte auf.

»Ein alter Jagdhund. Ja, das könnte es sein. Ich bin genau wie so ein alter Hund, ich kann auch nichts anderes mehr, bin wohl schon zu alt zum Umlernen, ich werde also so weitermachen wie vorher. Ich will meine kleine Pension wieder aufmachen und dann wie früher das Landleben genießen. Nur meine Bücher, das schmerzt mich. Da muss ich mir wohl wieder ein paar neue anschaffen.«

»Da würde ich gerne mitkommen. Ich meine, falls du nichts dagegen haben, ich mag es, mich in der Buchhandlung umzuschauen und hier ein Buch anzulesen, dort etwas zu blättern, und dann erst der Geruch.«

Werner lachte. »Ja, ich hab auch lieber ein Buch in der Hand als so ein Lesetablet, auf dem dann hundert Bücher gespeichert sind. Ich brauche das Gewicht und dieses Umblättern der Seiten, oder gar wenn die Seiten noch zusammenkleben, das vorsichtige Aufschneiden. Dieses Gefühl, das hat noch kein Mensch vor mir gehalten und gelesen. Nein, diese Bücher-tablets, das ist nichts für mich, das ist mir nicht, nicht …«

»Nicht altmodisch genug? Oder nicht genug Raum für den Schriftsteller, der übrig bleibt, sonst wird er nur zu einer Computerfigur, nur zu bits und bites, besteht nur noch aus Einsern und Nullen, wie die gesamte Computersprache, oder?

Sie legte ihren Kopf schief und lächelte ihn an.

»Aber ich kann dich gut verstehen, für mich ist ein Computer oder ein Tablet eben ein Werkzeug, das gehört zur Arbeitswelt. Und ein Buch ist ein Buch, das gehört zum Leben, zur Freizeit, zur inneren Freiheit.«

»Dieses haptische Gefühl, das Gewicht allein, schon das Halten eines Buches, besonders eines dicken Buches, das hat beim Umblättern etwas Magisches. Und wie die Seiten riechen, dieser Duft von ganz frisch bedrucktem Papier, von dem noch die Druckerschwärze förmlich tropft. Nicht so wie bei einem Tablet, wo man nur mit dem kleinen Finger darüberwischen muss. Neulich habe ich im Cafe einen kleinen Jungen gesehen, der versuchte, mit seiner kleinen Hand über eine Zeitungsseite zu wischen. Er wollte dort wie bei seinem Tablet zur nächsten Seite umblättern.«

»Die Kinder meiner Nichte waren neulich bass erstaunt, als sie unsere große Schallplattensammlung sahen. Sie konnten sich nicht vorstellen, wie man mit solch großen Scheiben Musik machen kann.«

Werner lächelte schwach.

»Ich hatte eine kleine Sammlung von Singles, die sind nun auch Opfer der Flammen geworden; ich wollte immer eine Rock-o-la haben, eine der alten Musicboxen. Wir haben früher da einen Fünfziger reingeworfen und dann C7 gedrückt oder G8, dann sang Elvis oder Fats Domino.«

»Das kenne ich noch. Der Kröger hier hatte bis vor einigen Jahren noch solch eine Musicbox in dem großen Saal stehen. Das war für ihn billiger als eine Kapelle. Heute hat er auch wie die meisten auf MP3-Player umgestellt. Dabei fällt mir ein, wollen wir nicht mal tanzen?«

»Och nein. Ich fühle mich sehr geehrt, aber ich bin kein Tänzer. Früher mal, ja, als ich noch frisch aus der Schule war, so mit zwanzig, da konnte ich gut alles tanzen, von Blues oder Boogiewoogie, Foxtrott, Twist bis zum Walzer. Aber jetzt ...? Seit Jahren schon hab ich nicht mehr das Tanzbein geschwungen. Meine Lena war nicht so versessen aufs Tanzen, wie du ja weißt, wir sind lieber Hand in Hand dahingeschlendert und haben Wetter und Landschaft genossen.«

Heide Meiners schaute ihn ernsthaft an und nickte.

»Jaja, abgesehen davon, dass die meisten Männer Tanzmuffel sind und bleiben. Jetzt bist du wohl auch im Zwischenalter.«

»Im Zwischenalter?«

»Natürlich. Du bist für die jungen Leute sagen wir

bis 35 zu alt und für die alten ab sechzig zu jung. Du bist genau dazwischen. So wie ich auch langsam. Wenn du ein Pferd wärest, dann wärest du jetzt genau richtig, dann würde ich mit dir auf die großen Turniere fahren, vielleicht zur Vielseitigkeitsprüfung, ja, das wäre es doch, bei all deinen Erfahrungen, Vielseitigkeit, das ist es. Du müsstest laufen und springen und mit ein wenig Übung könntest du alle anderen aus dem Felde schlagen.«

Jetzt lachten beide auf. Werner nahm ihren Arm und sie zogen zurück in das große Gewimmel, wo die Musik deutsche Schlager spielte, deren Texte in Mexiko oder Spanien angesiedelt waren.

Insgesamt verlief das Fest ziemlich harmonisch. Es wurde viel getanzt und gelacht, Der Architektensohn Heiner umwarb Karoline, als diese an der Theke stand und Getränke für sich und ihre quirlige Mädelsgruppe abholen wollte, denn ihr Freund Walter musste Irene, die Tochter vom Tierarzt Bernsdorff, aus Vosshagen abholen, sie hatte eine langen Zahnarzttermin gehabt und ihr Vater war bei Bauer Martens im Stall, bei der Geburt einer Querlage musste der Milchkuh unbedingt geholfen werden, aber der Tierarzt hatte versprochen, nach glücklicher Geburt noch auf das Fest zu kommen. Karo nahm das Tablett voller Gläser und lachte den Heiner von der Seite an, so ganz unnett war der ja nicht, und das Flirten war selbst verheirateten Ehefrauen bei allen Festivitäten gestattet, worüber hätten denn die feinen Damenkränzchen oder der Kirchenchor sonst zu reden gehabt in den nächsten Tagen und Wochen? Karo stellte das runde Tablett auf den Tisch, alle Frauen griffen zu, sie tranken beherzt und dann, ehe der Heiner sich versah und noch ein Wort sagen konnte, nahm sich Karoline einen der anderen jungen Männer, die am flackernden Lagerfeuer standen und drehte mit diesem ihre Kreise, bis das nächste Lied aufgelegt wurde und sie den nächsten Jungbauern um die Taille fassen konnte; sie hatte schon ein rotes Gesicht, als sie an Werner vorbeitanzte, der es mit Heide Meiners etwas langsamer anging.

Es gab nur zwei kleinere Raufereien, die eifersüchtigen Jungbauern wollten es ihrem Rivalen schon zeigen, aber das dauerte nur kurz und hinterher gab es blaue Flecke, eine tiefere Schramme an einer Backe und viel Korn zum Nachspülen. Erich Möller hatte mit wesentlich mehr Streit und Aufregungen gerechnet und zum Anstoßen nur ein kleines Bier getrunken; seine Hauptarbeit war der betrunkene Charlie Drebber gewesen, der wollte unbedingt mit seinem Duhnkopp unter dem weißen Strich auf der Bundesstraße durchtauchen; immer wieder bumste er mit der Stirn gegen den Asphalt und blieb dann bewusstlos liegen. Wachte er wieder auf, blinzelte er in die Gegend, fixierte den weißen Strich und schlug wieder mit dem schweren Kopf auf. Wäre auf der Straße ein Auto längs gekommen, es hätte ihn sicher einfach überrollt oder zumindest angefahren. Nur mit Mühe konnte Erich Möller ihn an den Straßenrand ziehen und dort im ausgetrockneten Graben so lange ablegen, bis er seinen Wagen geholt hatte und Charlie dann sicher in seinem Hause abliefern konnte.

***

Lissie Cordes war mit sich zufrieden. Sehr zufrieden sogar, denn sie hatte mit der Zeitungsfrau Irmela auf Heide Meiners Geburtstagsfest gestern ausführlich reden können. Und da hatte sie unter anderem auch erfahren, dass die Gisela Steinbach immer wieder um den Hof vom alten Wilkening herumgestreunert war.

»Wie bitte, sie war hinter dem reichen Wilkening her? Ist der nicht viel zu alt und, ehrlich gesagt, bringt der das denn noch?«

»Aber Lissie, doch nicht der alte, der Junior, den wollte sie haben, das war ihr Ziel.«

»Das kann ich verstehen, Wilkening junior ist ziemlich knackig, und einen Hintern hat der, da kann man direkt ins Schwärmen kommen.«

»Ach Lissie!«

Dann erzählte sie, dass der Bauer Clausen aber hinter der Gisela herjagte und seinen Knecht Zils zum Gärtner nach Vosshagen geschickt hatte, er solle von dort hundert rote Rosen holen, diese Blütenpracht hatte der alte Clausen –dieser alte Bock, vom Gehörn hat er nicht mehr viel, aber sein Gemecker hat zugenommen, hatte Irmela noch gesagt – also diese hundert Rosen hatte Clausen der Gisela Steinbach auf ihren Kleinwagen gestreut. Diese war davon ganz überrascht gewesen und hatte sich immer wieder umgeschaut, wer konnte denn so etwas nur tun, und oh mein Mann, der darf davon aber nichts wissen, denn wenn der das wüsste, das wäre aber schlimm, der würde glatt den Mann über den Haufen schießen, der es wagte, seine Ehefrau so verführen zu wollen, Und der alte Clausen hatte das natürlich mit anhören müssen, er stand ja hinter der Scheune mit ganz langen Ohren und schlich sich dann schnell von dannen; und sie hatte rasch alle Rosen vom Auto geklaubt und ins Haus gebracht. Wie sich dann herausstellte, hatte sie ihrem Ludger dann, als der abends spät aus Vosshagen nach Hause gekommen war, die Arme um den Hals geworfen und sich bei ihm bedankt, dass er daran gedacht habe, ihr Blumen zu schenken, es sei ja ihr Kennenlerntag. Vor zwanzig Jahren hätten sie sich auf den Tag genau zum ersten Mal gesehen. Nun war bei Ludger wie bei fast allen Männern das Gedächtnis für Familiendaten nicht sehr ausgeprägt –wann der HSV deutscher Meister geworden war und mit welcher Mannschaft er damals gespielt hatte, das wusste er natürlich im Schlaf – und er hatte nur müde gelächelt, sich gewundert, wer wohl all die Blumen geschickt haben mochte, und zum Schluss war er dann darauf gekommen, dass Gisela es selbst gewesen sein musste. Sie hatte die ganze Blütenpracht besorgt, weil sie ihm durch die Blume deutlich machen wollte, wie sehr sie ihn noch nach all den Ehejahren begehrte. So weit Ludgers Vermutungen oder Visionen. Dass er damit ziemlich weit weg war von der Wahrheit, mochte ihm keiner sagen. Und außerdem sprach der Ludger nicht über den Rosengarten im eigenen Schlafzimmer. Gisela gab sich an diesem Abend alle Mühe im Bett und so schlief der Ludger beseligt ein und glaubte weiterhin an das Gute in der Welt.

Und dann hatte Irmela, die Zeitungsfrau, noch gesagt, dass der Doktor Kleine in Haidwitz wohl ein Verhältnis mit Frau Raschke-Petersen habe, diese hatte als Lehrerin der Dorfschule ja ständigen Kontakt schon der Kinder wegen mit dem Doktor; der Sohn des verwitweten Doktors, Uwe Kleine, war ein ziemlich aufgeweckter Junge, machte also auch in der Volksschule dementsprechend viel Unsinn, redete laut und schnell und spielte oft den Klassenkasper, was insofern äußerst störend war, denn die kleine Schule in Haidwitz war eine sogenannte Zwergenschule, alle vier Klassen saßen in einem Raum; und wenn sich Uwe langweilte mit den abzugebenden Arbeiten der dritten Klasse, in der er saß, dann machte er eben die Aufgaben für die vierte mit. Diese einklassigen Volksschulen sollten zwar schon längst von Staats wegen abgeschafft werden, aber weil die Politiker ja auch von der Landbevölkerung gewählt werden wollten und in einigen Gegenden diese sehr an ihren alten Schulen hingen, denn »Was uns gut getan hat, das ist auch gut für unsere Kinder. So'n niemodschen Kram wullt wi nicht hebbn!«, so behaupteten sich noch einige dieser Zwergschulen hier und dort.

»Soso,« hatte Lissie Cordes dann gelächelt, »Also die vornehm tuende Lehrerin und der feine Herr Doktor. Da fehlt ja nur noch der Pastor und der Bürgermeister, dann hätten wir die ganze Kaffeerunde beisammen.«

»Also, der Bürgermeister, ich will ja nichts gesagt haben,« meinte dann Irmela und trank von dem selbstgemachten Eierlikör, »der Bürgermeister Knesebeck hatte wohl Krach mit seiner Else. Und zwar ziemlich großen. Er soll sich wohl verspekuliert haben, so sagt man in der Sparkasse jedenfalls, und da kann die gute Else nun nicht mehr ihre große Fahrt an den Rhein machen. Die wollte ja immer dahin, zu den Burgen und der Lorelei und den Weinbergen, und der Achim wollte ja gar nicht, und da hat sie ihm aus Lüneburg mal eine Flasche mit Geist mitgebracht, mit Mirabellengeist, also so ein Schnaps, den die Winzer dort machen, und damit hat sie ihren Achim ja rumgekriegt, der hat so ganz sutje die ganze Buddel ausgepichelt und dann, kurz bevor er am Tisch eingeschlafen ist, soll er noch zu ihr gemurmelt haben: Lass man, Else, für so einen Tropfen fahren wir gern an den Wein. Und da hat sie dann Prospekte gewälzt und sie wollte ja eine Rheintour machen, so auf dem Schiff den ganzen Fluss entlang, und abends immer mit Programm und so. Sie hat extra viele Prospekte geholt, und dann ist sie zur Sparkasse und hat sich mal das Konto angesehen, und da kam die große Überraschung, da war nicht mehr so viel drauf. Und da gab es den ganz großen Krach im Hause Knesebeck, das kann ich dir sagen. Sie hat ihm gehörig den Marsch geblasen, und seitdem kümmert sie sich mehr ums Geschäft und er muss alle Aufträge annehmen, denn Else möchte ihre Konten so bald als möglich alle im Plus haben. Und dann bleibt vielleicht noch genug übrig, damit sie ihren Traum von der Reise doch noch wahrmachen kann, und sei es auch im nächsten Jahr.«

Auf der Geburtstagsfeier hielten sich die beiden Frauen am ersten Glas Bowle fest, hatten aber schon eine Flasche Apfelsaft unter den Tisch gestellt, der hatte auch diese gelbliche Farbe genau wie die Bowle; sie wussten ja um die Spritigkeit der Bowle: je länger der Abend wurde, desto schnapsiger wurde auch das Damengetränk durch die unzähligen Gläser Korn, die manche Männer vermeintlich unbemerkt dort heimlich hineingossen, weil sie selbst keinen mehr trinken mochten/ konnten/ wollten.

Aber Irmela wusste noch etwas, über den Polizisten Erich Möller, der sei ja so verliebt in die Luzie, die Tochter vom Schneider Fricke; sie sollten sich wohl öfters an der Kirche von Vosshagen treffen, dort war ja Luzies Mutter beerdigt. Und Luzie, sie arbeitet bei dieser Versicherung, und im letzten Jahr war der Möller immer in das Büro der Versicherung gekommen, um irgendetwas nachzuprüfen oder so, aber dann, es ging ihnen beiden wohl um die Zärtlichkeiten, und so ein öffentliches Büro, das war ja nichts für zwei heimlich Verliebte.

Lissie und Irmela hatten dann noch die Damenriege aus Karkenfelde durchgehechelt, aber da war nichts Spannendes mehr zu berichten gewesen. Und über den Pferdemörder und die Ergebnisse der Polizei hatte Irmela auch nichts weiter zu berichten gehabt, sie hatte sich der allgemeinen Meinung angeschlossen, dass es sich um einen Täter von ganz weit außerhalb handeln müsse, denn » hier bei uns auf den Dörfern leben doch alle mehr oder weniger von den Tieren, und dann noch diese schönen Pferde, nee, das muss einer von weit weg gewesen sein, einer, der nichts, aber auch rein gar nix von Tieren versteht oder überhaupt von der Natur. Vielleicht jemand aus dem Kohlenpott, wo es nur Steine gibt und Teer und einer, der sein Lebtag kein Grün gesehen hat und noch nie in einem Zoo gewesen ist, der Pferde nur vom Zirkus her kennt oder aus dem Fernsehen.«

Und dann hatten sie sich dem deutschen Fernsehprogramm zugewandt, den beliebten Serien und wie das nun wohl mit dem Enkel der Gräfin und der Köchin und und und, und so schnackten sie dann bis tief in die Nacht, bis es endlich den ersehnten Kaffee gab nach Mitternacht und dazu frischen Butterkuchen. Dann waren sie langsam nach Hause gelaufen und Lissie hatte gut und fest geschlafen.

***

Auch Werner Schubert war zufrieden. Das lange Gespräch mit dem Architekten hatte den Durchbruch gebracht, jetzt waren die endgültigen Planungen für den Neubau fertig, von ihm aus konnte es schon in der nächsten Woche losgehen; die Bank hatte ohne große Schwierigkeiten den beantragten Kredit zugesagt, die Baubehörde die Erlaubnisstempel auf die Baupläne gedrückt und sofort die anfallenden Gebühren von ihm gefordert, die Versicherung hatte die Schadensregulierung überwiesen.

Er hatte nach Rücksprache mit dem Architekten Hartmann dann Achim Knesebeck mit der Ausschachtung des Kellers beauftragt, weil ihm beim Abschied Hartmann noch ziemlich eindringlich gesagt hatte:

»Sie müssen die hiesigen Firmen mit im Boot haben, dann wird es viel einfacher, wenn mal irgendetwas kaputt gehen sollte oder wenn Sie mal dringend Hilfe benötigen. Und so einen Keller ausschachten, das kann der Knesebeck mit seinen Leuten gut machen, die anderen

Arbeiten sind vermutlich zu fiegeliensch für ihn. Dafür haben wir ja vorgesorgt und die Baufirma aus Südniedersachsen bestellt, die baut dann ruckzuck das ganze übrige Haus. Sie brauchen dann nur noch einen Gärtner aus dem Dorf holen.«

Also hatte Knesebeck seine Maschinen und Leute alle für den Montag vorbereitet, das Wetter schien ihm ebenfalls hold zu sein, der Bericht hatte jedenfalls für die nächsten Wochen Trockenheit vorhergesagt. Es ging also voran.

Das Auto war wieder völlig intakt, seine Schulter schmerzte nicht mehr, seit er nicht jeden Tag in der Ruine herumwühlte, nur der Anblick des großen Schuttberges, der immer noch neben der Brandruine lag, bereitete ihm Unbehagen. Er hatte doch sehr viel weniger aus den Resten retten können als er gehofft hatte. Insbesondere waren die vielen Fotoalben verkohlt, verbrannt, zerbröselt. All die Erinnerungen an die Jahre mit Lena, die köstlichen bunten Urlaubsbilder von der Adria, oder das eine aus Wien, das sie so hasste und er so liebte, wie Lena mit wehendem Rock vor der Johann-Strauss-Statue auf ihn zugelaufen kam.

Werner schlenderte durch das Dorf, grüßte freundlich zu Lissie Cordes hinüber, die gerade ihre Blumen goss, bog um die Straßenecke und ging nicht den direkten Weg zu seinem Grund und Boden, sondern schritt am Westrand des Ortes entlang. Da trat Gisela Steinbach durch ihre Haustür, den Hund an der Leine, natürlich wieder in ihrem roten Anorak.

»Hallo Herr Schubert, so früh schon unterwegs?«

»Guten Tag. Ich will es mal genießen, es so wie die Touristen machen, einfach durch die Gegend laufen und die Natur genießen, ohne jede Zeitvorgabe, ohne Verpflichtungen, ohne Druck. Ganz losgelöst im Hier und Jetzt.«

»So ist es recht. Man sollte immer ganz in der Gegenwart sein. Na, wie wär's denn, begleiten Sie mich ein Stück? Prinz braucht seinen Auslauf und ich auch. Und zu zweit geht es sich leichter, oder?«

»Da mögen Sie recht haben. Also gut, ich komme mit.«

Und so gingen die beiden nebeneinander her, am Feldrain entlang, der Hund wurde von der Leine gelassen und stöberte durch das Unterholz. Überall schoss Löwenzahn aus dem Grün, konkurrierte in seinem Gelb mit Ginster und dem Goldregen, einzelne vom Westwind verwehte Apfelblüten lagen an den Wegesrändern, ein Eichelhäher warnte all die anderen Waldbewohner vor den beiden Wanderern.

Sie redeten über dies und das, auch über Theater und Kunst, und die Gisela erzählte von ihren Versuchen, in jungen Jahren beim Theater als Schauspielerin anzufangen.

»Aber das war dann eine echte Quälerei, ich musste zu so einem alten Mimen gehen, der sollte mir das Theaterspielen beibringen, und da sollte ich mit Korken im Mund und Büchern auf dem Kopf durch den Flur spazieren, und später in seinem Wohnzimmer wollte der was von mir, und als ich da nicht mehr hingegangen bin, da hat mich dieser Intendant einfach rausgeschmissen! Zum Glück bin ich dann bald dem Ludger begegnet, als ich als Sekretärin angefangen bin und meine Ausbildung in

Hamburg konnte ich erfolgreich beenden, mit Auszeichnung. Ich bin eine gute Sekretärin, der ganze Papierkram von unserem Geschäft, den mache ich nämlich.«

»Und in Ihrer Freizeit, was machen Sie da so, hier, wo so viele schöne Tiere sind, reiten Sie auch?«

»Aber nein. Ich bewundere die Pferde, besonders die kleinen Fohlen mit ihren weichen Mäulern und den großen warmen Augen; aber selbst auf ein Pferd klettern, das könnte ich nicht. Da hab ich doch viel zu viel Angst vor. Die Tiere sind so hoch, und ich habe große Angst, dann aus dem Sattel zu fallen oder es geht mit mir durch und ich kann es nicht stoppen und dann passiert etwas …«

So spazierten sie eine Weile auf den staubigen Wegen zwischen Äckern und Feldern, bewunderten die sanften Mulden voller Heidebüsche mit den hohen Birken am Rande und waren in ihrer Unterhaltung gerade bei ihrem jeweiligen Musikgeschmack angelangt, als Gisela plötzlich stehenblieb und fragte:

»Warum gehen Sie denn hier entlang?«

Werner blieb ebenfalls stehen. Sie waren dem staubigen Feldweg eine ziemliche Strecke weit gefolgt und er war der Wegbiegung nach rechts gefolgt, ohne darüber groß nachzudenken.

»Wieso, der Weg führt doch hier weiter.«

»Aber wenn wir dort weiter gehen, dann kommen wir ja gleich zu den Fischteichen. Und die gehören doch zu Wilkenings Gestüt!«

Werner horcht auf. So scharf und bitter hatte er Giselas Stimme noch nie vernommen.

»Ach ja? Und was ist so schlimm daran? Ich habe erst gestern Abend bei Buthmanns eine von Wilkenings Forellen gegessen, mit Meerrettich, sie schmeckte einfach fabelhaft.«

»Ach der Wilkening! Ich kann ihn nun mal nicht leiden. Und wenn Sie da längs wollen, dann bitte. Aber ohne mich!«

Gisela pfiff ihrem Hund und drehte sich auf dem Absatz um, ohne sich noch einmal umzuschauen, schritt energisch nach links, am Feldrain entlang verschwand sie dann hinter den Erlen bald aus Werners Blickfeld.

Er wunderte sich, da musste doch etwas Ernsthaftes dahinter stecken, den Spaziergang bisher war die Gisela doch ganz entspannt und locker gewesen, nur beim Namen Wilkening hatte ihre Stimme diesen fast schrillen Unterton bekommen, eine Mischung aus Wut und Angst, war schon irgendwie seltsam.

Er kam bald zu den Forellenteichen, es waren drei Becken hintereinander und übereinander geschaltet, gespeist von einem kleinen Bach, der keinen Namen hatte und den seit Aushub der Teiche jeder im Dorf nur Fischbach nannte. Die Teiche hatten Überlaufrinnen, breit genug, damit die Fische auch springen konnten, wenn sie wollten. In einer kleinen Hütte lagerte der Futtervorrat, die Kescher und, wie Werner dann schmunzelnd feststellte, zwei leere Kästen Bier. Hier trafen sich mitunter vor allem die älteren Männer, um zu sitzen, zu klönen, einen Kleinen zu nehmen und die Welt wieder gerade zu rücken und über Ernte, das Unglück, die Liebe und insbesondere die nicht anwesenden Nachbarn zu sinnieren.

Werner erinnerte sich an einen lauen Abend, es war in den Pfingsttagen vor einigen Jahren gewesen, Lena hatte ihn abends zu einem kleinen Spaziergang überredet und sie waren hier gelandet, ein helles Feuer hatte gebrannt, an welchem frisch gefangene Forellen gebraten wurden, dazu hatte es noch selbstgebackenes Brot gegeben. Sie wurden eingeladen und hatten sich dazugesetzt und mitgefeiert, fast alle Bauern aus Harmshausen hatten im Feuerschein gesessen, gegessen und geredet, über Wasserrechte, Straßenausbau, Streit um Grundstücksgrenzen und Steuerbelastungen. Damals war Werner klar geworden, dass vieles hier im Dorf, in dieser verschworenen Gemeinschaft, nicht offiziell im Rat der Samtgemeinde verhandelt wurde, sondern einfach und geradeaus an solch einem Abend, bei einem Lagerfeuer und Flaschenbier, wo es keinen offiziellen Bürgermeister und keinen kleinen Kätner gab, sondern alle hatten das gleiche Gewicht in Stimme und Gedanken, es war wie eine Keimzelle der Demokratie.

Der Großbauer mit seinem großflächigen Ackerland hörte aufmerksam zu, wenn ein Milchbauer sprach oder ein Nebenerwerbslandwirt, der sein Geld in der Stadt mit Arbeiten in einer Fabrik verdiente und nur am Feierabend dazu kam, seinen kleinen Acker zu bestellen.. Es gab auch immer eine Reihe von Unstimmigkeiten, aber im Laufe des Abends wurden die meisten davon zur Zufriedenheit aller gelöst. Nur Streit über Personalien war oft nicht aufzulösen, wenn der eine den anderen partout nicht leiden konnte, dann mussten es alle eben so hinnehmen und aushalten. So wurden oft über Generationen Uraltfehden weitergetragen, und wo früher Flinten und schwere Säbel ergriffen worden waren, zog man heutzutage mit Rechtsanwälten oder Steuerfahndern gegeneinander zu Felde. Als die Nacht dunkler geworden war und im Feuerkorb nur noch tiefrote Glut schimmerte, hatte Lena ihn am Arm genommen und sie waren unter einem strahlenden Sternenzelt nach Hause geschlendert. Ach, Lena!

Erlen bogen sich und Weiden an den Ufern, das vom Wind leicht gekräuselte Wasser glitzerte im Sonnenlicht, dunkel war es und schien nicht ganz durchsichtig zu sein. Aber es plätscherte munter vom oberen Teich zum mittleren zum unteren, und von dort aus schlängelte sich das Wasser jetzt als Bächlein weiter ins Gebüsch.

Ein Vogelschrei ließ ihn aufhorchen; sein Blick folgte neugierig einem Habicht, der Beute suchend seine Kreise zog über den Feldern und Büschen. Werner ging weiter, folgte dem Weg, am Feldrain kam er zu den dicken schwarzen Schläuchen einer Beregnungsanlage, die sorgsam zwischen zwei mannshohen Holzrädern aufgerollt waren und je nach Bedarf eingesetzt werden konnten.

Plötzlich sprang rechts aus dem Gebüsch ein Wildschwein, trollte mitten auf den Feldweg, blieb stehen und schaute ihn ganz ruhig an. Werner erstarrte. Ein Wildschwein. Was hatte er nicht alles gehört an wilden Jagdgeschichten, über aufgeschlitzte Oberschenkel, wütende Bachen, die auf leichtsinnige Jäger losgegangen waren und mit der Wucht ihrer drei bis vier Zentner Lebendgewicht so manchen Waidmann auf den Baum oder zurück auf den Hochsitz gejagt hatten.

Aber dieses Schwein stand völlig ruhig da und schaute nur. Werner rührte sich nicht, er wagte kaum zu atmen. Dann, nach endlos langer Zeit, so schien es zumindest Werner, wandte sich das große Tier um und ging nach links ab in den Wald. Sofort sprangen drei, vier kleinere Schweine hinterher, die Frischlinge. Weg waren sie und der Weg lag wieder still da unter der Sonne. Werner atmete laut aus und schritt langsam weiter.

Später berichtete ihm der Förster Brodersen, dass es nicht so selten sei, dass eine derartige Begegnung mit Wildschweinen ohne jede Gefahr für Passanten war, denn:

»Die Schweine sind sehr schlau, und weil du kein Gewehr bei dir hattest, da bestand für das Tier auch keine Gefahr. Mir geht es oft so, wenn ich ohne Hund und ohne Gewehr allein durch den Forst gehe, weil ich zum Beispiel nur Bäume markieren will, und dann kommt ein Schwein, eine Bache mit und ohne Frischlinge, dann geschieht nichts, denn dann bin ich für die keine Gefahr. Wenn aber ein Wanderer, der mit den jetzt so modernen Laufstöcken durch den Waldweg rennt, dann kann es schon sein, dass ein Schwein auf den losgeht, denn der hat so einen langen Stock in der Hand, die halten das für ein Gewehr, und dann muss der rennen oder auf den nächsten Baum. Aber wenn du keinen langen Gegenstand bei dir hast, dann besteht keine Gefahr für das Schwein, dann lassen sie dich in Ruhe.«

Ihm schien, als ob es im Lande eine Atempause gäbe, die Äcker waren durchgepflügt, die erste Grasmahd des Jahres war von den Wiesen abgemäht und schon bei den meisten in den Scheunen, als Futter für den Winter, Kartoffeln und Rüben war ausgebracht und bestellt, allmählich mussten die notwendigen aber sehr gescholtenen Unkrautvernichter auf die Felder gebracht werden, nur vereinzelt wurde noch auf den Weiden das Gras gemäht und eingelagert, und wie Werner auf seinem Gang an den Wilkeningschen Weiden sehen konnte, liefen die Pferde übermütig unter dem hellen Himmel und sprangen hoch empor oder wälzten sich, wie es ihm schien, vor lauter Übermut. Frühling, oder Frühsommer, alles will hinaus, will atmen, leben, blühen, wachsen, sich zeigen, es war ihm wie eine Fröhlichkeit, und zum ersten Male seit Lenas Tod; ja, er dachte sogar diese Worte: Lenas Tod! Endlich ohne Gram und Groll. Er begann jetzt nach dem Brand, nach dem Totalverlust seiner und ihrer gesamten Habe sie ganz allmählich loszulassen, sie freizulassen, sich zu befreien von der Enge der Schuld und Trauer; und vielleicht gelang es ihm bald, nur noch die positiven Erinnerungen schmerzlos hervorholen und das gemeinsame Leben zu betrachten, ohne die dunklen Augengläser der Verbitterung, ohne Gram über den Verlust, ohne der Angst vor Tod und Sterben.

Als er abends an seinem Stammplatz bei Buthmanns saß, fühlte er sich zum ersten Mal seit Jahren innerlich ganz ruhig und entspannt. Heute waren nur wenig Gäste da und so setzte sich Ortrud Buthmann zu ihm mit ihrer Tasse Kaffee; sie schwöre auf diese letzte Tasse Kaffee vorm Zubettgehen: »Das gibt richtig Kraft für all die schönen Träume. Seit ich noch vorm Zubettgehen eine Tasse Kaffee trinke, schlafe ich wie ein Bär. Und dann diese Träume, ich kann Ihnen sagen, schon als junges Mädchen hab ich ja so meine Träume gehabt, aber jetzt, mit dem Kaffee, da sind die viel bunter geworden und ich erwache jeden Morgen immer so fröhlich! Ja, ich habe jetzt nur noch gute Träume, einfach positiv. Sollten Sie auch mal machen, einfach abends noch einen Kaffee nehmen, aber nur einen, denn sonst können Sie vielleicht nicht richtig einschlafen.«

Und dann lachte sie hell auf und nahm noch einen guten Schluck aus ihrer dicken Tasse. Dass sie ihren Abendkaffe mit Weinbrand würzte, sagte sie aber niemandem.

Ortrud Buthmann beugte sich vor zu Werner Schubert und im Flüsterton erzählte sie ihm, dass gegen sechs heute Abend der alte Wilkening hier gewesen wäre, zusammen mit dem Polizisten Erich Möller, die hätten bedeutungsvolle Gesichter gemacht und die Köpfe zusammengesteckt und sehr intensiv miteinander geredet. Und man sagt ja, dass durch die große Belohnung, die Wilkening ausgesetzt hat für die Ergreifung des Pferdequälers, also da haben sich schon mancherlei Leute beworben.

»Der alte Feldmann soll sich sogar selbst bezichtigt haben, nur um das viele Geld einzukassieren, na ja, der hat ja auch eine Menge Schulden, der hätte es schon nötig. Aber der kann es nicht gewesen sein, denn in der Nacht, als dieser elende Pferdeabstecher zugeschlagen hat, da war der Feldmann doch in Lüneburg in der Klinik, er hatte sich den Fuß angebrochen; er war vom Trecker gesprungen und in ein Kaninchenloch hinein getreten und sein ganzes Gewicht hat auf dem Gelenk gelastet, wenn er auch eher ein Leichtmatrose sein könnte, aber es hat gereicht, und da hat er sich wohl den Mittelfuß angebrochen, und sein Geheul war so groß, dass der Bernsdorff, unser Tierarzt, als er zufällig an der Straße vorbeifuhr, das Geschrei gehört hat, und da hat er ihn gleich in seinen Wagen gepackt und ihn mit nach Lüneburg genommen, direkt in die Klinik, und da haben sie dann sofort den Fuß geröntgt. Da hat der alte Feldmann dann Spritzen bekommen und Tabletten, da hat er erst mal die ganz Nacht durchgeschlafen. Und einen Gips für das Bein hat er auch bekommen, und am nächsten Tag ist er dann mit dem Bus wieder nach Harmshausen gefahren. Seitdem liegt er hinter seinem Hof in der Sonne und lässt sich von seiner Frau bedienen, er jammert und stöhnt und wartet nur darauf, dass sie mal wegmuss, zum Einkaufen und so, und dann kann er endlich an seine geliebte Buddel ran. Der Charlie Drebber hat gestern morgen erst von uns zwei Flaschen Korn für ihn holen müssen, und denken Sie nur, der alte Feldmann hat bar bezahlt! Der muss sein Geld wohl auch im Strumpf verwahrt haben, aber es wird wohl nicht viel sein. Und wie er das von der Belohnung gehört hatte, da wollte er doch beim alten Wilkening mal so richtig zuschlagen und hat sich selbst bezichtigt, er sei das gewesen, weil er diesen Gaul nicht hat leiden können oder so. Aber bei seinen Nachforschungen hat der Polizist Möller ihm dann nachgewiesen, dass er zur Tatzeit tief und fest im Krankenhaus geschlafen hat. Das war das.«

Und Ortrud Buthmann trank erneut aus ihrer Tasse

und schaute Werner erwartungsvoll an. Dieser hatte seinen Teller leergegessen und sein Bier ausgetrunken und wusste nicht recht, was er sagen sollte. Also sagte er:

»Nun ja, da gibt es doch wohl noch ein paar Trittbrettfahrer. Die möchten sich das Geld wohl gern holen, aber es braucht ja auch Beweise, oder nicht?«

Ortud Buthmann nickte heftig.

»Dat will ik di wohl seggen. Und das war es ja auch wohl, was der alte Wilkening und der Möller dann beredet haben. Es sollen sich ja am Tatort, also auf der Weide, einige Fundstücke nach heftiger Suche angefunden haben, die können den Kreis der Täter wohl einengen, so ähnlich hat sich der Möller ausgedrückt. Leider hab ich nicht alles mithören können, die haben so leise geredet und ich musste dann auch in die Küche, das Bier wurde geliefert und Herbert war immer noch in Karkenfelde.«

Die Tür zur Wirtsstube öffnete sich und zwei junge Männer kamen herein, beide mit grünen Jacken und Gewehren auf dem Rücken. Sie grüßten in die Runde, stellten die Gewehre ab und setzten sich an die Eckbank.

»Na so was,« wunderte sich Frau Buthmann, »was wollen die denn jetzt noch hier?«

Sie stand auf und ging zu den beiden Jungjägern:

»Na, Uwe Lührs, was führt dich denn heute Abend her? Und den Heiner Hartmann hast du gleich mitgeschleppt, traust dich wohl nicht allein in die Kneipe oder musst du einen ausgeben, was? Hallo Heiner, dich sieht man aber nur selten hier.«

Die beiden Männer grinsten und Heiner sagte:

»Ich bin ja meist in Lüneburg beim Amt, aber jetzt,

in meinen letzten schönen Urlaubstagen, ich hatte wohl solche Sehnsucht nach Ihnen, Frau Buthmann, und hier ist es wenigstens schön warm.«

Uwe Lührs ergänzte:

»Wir sind heute nacht dran mit der Wache bei den Pferden. Ab zehn müssen wir draußen auf Posten sein.«

»Ach so, dann gehört ihr auch zu Wilkenings Freiwilligen, die dem Pferdeschänder eins aufbrennen wollen?«

»Ja, wir sind dabei, ist doch Ehrensache. Alle Jungs von der freiwilligen Feuerwehr haben sich freiwillig gemeldet, und wer von uns noch keinen Jagdschein hat, der kann zumindest seinen Knüppel gut gebrauchen. Hauptsache, wir alle haben starke Lampen. Wir haben extra grobes Schrot geladen. Wat mutt dat mutt. Und der Schuft soll es so richtig merken, wenn wir ihm eins aufbrennen.«

Und der Heiner ergänzte:

»Weil der alte Wilkening doch ganz gut bezahlt und so.«

»Und da fahrt ihr nun auf euren Motorrädern überall rum und schreckt das Wild hoch?«

»Das mit den Motorrädern ist doch ein guter Einfall, oder nicht? Da kann keiner sich schnell davonschleichen, wenn der mit einem Auto kommt, dann haben wir ihn und nehmen ihn in die Zange, und falls er zu Fuß kommt, sind wir schneller. Und mit den Rädern können wir auch durch die kleinsten Heckenlücken fahren. Falls da einer kommt, wir erwischen ihn schon!«

»Ja glaubt ihr denn, dass dieser Pferdemörder sich immer noch hier in der Gegend herumtreibt? Ich denke, es ist einer von außerhalb.«

»Das weiß man ja leider nicht so genau. Der alte Wilkening glaubt, dass es jemand hier aus den Dörfern sein muss, und deshalb hat er auch uns Freiwillige eingesetzt. Wir sollen zumindest nachts ein paar Wochen die Koppeln bewachen, jetzt, wo die Tiere meist wieder draußen auf der Weide sind.«

»Na denn, wollt ihr nur euren Grog oder etwas, was für die Nacht länger vorhält?«

Erwartungsvoll schauten die beiden jungen Jäger die Wirtin an:

»Was soll denn das sein?«

»Wartet es ab. Ich bring euch was ganz Gutes.«

Frau Buthmann verschwand in der Küche. Die beiden Pferdewachen setzten sich gemütlich zurecht und der Uwe spielte mit den Bierdeckeln. Werner Schubert schaute nachdenklich zu ihnen hinüber.

Also gingen jetzt bewaffnete Männer auf Streife an den Pferdekoppeln, der alte Wilkening scheute wirklich keine Mühen und Aufwendungen, um diesen unbekannten Pferdeschlächter aufzustöbern und seine Zucht zu schützen. Aber andererseits, warum sollte der Unhold denn noch einmal zuschlagen, und gerade hier in Harmshausen, es musste sich doch herumgesprochen haben, dass hier nachts die Jäger alle Koppeln abschritten, wenn es wirklich ein Tierquäler war, der fand doch auch woanders seine Opfer. Es sei denn, dass es wirklich um den Wilkening, um dessen Tiere ging, dass also solch ein Täter ganz gezielt den alten Wilkening oder dessen Tiere treffen wollte. Werner fielen die Bücher über Vigilanten ein, von denen er als Jugendlicher gelesen hatte. Oder die Fälle von Selbstjustiz, die immer mal wieder durch Presse oder

Fernsehen gingen, meist zwar in fremden Landen, aber es gab so etwas auch hier. Und die Haidjer waren noch nie zimperlich gewesen, wenn es um ihr Eigentum ging, wenn es einem von ihnen ans Leder gehen sollte, und so schlimm es auch mitunter bei Zwistigkeiten zwischen Dörfern oder Gemarkungen auch gehen konnte, so einig war man sich doch bei Eindringlingen von außen, gegen die stand man zusammen und half sich gegenseitig. Und jetzt ging es also gegen einen Pferdeschänder. Werner hoffte nur, dass die jungen Jäger ihre Gewehre nicht benutzen würden, wenn sie denn einen Verdächtigen aufspürten. Das würde nur unnützen Staub aufwirbeln, wenn jemand angeschossen würde, dann käme die Polizei mit ins Spiel und es müssten Protokolle angefertigt werden, dann könnte so ein Jungjäger wegen Körperverletzung oder mit Verdacht auf Totschlag im Gefängnis landen oder er würde, was sicher für ihn und seine Freunde wesentlich schlimmer wäre, seinen Jagdschein verlieren.

Werner rieb sich nachdenklich die Stirn. Für den Pferdeschänder wäre es vielleicht besser, wenn er eine Kugel bekäme, in ein Bein vielleicht oder Arm, eine kleine Verletzung, die schon bald ausgeheilt wäre. Denn wenn die anderen, die mit den Knüppeln, ihn erwischen würden, dann könnten die sich vielleicht nicht mehr rechtzeitig bremsen und würden ihn unter solch nächtlichen Umständen sogar totschlagen können. Gewehr oder Knüppel, beides war nicht eben schön, aber Werner war sich nicht sicher, was man dem Gejagten wohl wünschen sollte.

***

Am nächsten Dienstag begannen die Bauarbeiten. Die Baugrube wurde vorsichtig ausgehoben, um die alten Zuleitungen von Wasser, Strom und Telefon möglichst erhalten zu können. Gegen Mittag kam der Architekt Hartmann und besprach alles noch einmal mit Achim Knesebeck, dann nahm er Werner Schubert beiseite:

»So, der Achim wird das alles schon machen. Vor allem die Außenmaße müssen ja stimmen, damit dann die vorgefertigten Wände auch auf den Keller passen. Aber das wird schon. Der tüchtige Knesebeck hat ja seine langjährigen Erfahrungen.«

Und damit fuhr der Architekt wieder ab, vermutlich zu seiner Freundin, der Lehrerin Raschke-Petersen, denn jetzt um die Mittagszeit war die Schule schon aus; die meisten Dorfbewohner waren entweder beim Essen, auf ihren Feldern oder auf ihrer jeweiligen Arbeitsstelle, so dass kaum jemand den Wagen des Architekten hinter der Scheune der Lehrerin zu sehen bekäme.

Aber das Auto wurde natürlich gesehen, nicht nur von Irmela Blohm, der Zeitungsfrau, auch Else Knesebeck bemerkte den silbergrauen Wagen des Architekten, als sie in ihrer Küche das Gemüse putzte. Als Else mit diesen Vorbereitungen für das Abendessen fertig war, -denn bei Familie Knesebeck wurde seit Jahren immer nur abends warm gegessen, weil zur Mittagszeit am Eheanfang immer wieder etwas dazwischen gekommen war, so dass Achim eines Tages gemeint hatte, dass es wohl sinnvoller sei, wenn Else erst am Abend etwas Warmes auf den Tisch bringe. So kochte sie eben erst zum Abend, mittags gab es nur eine Scheibe Brot, wenn Achim überhaupt zu

Hause aufkreuzte, meist war er ja unterwegs auf seinen Baustellen überall im Landkreis; heute jedoch kochte sich Else eine gute Tasse Kaffee, setzte sich ans Telefon und rief Renate Lüders an, ihr berichtete sie über den heimlichen Besuch des Architekten bei der Lehrerin, und die beiden Frauen tratschten genüsslich und ausgiebig über alle im Dorf, die ihnen in den letzten Tagen gebührend Stoff zur Unterhaltung geboten hatten. Natürlich tauchte auch Werner Schubert in ihrem Gespräch auf, zumal dieser an Elses Fenster vorüberging, als er von seiner Baustelle zurück in das Dorf schritt.

»Ich weiß nicht so recht, was ich von dem halten soll,« sagte Else ins Telefon, »er lebt ja nun schon eine ganze Weile hier und hat sich auch ganz gut eingewöhnt, und man hat noch nichts Schlechtes über ihn reden gehört, aber er ist immer so zurückhaltend. Als damals mit seiner Frau die Geschichte passierte, wie sie so krank wurde und dann so plötzlich starb und so, da hab ich richtig Mitleid gehabt, so ein fescher Kerl, und nun ganz allein. Seine Eltern sind ja auch schon lange tot, sagt man, und sonst hat er keine Verwandten mehr. Kinder haben die ja nicht gehabt, man munkelte, dass sie früher mal so eine Operation gehabt haben soll und nun konnte sie keine Kinder mehr bekommen. Und er hat dann ganz allein diese Pension geführt, und wenn ich mit Gästen von dort geredet habe, die waren immer ganz zufrieden gewesen. Der Herr Schubert sei sehr ordentlich und sauber, er habe auch täglich die Zimmer gesaugt und so, da kann man ihm nichts vorwerfen. Und ich muss dir sagen, der sieht noch immer gut aus, ein richtiger Mann, nur im

Gesicht, da hat er ein paar Sorgenfalten. Und um den Mund herum, da kann man sehen, dass er wohl einen großen Kummer hat.«

Am Abend saß Werner Schubert wieder bei Buthmanns und hörte auf die Stammtischgespräche, die sich um die Feldbestellung, um Futterkosten, Schweinepreise und teure Steuern drehten und immer wieder ging es um das Wetter, das Wetter, für alle war das die entscheidende Frage: wann scheint die Sonne, wann kommt der Regen, gibt es genug Nässe oder zu viel, bleibt es trocken oder müssen die Bauern wieder zwei Wochen mit der Feldarbeit warten. Werner war noch nie so klar gewesen, wie sehr die Bauern und damit wir alle abhängig sind von der Wetterentwicklung, wie wichtig die Vorhersagen sind, damit wir alle, ob Veganer oder Fleischesser, genügend Nahrung bekommen können. In der komplexen Welt heute hatte jeder seinen Platz, musste jeder seinen Teil dazu beitragen, ein gigantisches Räderwerk, vom Futtermittelhandel, über den Bauern, den Müller, den Bäcker, den Fleischer, den Klempner, alle Gewerke überhaupt, die Ordnungshüter, Polizei, Lehrer, Finanzbeamte, Ärzte, Krankenschwestern, Stromhersteller, Fabrikarbeiter, Lokführer,

Piloten, Seeleute. Alle lebten und arbeiteten im Verbund, ein weltweites Netzwerk, dargestellt in den weltumspannenden Internetgemeinschaften.

Mit allen Vorzügen und Risiken, die nun einmal bestehen, wenn so viele Menschen gemeinsam etwas tun oder nicht tun.

Gemeinsam etwas tun. Das war ihm und Lena auch

immer wichtig gewesen, dass man Dinge gemeinsam machte. Wie oft waren sie nicht gemeinsam auf ihren Rädern durch die Heidelandschaft gefahren, hatten am Totengrund ihre Brote ausgepackt und dort zur Heideblütenzeit am Rand gesessen und eine Art Picknick gemacht, oder waren über die sandigen Fuhrwege von Vosshagen nach Scheeßel gefahren. Sie hatten die hohen Wacholder bestaunt und Birkhähne balzen gesehen, ganze Rudel von Rehen waren über den Sandweg gerannt und im Wäldchen verschwunden, Kaninchen schlüpften in ihren Bau, wenn sie näher herangekommen waren, und Habichte zogen hoch oben am meist hellen Himmel ihre Kreise.

Als sie in eine Senke gefahren waren, mussten sie unvermutet anhalten; eine große Herde von Heidschnucken stand ihnen im Weg, zwei zottige Hunde umkreisten die grasenden Tiere und ein hagerer Mann stand auf seinen Schäferstab gestützt, wie es schien, ganz lässig in der Sonne und schaute über den Horizont. Sie kamen bald ins Gespräch und zu Lenas großem Erstaunen war der Schäfer ein ziemlich interessanter Geselle, er hatte sein Studium an der Universität Göttingen abgebrochen.

»Wissen Sie, ich wollte früher Lehrer werden, wollte den Kindern etwas beibringen, wollte alles besser machen, viel besser als ich selber es an meiner Schule erlebt hatte. Aber dann, ich hatte Germanistik und auch Biologie als Fächer ausgewählt, weil ich dachte, dass ich so eine größere Chance hätte, in den Schuldienst übernommen zu werden. Aber diese Kombination war nicht sehr angesehen. Ich habe das dann sehr schnell gemerkt, als ich in den Semesterferien an einer Schule mein Praktikum gemacht habe, da bin ich dahinter gekommen, es waren nicht so sehr die Lehrer gewesen, die mir die eigene Schulzeit so verleidet hatten, es waren diese alltäglichen bürokratischen Vorschriften und Verordnungen. Dafür bin ich einfach nicht geschaffen, immer dieses eingekastelt sein, sich nicht mehr rühren können, und da bin ich ausgestiegen. Wegen des Biologiestudiums konnte ich schnell auf einem Biohof einsteigen, dort überwinterte auch ein alter Schäfer mit seinen Heidschnucken, und von dem habe ich dann die Herde übernommen. Er wollte nicht mehr, wegen Rheuma, sein Körper machte einfach nicht mehr mit. Er wäre noch gern weiter mit seiner Herde durch die Heide gezogen, aber er konnte einfach nicht mehr. Ich habe dann seine Herde übernehmen können und seit fünf Jahren ziehe ich nun durch diese anmutige Gegend mit all ihren vorzüglichen Annehmlichkeiten, mit den leise rieselnden Bächen, den hellen Sandflecken, wo sich die Kreuzottern sonnen, ich höre morgens den hellen Ruf der aufsteigenden Lerchen, das Kollern der Birkhühner, sehe Füchse und Rehe und Böcke und Wildschweine, einmal in diesem Jahr habe ich sogar ein Adlerpaar gesehen, ganz hoch droben, das war schon etwas, oh ja.«

Der Schäfer nickte noch ganz begeistert, zog den dunkelbraunen Schlapphut vom Kopf und wischte sich damit die Stirn. Werner und Lena standen noch eine ganze Weile bei ihm und redeten über Pflanzen, Pilze und die Heidschnucken und sie erfuhren, wie wichtig diese Tiere für die weitere Existenz dieser Kulturlandschaft waren, denn sie hielten das Unkraut kurz und durch das Abgrasen sorgten sie immer wieder für den Neubeginn des Wachstums und damit für das erneute Aufblühen des Heidekrautes. Als sie weiterfuhren, lächelte Lena und meinte, sie könne sich auch so ein Leben als Schäferin gut vorstellen, aber Werner müsse immer bei ihr sein, sie wolle nun nie mehr in ihrem Leben allein leben müssen. Er konnte ihr nur zustimmen und fühlte ein warmes Gefühl von Glück, als er gemütlich in die Pedale trat. Ja, Lena.

Einmal hatte er einen platten Reifen gehabt, mitten in der Wildnis, zum Glück hatte es nicht geregnet und seine kleine Blechdose mit Kleber und Gummi war in der Radtasche gewesen; obwohl es nur das Vorderrad gewesen war, hatte es in doch erhebliche Mühe gekostet, den roten Schlauch herauszuziehen, das Loch zu finden und dann abzudichten. Lena war herumgeschlendert, sie beschaute sich die Pflanzen und fand sogar eine Schachblume, eine seltene geschützte Blumenart, wie sie ihm dann stolz mitteilte; dann hatte sie sich neben ihn ins Heidekraut gehockt, die Arme nach hinten aufgestützt und hatte alte Shanties und Gassenhauer gesungen. Er hatte sich trotz Schweiß auf der Stirn richtig wohl gefühlt. Und das Fahrrad hatte er auch wieder gut flicken können. Ja, seine Lena, gemeinsam mit ihr war alles so einfach gewesen. So leicht.

***

Der Polizist Erich Möller wischte sich die Stirn trocken und setzte dann wieder seine Dienstmütze auf. Ihm war nicht sehr wohl, am liebsten wäre er auf sein Fahrrad gestiegen und zu der kleinen Lichtung in den Föhren gefahren, hätte sich dort unter eine Birke gelegt und den Himmel betrachtet. Die Lerchen flogen schon ziemlich hoch jetzt, und wenn er viel Glück hätte, würde sich auch ein Auerhahn oder eine Henne zeigen mit ihren Küken. Aber er hatte hier zu bleiben vor der alten Scheue von Rudi Bartels und aufzupassen.

Rudi Bartels hing am Dachbalken mitten in der Toreinfahrt. Die Kinder, die auf dem Weg zur Schule waren, hatten ihn als erste gesehen und dann die Eltern angerufen und so war auch Erich Möller benachrichtigt worden. Er war sofort hergefahren und hatte dann in Lüneburg die Kriminalabteilung angerufen. Man hatte ihm mitgeteilt, er dürfe nichts anfassen, nichts verändern, solle Wache stehen, das könne er ja wohl, und seine Augen offen halten. Der technische Stab und die Kommissare würden sich sofort auf den Weg machen. Die Stimme des Kommissars war sehr bestimmt gewesen: man wisse ja noch nicht, ob es wirklich ein Selbstmord sei oder nicht. Also Hände weg und niemand darf den Toten anfassen, verstanden?!

So stand Erich Möller nun vor dem Scheunentor und hielt Wache. Auch eine Art von Totenwache, dachte er noch. Der hat es jetzt hinter sich. Ob der etwas mit dem toten Pferd zu tun tat? Nein, der Rudi mochte doch Tiere, hatte ja früher selber ein paar Gäule; nein, es waren Ponies, ja, für seine Kinder, die er sich mit der Inka anschaffen wollte. Aber das hat ja nun nicht geklappt. Oder aber, wie die Frauen so reden, die Inka wollte einfach nicht. Für die war der Rudi zunächst wohl nur ein sicherer Ort, sie war dann verheiratet und galt als ehrbar, eine ehrbare Bauersfrau, der hatte man Respekt zu zollen. Tja, Rudi Bartels. Er hatte so richtig Pech gehabt in seinem Leben.

Erst war ihm seine Frau weggelaufen mit einem sehr viel jüngeren, das war vor etwa zwei Jahren gewesen, damals war dieser andere Mann als Erntehelfer aufgetaucht und hatte tüchtig mit angepackt, das schon, aber nachts hatte er sich auch Rudi Bartels Frau Inka vorgenommen, und weil er groß und schlank war und gut ausgesehen hatte und so einen fremden Akzent hatte, – Erich Möller damals hatte ihn für einen Bayern oder gar Österreicher gehalten -, da hatte sich die Inka Bartels gleich in ihn verliebt und dann war sie mit ihm abgehauen. So nach drei, vier Monaten dann war ein dickes Schreiben für Rudi gekommen von einem Rechtsanwalt und die Inka hatte die Scheidung beantragt. Man munkelte im Dorf, dass der neue sie wohl geschwängert habe. Da war zumindest den Frauen der Samtgemeinde klar, dass sie bei ihrem Neuen bleiben wollte. Und Renate Lüders meinte beim Kaffeekränzchen:

»Wenn sie bei all dem Gewese, was sie immer mit ihrer Figur aufgestellt hat, jetzt noch schwanger wird und dabei riskiert, dass sie aus dem Leim geht, schau dir doch nur mal ihre Mutter an, das sagt doch alles, also, dann muss sie ihn wohl richtig gern haben, oder was meint ihr?«

Jeder wusste vom Kinderwunsch des Rudi Bartels, aber wie hatten sie bei Buthmanns am Stammtisch immer gelästert, der kann seine Flinte nicht mehr nachladen, der hat schon alles verschossen, was im Lauf drin gewesen ist. Und Dörte Missfeld, die Arzthelferin bei Doktor Kleine in Haidwitz, die hatte auf einem Geburtstag nach vielen Gläsern Punsch unter den Frauen erzählt, dass Rudi Bartels impotent geworden sei. Das sei aus den Unterlagen eindeutig hervorgegangen. So saß der Rudi denn auf seinem Resthof als Nebenerwerbsbauer, ohne Frau, ohne Kinder, nur eine alte Tante lebte noch in Vosshagen, und er war wohl mit allem nicht mehr so recht klargekommen.

Aber er war doch auch Jäger, warum hatte er denn nicht einfach seine Flinte genommen, das wäre doch schneller gegangen als mühsam erst den Strick am Dachbalken festmachen und dann hinaufsteigen und das Hanfseil um den Hals und dann herunterspringen. Erich Möller grübelte und grübelte. Er würde wohl nie die wirklichen Beweggründe von solchen Absonderlichkeiten verstehen.

Er schaute sich um, es war niemand mehr da, die Schulkinder waren alle in ihren Klassen, die zwei, drei Erwachsenen, die zunächst gekommen waren und sich den Erhängten angesehen hatten, waren verschwunden, kein Mensch mehr zu sehen. Die Männer waren alle schon längst zur Arbeit gegangen, von den Frauen schauten wahrscheinlich einige durch die Gardinen auf die Scheune. Erich Möller klappte die großen Tore zu, Rudi Bartels sollte zumindest vorerst seine Ruhe haben und nicht wie ein preisgekrönter Eber zur Schau gestellt sein.

Nach zwei Stunden waren die Wagen aus Lüneburg angekommen. Die beiden Kommissare hatten den Gerichtspathologen mitgebracht, die Kollegen der KTU mit ihren weißen Anzügen, den vielen Handschuhen und blitzenden Gerätschaften öffneten die großen Scheunentore und machten viele Fotos von allen Seiten, dann erst schnitten sie Rudi Bartels ab und legten ihn vorsichtig auf eine Trage. Der Gerichtsarzt untersuchte ihn und äußerte sich dahingehend, dass kein Zweifel daran bestünde, dass er sich selbst erhängt habe. Vor der Scheune hatten sich einige Schaulustige aus dem Dorf versammelt und redeten halblaut über all das, was sich ihnen bot. Sie kannten so etwas ja nur aus dem Fernsehen, und in der Wirklichkeit sah es doch ein wenig anders aus, nicht so dramatisch, eher nüchtern, kein Farbfilm, sondern grauer Alltag. Aber es war einer aus dem Dorf, der hier als Opfer betrachtet wurde, und einer der Zuschauer, Blohms Fidi, sagte so laut, dass auch die müßigen Kriminalbeamten aus der Stadt es hören mussten:

»Das hat er nun davon, nur diese Frau ist schuld daran, sie hat ihm sein ganzes Leben versaut. Und ihn jetzt noch in den Tod getrieben.«

Der ältere der beiden Kommissare fragte Erich Möller, ob er wisse, wovon der alte Bauer denn rede, und Erich erklärte ihm die Geschichte mit Inka Bartels.

»Ach so ist das, und ich dachte schon, dass vielleicht dieser Suizid so zu erklären sei, dass dieser Bauer hier der Pferdemörder gewesen ist und sein schlechtes Gewissen ihn zum Selbstmord getrieben hatte. Schade. Aber ich muss schon sagen, so ein ruhiges Landleben habe ich mir anders vorgestellt. Erst der Pferdemörder, dann dieser

Suizid, mal sehen, was in eurem kleinen Dörfchen noch so alles geschehen wird.«

Die beiden Kommissare gingen zusammen mit zwei weißbekleideten Technikern in das Wohnhaus von Rudi Bartels und führten dort ihre Ermittlungen durch. Nach einer Weile kamen sie wieder heraus und einer der Techniker versiegelte die Haustür. Der Kommissar sagte zu Erich Möller:

»Wir haben da eine ganze Menge leerer Schnapsflaschen gefunden und einen Abschiedsbrief auf dem Küchentisch. Es scheint so, als ob dieser Bauer wirklich genug hatte und keinen anderen Ausweg mehr gesehen hat. Unsere Arbeit hier ist jedenfalls beendet. Ich rufe Sie an, wenn das Haus wieder freigegeben wird.«

Es dauerte nicht allzu lange, dann kam auch schon der schwarze Kombi von der Gerichtsmedizin und der tote Rudi Bartels wurde in den Wagen geschoben und kam nun in die Pathologie, nur zur Sicherheit, und die Kollegen in Lüneburg müssen ja auch was zu tun haben, oder? Scherzte der Gerichtsmediziner und stieg mit ein. Die Männer von der KTU, der kriminaltechnischen Untersuchungsabteilung, räumten ihre Kisten ein und weg und fuhren dann noch vor den Kommissaren zurück. Die Zuschauer verliefen sich rasch und Erich Möller stand mal wieder allein vor den weit geöffneten Toren der Scheune und rieb sich den Schädel.

»Auf der Feier bei Heide Meiners war er ja noch ziemlich fidel.«

Erich Möller drehte sich um. Da stand der alte Lüders neben ihm und reinigte seine zerbissene Kurzpfeife.

»Man kann eben nicht in einen Menschen hineinsehen.« meinte Erich. »Sonst hätte vielleicht ja jemand dem armen Rudi helfen können.«

»Nee! Zum einen hätte er keine Hilfe angenommen, du kennst doch die Leute hier. Da hat jeder seinen Stolz. Natürlich hilft man einander, ohne lang zu fragen. Aber einen um Hilfe anbetteln, das würde nie jemand von uns tun. Und zum anderen, wobei hätte man denn dem Rudi helfen sollen oder können? Wobei? Hätte irgendeiner seine Ehe wieder heilen können? Würde es Inka oder Rudi auch nur im Traum eingefallen sein, wieder zusammenzuziehen? Die beiden unter einem Dach, da kannst du gleich Hund und Katz zusammen in ein Güllefass sperren. Das wäre nie nicht gutgegangen. Und etwas anderes an Hilfe, was hätte das denn sein sollen, komm, nun sag schon.!«

Erich Möller wusste auch keine Antwort.

»Ich fühl mich einfach nur schlecht.« sagte er zu dem alten Landwirt, dessen Pfeife endlich brannte.

»Ich meine nur, man hätte vielleicht mehr mit ihm reden sollen.«

»Aber das haben wir doch gemacht. Auf Heide Meiners Feier hab ich an seinem Tisch gesessen und wir haben uns über die neuen Schweinepreise unterhalten, und er hat mir noch einen Insidertipp gegeben, weil die Futterpreise in Hamburg in letzter Zeit so heftig gestiegen waren. Ja, die Futterpreise, und dann noch der Pferdemord, und dann Else Knesebeck, über die hat er auch noch geredet.«

»Über Else Knesebeck?« Wunderte sich Erich Möller.

»Ja, weil nämlich die Else so gut befreundet ist mit der Raschke-Petersen, also der Lehrerin von ihrer Kleinen, die war und ist ja so heimlich oder halboffiziell mit dem Doktor Kleine zusammen. Der Doktor ist ja schon lange Witwer und man munkelt nun besonders beim Damenkränzchen, so erzählte es Rudi zumindest, dass die Raschke-Petersen so langsam die Nase voll hat, weil sie immer nur allein zu den Feiern eingeladen wird. Und sie soll dem armen Doktor Feuer unterm Hintern gemacht haben, er müsse sie doch endlich heiraten, damit alles seine Ordnung habe und sie endlich auch die Stellung in der Gesellschaft bekomme, die ihr zustehe, nämlich als seine Frau, seine Ehefrau.«

»Aha. Also hat diese Lehrerin den Arzt unter Druck gesetzt.«

»Genau! Und ausgerechnet den armen Rudi Bartels haben sie auserkoren gehabt, als Liebesbote, als Vermittler zu fungieren. Denk dir nur, die verliebte Raschke-Petersen hat ihm jedes Mal, wenn er eine Nachricht vom Doktor überbracht hat, eine Buddel Korn gegeben, und er musste ihre Antwort mündlich vorsagen, damit sie auch sicher war, dass er nichts vergessen konnte.«

»Aber warum haben die denn nicht telefoniert oder gesimst?«

»Ach weißt du, bei diesen neuen Dingern, ich kann das ja auch nicht so recht, dieses mit dem Telefon Nachrichten senden, mir ist es lieber, wenn ich mit einem direkt sabbeln kann, von Angesicht zu Angesicht. Und die Raschke-Petersen, die ist ja auch nicht doof, die hat unter ihren Schulkindern ja viele, die sich nur zu gut mit diesen Handys auskennen. Und die hat ganz einfach Angst gehabt, dass irgend so ein Banause, so einer ihrer Schüler, dass der dann von ihrem Telefon die Nachrichten ablesen kann oder so. Nein, sie ist lieber auf Nummer sicher gegangen und hat wie früher den guten alten Boten benutzt. Da wusste sie, dass kein Fremder das mitbekommen tut.«

»So so.«

»Und der Rudi Bartels, der war ja ganz dick mit der Knesebeck. Die sind ja zusammen zur Schule gegangen, waren in einer Klasse, und sie haben auch gemeinsam die Tanzstunde gemacht, damals bei Buthmanns noch, du kennst das ja nicht mehr, aber da im großen Saal, da haben wir alle das Tanzen gelernt. Wie hieß die noch, Frau Öllerhof, nee, jetzt habe ich es wieder: Frau Albershoff, so hieß die Dame von der Tanzschule. Oh ja, das war für uns damals sehr aufregend. Wir durften dann zum ersten Mal ganz offiziell mit den Mädels reden und die auch richtig anfassen; jedenfalls beim Tanzen. Und es waren da immer ein paar von den alten Weibern da, die Mutter von Clausen saß da immer mit ihrem Strickzeug, und Oma Feldmann, die hatte in ihrem Korb immer etwas zu naschen. Und sie gab dann denen was ab, die ihr am besten gefallen hatten. Und Oma Cordes, oh ja, von der hab ich mal vor allen eine richtige Ohrfeige bekommen, oh ja. Da soll ich mit der Petersen zu eng getanzt haben, hat sie gesagt, sie hätte das ganz genau gesehen. Wat'n Quatsch. Mit der Petersen, ausgerechnet! Nee, mit der Petersen hatte ich nie was, aber ich war ja auch sehr vorsichtig, wir sind nach der Tanzstunde im Saal immer hinten raus durch die Büsche und dann runter zum Bach, und dort, wo das Gras so dicht ist, tja, das war meine Stelle für schwache Stunden, das heißt, so schwach war ich damals gar nicht, kannst ruhig mal die Mädels fragen, ich meine, nee, ich sag dir nicht, wer das alles war. Aber wenn ich darüber so nachdenke, im Laufe der Jahre, das waren schon einige. Und nicht die schlechtesten, wenn ich da an die Monika denke. Ich mein ja nur. Die ist lang schon weg, sie hat gleich nach dem Schulabschluss dann eine Lehre gemacht in Lüneburg, blond war sie, und sie hatte viele Jahre lang einen dicken Zopf, der hing ihr bis zu den Pobacken runter. Oh hauahauahoh! Ich bin mir auch heute noch nicht sicher, ob sie nicht mich verführt hat. Die verstand nämlich da was von.«

Der alte Lüders zog heftig an seiner Pfeife und Erich Möller wischte sich grinsend die Schweißtropfen aus dem Gesicht. Dann sagte er:

»Damals warst du wohl ein ganz schlimmer Finger. Und dich hat nie einer erwischt, ich meine, so im Stroh und dann mit der Heugabel, wie man das immer so hört, wenn man bei Buthmann über die alten Zeiten reden hört, am Stammtisch oder so.«

Der alte Lüders grinste, seine verschmitzten Augen schauten wie sinnend in den hellen Himmel.

»Erwischt, ach was, man konnte uns nicht erwischen. Und wenn, also wenn da einer zum Beispiel mit dem Fahrrad durch die Gemarkung und über die Felder fuhr, und da bewegte sich was im Weizen, das konnte doch ein Stück Wild sein, oder nicht? Und dann schnell das Rad in den Straßengraben und vorsichtig hingeschlichen, beim Weizen ging das ja noch, aber im Mais wurde es schlimm, der raschelte immer so laut, und wenn man da sehen konnte, wer das war und wer mit wem, dann zog man sich doch schnell wieder zurück. Denn einfach nur zuschauen, also nee, das haben wir nie nicht getan. Und die anderen haben das auch so gemacht. Und wir wussten alle, wer mit wem und meist auch wann und wo, aber gesagt hat keiner was, schon gar nicht den Eltern. Aber dann, wenn es zum Schlimmsten kam, oder wenn das Mädel es darauf angelegt hatte, ja, dann wurde eben geheiratet. Alle haben sich damit arrangiert, alle waren zufrieden, das Kind bekam einen Vater, die Gemeinde neuen Zuwachs, das Mädchen war jetzt Ehefrau und Mutter und der Mann konnte als Familienvater dann langsam in die Fußstapfen seines Vaters hineinwachsen und dann den Hof übernehmen. So war das damals.«

»Und die anderen Kinder, ich meine die zweiten Söhne oder Töchter, ist das so wie heute hier in den Dörfern, mussten die dann eben irgendwo hin?«

»Ja, wobei ich sagen will, für die meisten von denen war das eher positiv zu sehen. Nur für uns ist das auf Dauer nicht so günstig. Denn wenn alle weggehen, vor allem die jungen Mädels, dann haben wir hier nur noch junge Männer im Ort, das ist einerseits natürlich nicht schlecht, da sind dann genügend Arbeitskräfte für die Feldarbeit vorhanden. Aber heute will ja keiner mehr aufs Feld, und eine reine Männergesellschaft, da ist Krach und Streit schon vorprogrammiert. Und wenn dann irgendein Weibsbild auftaucht, dann gute Nacht! Das gibt Mord und Totschlag, kann ik di seggen.«

»Na, so schlimm wird es wohl nicht werden. Bisher habe ich auch die Jungen hier immer für ziemlich vernünftig gehalten, und das mit dem Trinken, das hält sich auch in Grenzen, scheint mir.«

»Denk an meine Worte! Wenn hier zu lange die Frauen fehlen, dann gibt das ganz schlechte Luft. Dann explodieren die irgendwann. Das ist ja auch der Hauptgrund dafür, dass so viele bei der Landjugend mitmachen, wie bei den Vorbereitungen zum Hauptmannsspiel. Die wollen endlich mal was mit Mädels machen, wollen zum Tanzen gehen und so eine junge Frau in den Armen halten, oder? Die meisten von ihnen sollten eine Lehre machen, in der Stadt oder weiter weg bei Verwandten, und dann wurden sie weggeheiratet oder sie sind gleich richtig ausgewandert. Der Waldi zum Beispiel, der ist ja nach Kanada mit seiner Frau. Und dort hat er dann seine Kinder bekommen, ich meine natürlich hat seine Frau die bekommen, und drei Stück, und die sind nun von Geburt an Kanadier, er hat dort einen Laden nach dem anderen aufgemacht, er war ja immer sehr fleißig, und den Kanadiern hat sein deutsches Brot auch gefallen, er hat gut verdient und als reicher Mann ist er nach zwanzig Jahren wieder hergezogen, mit Sack und Pack. Und nun fährt er ein paar Mal im Jahr nach Kanada zu seinen Kindern, die wollten nicht her, dort geht es ihnen viel besser.«

»Tja, mancher hat halt Glück.«

Sie schwiegen eine Weile, dann fragte der alte Lüders:

»Und was wird nun, ich meine, mit dem Bartels seinen Hof? Weiß man schon, wer das alles erbt?«

»Na, du kannst vielleicht fragen. Er ist noch keinen Tag tot und schon denkst du nur ans Erbe.«

»Ich mein ja nur. Weil diese Frau, Inka, die ihn verlassen hat, wenn die das alles erben sollte, die wird keinen rechten Stand haben hier im Dorf. Das gibt böses Blut. Ich sag es dir, wenn die erben sollte, dann ….«

»Na, was dann?!«

»Tja, dann wird es sehr schwierig. Sonst sind keine Verwandten da, die ihr das Erbe streitig machen könnten. Und wenn er nun ein Kind haben sollte, ich meine, ein uneheliches, so von einer früheren Geliebten oder so, und wenn dieses Kind nun seinen Anspruch vor Gericht macht, was dann?«

»Ein Kind? Der Rudi soll ein Kind haben? Aber mit wem denn?«

»Ich hab ja nix gesagt, ich mein ja bloß. Obwohl, wenn man so in den Dörfern rumfragen würde, da könnte man schon dies und das hören, und in Lüneburg, wo die meisten ja ins Krankenhaus fahren, wenn das Kind kommen soll, da gibt es doch Unterlagen, und da steht doch meist drin, wer der Vater ist, oder nicht?«

Er saugte heftig an seiner Pfeife und schaute den Polizisten verschmitzt an. Erich Möller wischte sich wieder einmal den Schweiß von der Stirn. Was sollte er nun machen, sollte er überhaupt etwas tun? Müsste er als Beamter nicht den Staatsanwalt in Kenntnis setzen, dass hier in der Gegend eventuell ein noch unbekannter Erbe leben könnte? Oder sollte er sich einfach raushalten und abwarten, ob und was sich in Bezug auf Rudi Bartels Hof entwickeln könnte oder würde?

Er schaute sich um. Das Grün der Büsche und Bäume wurde schon kräftiger, die Schatten der Häuser schon schärfer. Hinter dem etwas morschen Holzzaun lag in der Wiese ein kleiner Tümpel, ein paar Gänse schwammen darauf herum, andere saßen am Rand. Das erinnerte Erich Möller an die große Jagd im letzten Jahr und er fragte den alten Lüders, ob der sich noch an die Gänsejagd im letzten Oktober erinnern könne.

Der Alte lachte und meinte:

»Aber klar doch. Das war ein Spaß, so recht nach meiner Mütze. Da haben die Bengels doch im Oktober gemeint, das sie die armen Tiere vor dem Schlachten retten müssen, und dann haben sie überall im Dorf die Gänse zusammengetrieben und wollten sie durch den Wald bis hin zum Prinzensee treiben. Eine richtig gute Idee hatten die da, und der Holger Meiners war auch dabei. Ich möchte wetten, obwohl das damals keiner hat beweisen können, dass der sich das alles ausgedacht hatte, weil seine Schwester, die Ilse, so geweint hatte, als sie davon hörte, wie die Erwachsenen sich über das Gänseschlachten unterhielten.«

»Ja,« Erich Möller grinste jetzt auch, »und wir mussten dann alle durch den gefrorenen Wald und der breiten Spur folgen und versuchen, die Gänse wieder einzufangen. Als wir dann bei der Herde angekommen waren, da ging es erst richtig los, da sind die dann in alle Richtungen geflohen, und ich bin mir auch nicht ganz sicher, ob nicht die eine oder andere Gans doch entwischen konnte.«

»Und dann begann das Gezänk der Bauersfrauen, jede wollte natürlich die fettesten und schwersten für sich haben. Und Gänse haben nun mal keine Ohrmarken wie die Rinder, da sieht ja eine so aus wie die andere, oder?«

»Das war gar nicht so einfach, ich weiß noch, dass sich ein paar der Frauen fast geprügelt hätten, nur wegen der einen Gans. Aber zum Schluss waren alle doch ziemlich zufrieden.«

»Nur die Kinder nicht. Die haben dann am Abend alle eine tüchtige Tracht Prügel bekommen. Man konnte es am nächsten Morgen sehen, wie die zur Schule geschlichen kamen; so mancher hielt sich noch sein schmerzendes Hinterteil, und einige konnten in den harten Bänken nicht richtig sitzen, hihi.«

In Lüders Jacke klingelte sein Handy. Er nahm es heraus und hielt es ans Ohr.

Erich Möller höre nur ein »Ja, ja, ist schon gut, Renate, ich komme gleich, ich muss nur noch mit dem Dorfsheriff ein Wörtchen reden. – Nein, es geht um den Rudi Bartels.- Ja der. Aber nein, ich gehe bestimmt nicht zu Buthmann. Kannst dich drauf verlassen. Bis gleich.«

Er steckte das Handy wieder in die Tasche und griente Erich Möller an:

»Nie hat man seine Ruhe. Obwohl, manchmal ist es auch ganz praktisch, wenn man so ein Handy hat. Oder?«

Erich nickte und klopfte dem alten Landwirt auf die Schulter:

»Lass man gut sein. Ich muss dann wieder mal. Bis die Tage.«

»Bis denn, Herr Wachtmeister.«

***

Werner Schubert wartete geduldig, bis der grüne Trecker mit dem hohen Anhänger von Walter Wichmann an ihm vorübergerollt war und um die Ecke der Dorfstraße gebogen war. Er hatte in den letzten Tagen immer wieder verschiedene Traktoren gehört und gesehen, die Heuernte war in vollem Gange, alles schon als Nahrung für Herbst und Winter. Es gab sogar einige Landwirte, die das trockene warme Wetter ausnutzten und in der Nacht das Gras abmähten oder ihre Äcker umpflügten. So wurden sie schneller mit der Feldbestellung fertig und verkürzten die Zeit, in der sie ihre Geräte dem Maschinenring bezahlen mussten. Und dann kam für manche Bauern noch hinzu, wie der Günter Zils ihm neulich Abend bei Buthmanns erklärt hatte:

»Ich bin gerne nachts auf dem Acker. Da kommt einem keiner mehr in die Quere. Da kann man dann in aller Ruhe eine saubere Furche pflügen, das Radio läuft so laut ich will, und vor allem, das Handy bleibt still. Keiner ruft an, die anderen schlafen alle, keiner will was von mir oder hat noch dies oder das an Vorschlägen oder Aufträgen, ich hab meine Ruhe, und ob ich nun drei Stunden auf dem Bock sitze oder fünf, keiner sagt mir was. Wenn ich dann fertig bin, dann geht es zurück auf den Hof, und wenn mein Chef, der Bauer Clausen, dann beim Frühstück sieht, dass der Traktor wieder im Schuppen steht, dann ist er ganz zufrieden und ich kann bis Mittag schlafen, bis Frau Clausen mich dann weckt und dann nach dem Essen geht's wieder weiter.«

»Moin, Werner, na, wie ist es so? Was macht der Neubau?«

Werner drehte sich um, Dieter Feldmann kam auf ihn zu, zusammen mit Lissie Cordes, die einen Korb voller Pflanzen trug.

»Wir kommen gerade aus Karkenfelde, haben dort den Gärtner besucht. Lissie braucht mal wieder was für ihren Vorgarten. Und ich musste noch Batterien holen, mein Sohn will heute Nachmittag seine Felder neu vermessen.«

Werner schüttele ihnen die Hände und sagte:

»Er will die Äcker vermessen? Haben die sich denn so verändert?«

Der Bauer Feldmann lacht auf:

»Aber nein! Das ist wegen der Drohne.«

»Wegen der Drohne?«

»Na klar, das mit der Landwirtschaft ist heutzutage viel komplizierter geworden als noch zu meiner Zeit. Mein Jung hat sich jetzt eine Drohne angeschafft, du kennst doch diese Fluggeräte, die man vom Boden aus steuert, wie beim Fernsehen, mit Fernbedienung, diese schnallt er sich dann vor den Bauch und lässt die Drohne aufsteigen. Die hat da eine Kamera, auch wie beim Fernsehen, und die zeigt ihm dann auf so einem kleinen Bildschirm in der Fernbedienung ganz genau, wie der Acker von oben aussieht. Damit kann er genau die Abstände messen, bekommt die Größe des Landes gemessen und er sieht auch, wenn sich da ein Kitz ins Feld gelegt hat. Das hat es in diesem Jahr schon zweimal gegeben. Du weißt doch, das saftige Gras, und wenn es hoch genug ist, und die Ricke will woanders hin, dann legt sie das Rehkitz mitten im Feld ab, und dieses duckt sich und ist ganz still, und wenn man dann nicht aufpasst, weil man mit seinem Trecker vorn keine Spiegel hat, da wird so ein Kitz ganz leicht überfahren.«

»Das war früher gang und gäbe.« mischte sich Lissie Cordes ein, »da hat es jedes Jahr solche Unfälle gegeben mit den Rehkitzen, oft waren sie erst verstümmelt durch die großen Mäher, sie mussten dann getötet werden.«

»Aber das ist total unwaidmännisch!« Bauer Feldmann grunzte es und kratzte sich am Hinterkopf, »Und das ist nun vorbei. Heute kann man mit so einer Drohne die ganze Fläche von oben durchsuchen und dann sieht man genau, ob da ein Kitz ist oder nicht, und dann wird notfalls der Hund losgeschickt, natürlich mit Leine, und das Kitz hochgescheucht und zurück in den Wald getrieben. Und außerdem, wenn es um den Mais geht, und die Wildschweine, man kann jetzt viel besser die Schweine orten und dann gezielt darauf ansitzen. Das ist schon eine große Hilfe.«

»Also ist nicht alle Technik von Übel, wenn auch mancher so genannte Fortschritt nicht immer ein Segen sein muss.«

»Da hast du aber recht, Werner. Wenn ich meinen Jung sehe, wie der am morgen schon vor seinem Computer sitzt, Stunde um Stunde, und wenn er dann aus der Stube kommt und ich ihn frage, was er denn da gemacht habe, dann erzählt er mir, wie er mit dem Computer genau berechnet hat, wo welches Düngemittel und wann aufs Feld kommen soll und welche Erträge er erwartet, wenn das Wetter so wird, wie es die Vorhersage fürs Jahr so meint.«

»Oh, riecht doch nur mal!«

Lissie Cordes hielt sich die Nase zu. Auch Werner bemerkte jetzt den stechenden typischen Geruch von Gülle.

»Ach, das ist sicher Blohms Fidi, der wollte in diesen Tagen seine Gülle rausbringen.«

»Ja, darf der denn das noch? Ich denke, nach der neuen Verordnung ist das verboten.?!«

Der alte Feldmann grinste und meinte, dass zum einen die Verbote von ganz oben wohl so ihre Zeit brauchten, ehe sie bis ganz nach unten durchgedrungen seien. Und dann käme es noch darauf an, wie sie denn ausgelegt werden könnten. Denn es gäbe ja eine Menge Ausnahmen, wer wann wo noch Gülle auf sein Feld bringen durfte und wer nicht. Und hier seien sowieso nur die Felder in Nähe des Flusses davon betroffen.

Und außerdem, was soll er denn machen?

»Seine Güllebecken laufen doch schon über, zumindest beinahe. Und du kannst den Kühen doch das Schieten nicht verbieten, oder? Stell dir vor, wenn einer zu dir käme und dir sagte, du darfst jetzt aber nicht mehr aufs Klo, du musst das alles zurückhalten, na, was meinst du, was würdest du dann tun?«

Lissie lachte und wandte sich an Werner:

»Nu sag mal, hast du so einen Quatsch schon mal gehört?«

»Das ist eigentlich kein Quatsch,« entgegnete Werner, »denn das mit der Gülle, das ist ziemlich ernst. Auf Dauer wird der Boden sauer, wenn zu viel davon auf die Felder kommt, und dann geht es ins Grundwasser und dann kommen all die unliebsamen Dinge auch über das Trinkwasser in uns Menschen. Zum Beispiel die Antibiotika, die häufig von den Bauern regelrecht gefüttert werden. Oder zumindest worden sind.«

»Aber Werner,« mischte sich der Bauer Feldmann ein, »ich muss doch hier für uns Bauern mal eine Lanze brechen. Wir haben doch immer nur dann Medizin gegeben, wenn der Tierarzt es angeordnet hat.«

»Ja, das schon. Aber es gab und gibt doch einige bei euch, die nicht erst auf den Tierarzt gewartet haben, die lieber von sich aus dann zu solchen Medikamenten gegriffen haben, weil sie sich schon damit auskannten, weil ihren Tieren bei den letzten Erkrankungen diese Wunderpillen und Spritzen der Pharmazie so gut geholfen haben. Und weil davon die Schweine schneller fett werden und mehr ansetzten, oder?«

»Also weißt du! Schwarze Schafe gibt es überall!«

»Genau! Aber hier sind die Schafe meist blond und blauäugig und gehen auf zwei Beinen. Sie tragen eine grüne Mütze und Gummistiefel und wollen gern auch mal einen Euro mehr sehen im Portemonnaie.«

»Also wenn du Blohms Fidi meinst, der hat nur Milchkühe und keine Schweine. Die sind alle bei Lahmann in Karkenfelde, wie du sicher weißt.«

»Ob Kuh oder Schwein, es bleibt doch die Tatsache

bestehen, dass die Tiere Gülle produzieren, und die muss schließlich irgendwo bleiben, oder nicht?«

»So ist es. Aber was sollen wir Bauern denn tun? Das ist nicht wie beim Butterberg, der von Brüssel aus in großen Hallen eingelagert wird und dann wird die Butter nach Afrika verschifft oder die Milch wird gleich zu Milchpulver verarbeitet und geht nach China. Mit Gülle kannst du solche Geschäfte nicht machen.«

»Das sehe ich auch so. Und dazu kommt noch, früher konnte man das zumindest in den großen Kompostierwerken verarbeiten, dann wurde da nach einigen Wochen so richtig guter Kompost draus, der konnte dann in Gärtnereien oder im Landhandel verkauft werden. Aber heute nehmen die schon keine Gülle mehr an, weil sie keinen Abnehmer mehr finden für den jetzigen Kompost, da sind zu viele Medikamentenreste drin.«

»Also bleiben die Verwertungsanlagen auf dem Kompost sitzen, die Bauern bleiben auf der Gülle hocken, unsere Industrie bleibt auf den Spritzen hängen. Und wir als Verbraucher, wir werden mal wieder die Zeche zahlen und für alle landwirtschaftliche Produkte mehr bezahlen müssen.«

»Es ist eben immer das selbe, auf der einen Seite soll alles möglichst billig sein und nichts kosten, auf der anderen Seite soll aber alles auch sicher sein, und gesund und möglichst Bioqualität haben. Aber ich sage dir, ein Schweinesteak vom Nacken, jetzt in der Grillsaison, wenn du das vom Biobauern kaufst, dann kostet das auch gutes Geld, das bekommst du nicht für einen Euro zwanzig.«

»Aber das schmeckt mir auch deutlich besser. Dafür zahle ich auch gern etwas mehr.«

»Aber wie viel ist dieses etwas? Zwei Euro, drei, oder fünf?«

Werner lachte.

»Du redest wie damals die Grünen, die wollten auch für einen Liter Benzin fünf Euro. Ich kann mich noch gut erinnern.«

»Das ist ein ganz anderer Beritt, das mit dem Sprit. Wenn wir den Diesel nicht so viel billiger bekommen würden, dann würden die Kartoffeln im Supermarkt auch mindestens fünf Euro das Kilo kosten.«

Lissie seufzte auf:

»Ach ihr Männer! Immer geht es nur ums Geld. Ich kann das verstehen, aber ich denk mal so, wir alle zahlen unsere Steuern und der Staat soll damit etwas Vernünftiges machen, zum Beispiel dafür sorgen, dass die Strassen gut befahrbar sind oder der Zug pünktlich kommt oder es genug Lehrer und Ärzte gibt oder Tierärzte, die fehlen nämlich auch hier. Und dann muss er doch auch die Ernährung der Bevölkerung sicherstellen, also muss er die Bauern unterstützen und die Fischer und die Bäcker und Schlachter. Da wird also für die Bauern der Diesel subventioniert und für die Fischer auch, dann gibt es mitunter Fangprämien für Füchse und Wildschweine. Aber was ich nicht verstehen kann, wenn ich nun in Lüneburg in Geschäfte gehe und da sehe ich Schuhe für zehn Euro oder ein Kleid für fünf oder Kinderhosen für sechs, wie kann das angehen? An so einem Hemd zum Beispiel, da hat erst ein Bauer in Indien die Baumwolle gepflanzt, dann geerntet, dann kam sie in die Spinnerei, dann wurde sie zu einem Stoff gewebt, dann kam noch das Färben dazu, dann der Schneider, dann verpackt und aufs Schiff und dann hierher nach Europa und dann in die verschiedenen Länder und in die Läden, und alle diese Menschen, die daran beteiligt sind, die wollen etwas verdienen und davon auch noch leben können. Und wir hier, wir machen unsere Erde langsam aber sicher kaputt, wie ihr das gerade mit der Gülle gesagt habt, und was dann?«

Werner schaute unsicher auf den Asphalt und meinte nur:

»Dass weiß ich auch nicht, wie das alles zusammenhängt. Das ist wohl so etwas wie Volkswirtschaft oder Weltwirtschaft, und manches ist wirklich nicht zu verstehen. Aber solange irgendjemand da noch Geld mit verdient, solange werden solche Geschäfte auch gemacht, egal wie seriös oder wie schmutzig diese auch sein mögen.«

Und der Bauer Feldmann grinste etwas schief und sagte:

»Das geht uns als Bauern ja auch so. Wir schuften das ganze Jahr auf dem Acker, und für das Saatgut müssen wir bezahlen und für die Mittel gegen Unkraut und für Beregnung auch, die Maschinen werden immer größer und teurer wie auch die Saisonkräfte, und dann bekommen wir für den Doppelzentner Kartoffeln zwei oder drei Euro, und wenn du in den Supermarkt gehst, was kosten dort die Kartoffeln? Ihr seht also, wir sind wie die Inder oder wie die Menschen in Afrika. Wir dürfen schuften für den Gewinn von anderen. Und so war es schon immer, der Erzeuger, das geht ja auch den Milchbauern so, der Hersteller bekommt am allerwenigsten, den großen Gewinn stecken sich andere ein. Und das finde ich nicht mehr gerecht. Da ist es ja auch kein Wunder, dass die Selbstvermarktung zugenommen hat. Es gibt ja kaum noch einen Hof, der keinen Hofladen hat. Und die haben Zulauf, da kommen die Leute zum Teil aus den anderen Bundesländern, und mancher Bauer hat aus dem kleinen Hofladen ein großes Geschäft gemacht und sein Ackerland verpachtet und macht jetzt nur noch den Kaufmann. Was nicht ganz verkehrt sein kann, denn die meisten unserer Kinder hier auf dem Lande wollen keine Bauern mehr sein, die zieht es in die Städte, die wollen auch Party Pur und Remmidemmi jeden Tag und denken, mit acht Stunden im Büro und die Hände werden auch nicht mehr so dreckig, da geht es uns doch besser.«

Er lachte und sah die anderen an.

»Und ist es nicht das, was letztlich alle wollen, dass es unseren Kindern besser gehen soll? Haben das nicht schon unsere Eltern auch immer gesagt? Wir machen das doch nur für euch, damit ihr es einmal besser habt.«

Alle drei lächelten. Werner fielen sofort die Worte seines Vaters wieder ein, der neben diesem »Ihr sollt es einmal besser haben« auch das »Du musst immer einen klaren Kurs fahren, immer aufrecht gehen, damit du jedem gerade ins Auge schauen kannst!« gesagt und gemeint hatte. Dann hatte er den Knoten seiner Krawatte gerade gerückt und war zurück ins Büro gegangen.

Bei Lissie kam die Erinnerung an ihre Mutter, die am Küchentisch saß und Kartoffeln schälte und immer nur zu ihr gesagt hatte, wie gut sie es doch habe, weil sie sich so viele Dinge leisten konnten und es keinen Mann mehr gäbe, der sich mit Prügeln durchzusetzen versuchte. Lissie war gerade mal zwölf gewesen, als ihr Vater verstorben war; wie die Leute im Dorf gemunkelt hatten, soll er sich eine Leberentzündung zugezogen haben, aber Pastor Hülsdorf hatte sich deutlicher ausgedrückt, das war nach einer Beerdigung gewesen, als alle in Buthmanns Kneipe zu dem üblichen Trauermahl beisammen gesessen hatten; da hatte in einem Nebensatz Pastor Hülsdorf gesagt, der alte Hinrichs habe sich wohl zu Tode gesoffen und er als Pastor sei eigentlich sehr froh darüber, denn jetzt könne dessen Witwe, also Lissies Mutter, endlich ohne die bisherigen Ängste vor der Brutalität dieses Alkoholikers in Ruhe weiterleben.

Und Bauer Feldmann kam sein Großvater in den Sinn, der immer mit dem Strohhut und staubbedeckten groben Stiefeln seine Pfeife stopfte auf der Bank vor dem Gesindehaus, in dem schon seit über fünfzig Jahren kein Gesinde mehr wohnte; der letzte Knecht war Mitte der fünfziger Jahre weggezogen und hatte in Bremen sein Glück gemacht mit einer Marie, die einen kleinen Laden mit Konfekt und Schokolade hatte, dieser freundliche Großvater hatte sich sehr viel um den kleinen Dieter Feldmann gekümmert und ihm eingeschärft, dass er sich im Leben nichts gefallen lassen sollte, von niemandem, und sei es auch der Bürgermeister oder der Landrat, und Feldmann hatte sich daran gehalten und oft Kontra gegeben, so auch in der Gemeindeversammlung, als es um das Zusammenlegen der Dörfer ging, er hatte für die Samtgemeinde gestimmt, das war ihm damals als die vernünftigste Lösung erschienen und das galt für ihn auch heute noch, und er hatte diesen wichtigen Entschluss nie bereut.

»Na denn.«

Die drei verabschiedeten sich, alle wegen der letztlich doch erfreulichen Erinnerungen mit einem breiten Lächeln auf den Gesichtern.

***

Heide Meiners hatte Lissie Cordes in ihrem alten Auto abgeholt und war mit ihr zum Hof der Feldmans gefahren. Dort warteten schon Wiebke Feldmann, Irmela Blohm, die Zeitungsfrau, und Else Knesebeck auf die beiden. Alle setzten sich auf die im Kreis stehenden Holzbänke vor der geschnitzten Hoftür und begannen, aus dem frischen Tannengrün, das die engagierten Burschen von der Landjugend unter Uwe Lührs Leitung im Forst geschlagen hatten, eine lange grüne Girlande zu flechten, die sollte das Festzelt schmücken, was in der nächsten Woche zur Feier des Hauptmannspiels aufgebaut werden sollte.

»So viele sind wir ja heute nicht.« sagte Else Knesebeck ziemlich spitz, »ich denke, dass sich manch eine wieder davor drückt. Wir sollten mal überlegen, ob wir nicht lieber einen richtigen Ortsverein gründen sollten, denn dieses lockere Verhalten im Landfrauenverband, ihr seht ja, wohin das führt.«

»Ach lass man, die haben alle schon genug zu tun. Und wir haben ja auch die Zeit dazu, und die Lust.«

»Es lebe die Tradition. Hoch, hoch, hoch! Wer hat noch nicht, wer will noch mal.«

Wiebke lächelte und fuhr fort:

»Aber im Ernst, hier in unseren kleinen Dörfern machen wir doch immer wieder die selben alten Dinge genau so wie früher, und wir fühlen uns wohl dabei. Ich bin ja wohl die jüngste hier, aber ich merke doch, dass wir verheirateten Frauen alle miteinander gut zurechtkommen, na ja, mal mehr, mal weniger gut. Aber so übers Jahr gesehen, wir kommen alle zu den Festen, wir sind alle dabei, wenn es gilt, die Sachen vorzubereiten, und da fehlt dann mal diese, mal jene, aber insgesamt klappt doch alles.«

Else erwiderte:

»Ja, es gleicht sich aus, und so sehe ich das auch heute hier. Hauptsache, es finden sich immer genügend, die mitmachen. Das haben wir doch bei Heides Feier gesehen, da haben dann alle geholfen, die eine hier und die andere da. Zum Schluss hat alles wie immer gut geklappt. Oder etwa nicht?«

Ein Auto kam auf den Hof gefahren und hielt, Angela Martens stieg aus und gesellte sich zu den anderen Frauen:

»Entschuldigt, dass ich so spät komme, aber mein Theo hat mal wieder solche Schmerzen gehabt, da musste ich ihm erst noch etwas aus der Apotheke holen. Er quält sich ja so herum.«

»Sein Sturz auf Heides Geburtstagsfeier war ja aber auch ziemlich schlimm, oder?«

»Jaja, wenn Männer in einem gewissen Alter erst mal was haben, dann werden sie richtig zimperlich.« konnte Else Knesebeck sich nicht enthalten zu sagen, »Ich kenne das von Achim, der ist auch so. Wenn der nur den kleinsten Schnupfen hat, dann geht schon die ganze Welt unter.«

»Ach Else! Mit Theo ist das ganz anders. Der hat es doch seit dem Sturz mit der Wirbelsäule, der Arzt hat es doch auch gesagt, bei ihm muss sich erst die Bandscheibe wieder zurechtrücken, hat er gesagt.«

»Der will ja vermutlich nur zu der blonden Sibylle in diesem Zentrum in Karkenfelde, da sind die Männer ja ganz wild drauf.«

»Ach red doch nicht. Und übrigens, das ist da gar nicht schlecht, ich war da auch schon mal, also erst diese Massagen, und dann hinterher in das sprudelnde Wasser …«

»Das heißt Whirlpool, Irmela.«

»Meinetwegen, aber ich kann euch sagen, ich war ein paar Mal dort in dieser Massagepraxis, und mein Rücken war wie neu. Und ich muss ja eine Menge Weg laufen, jeden Tag, das wisst ihr ja.«

»Also dort soll dein Theo jetzt auch hin gehen?« fragte Lissie.

Angela hatte sich ein paar Bund Tannengrün genommen, hielt aber ihre Hände noch still.

»Nein, davon hab ich noch nichts gehört. Aber er sagt mir ja auch nichts. Ihr seid doch alle auch erfahrene Ehefrauen, sagt mir mal, ist das immer so, wenn Männer krank sind, dann werden sie unausstehlich? Seit mein Theo das mit der Bandscheibe hat, da schreit er nur noch und schimpft und will am liebsten nichts hören, er will seine Ruhe haben, sagt er, und ich soll am liebsten dahingehen, wo der Pfeffer wächst, und und ….«

Angela begann zu weinen, erst liefen nur ein paar Tränen, dann heulte sie richtig los. Die anderen Frauen schauten sie teils mitleidig, teils verständnisvoll an und Heike Meiners ging dann zu ihr hin, kniete sich neben sie und legte ihr den Arm um die Schultern:

»Nun mal ganz ruhig, Angela, jetzt bist du ja unter uns, lass einfach alles raus und dann hör gut zu, wir kennen das alle hier, das mit den Männern, meine ich.«

Die Frauen nickten fast einträchtig und manche grinsten, etwas schief zwar, aber immerhin. Wiebke Feldmann meinte dann:

»Die Männer und ihre edlen Ziele. Wenn mein Uwe krank ist, dann geht die Welt unter. Dann kann ich ihm nichts mehr recht machen, entweder bin ich zu laut oder zu leise, weil er mich nicht hören kann, und selbst wenn der Gockel morgens kräht, fühlt er sich schon gestört und der Tag ist für ihn im Eimer.«

Else Knesebeck lachte auf:

»Im Eimer, meist ist der ganze Tag in der Flasche. Der Achim maracht und windet sich und schimpft wie ein Rohrspatz, sein Knie, ihr kennt ihn ja, und alles ist schlecht. Es ist ganz egal, was ich koche oder kaufe, alles taugt nichts. Das geht schon seit ich ihn kenne, das war bei ihm schon in der Schule so, wenn es nicht so läuft, wie der sich das vorstellt, dann ist alles doof und schlecht und gemein. Und so benimmt er sich dann auch.«

»Aber du hat ihn ja trotzdem genommen, oder?«

»Was soll ich denn machen? Ich will doch nicht allein sein. Ist es denn mit den anderen Männern anders?«

»Nein. Bei meinem zeigten sich auch immer wieder deutliche Hinweise auf Verärgerungen.«

Heide Meiners flötete das wie eine vornehme Dame und ging zurück auf ihren Platz:

»Mein Günter ist ja aus guter Familie und weiß natürlich, was sich so gehört, und da flucht er eben nicht, sondern er wirft mit Sachen, beisst die Zähne demonstrativ zusammen und gibt sich den Anschein, als sei alles nur ein Spaß. Er hat es mit der Schulter, ihr kennt das ja. Aber egal, ob das nun Kinderspielzeug ist oder ein paar Schuhe, er tritt wütend danach und wirft es die Treppe hoch oder mit verkniffenem Gesicht öffnet er mühsam die Tür und zieht sich in seinen Wagen, das reinste Elend, als wolle er uns allen zeigen, wie tapfer er doch ist und dass er ja nur uns zuliebe weiterarbeitet, damit wir genug zu essen haben.« »Warum tun Männer das? Lissie, du bist hier doch die Erfahrenste von uns allen, hast du eine Erklärung dafür, warum Männer so fürchterlich werden, wenn sie krank sind?«

Lissie legte ihre Hände in den Schoß und schaute alle an.

»Es ist ja schon eine Weile her, aber mein Jan hatte auch so etwas an sich. Wenn der sich nicht wohl fühlte in seinem Körper, dann schimpfte er auf die ganze Welt. Und in den ersten Ehejahren konnte ich ihm oft nichts recht machen, wenn ihn sein Zipperlein plagte. Meist war es ja auch der Kopf, und er gab dann Herbert Buthmann die Schuld, dessen Korn sei einfach schlecht gewesen am Abend zuvor. Aber ich hab ihm dann das abgewöhnen können, denn ich bin dahintergekommen, was ihn so ans Schimpfen gebracht hat. Ich will es euch sagen, es ist die schiere Angst!«

»Wie bitte, Angst? Was denn für eine Angst soll das sein?«

»Mir kommt es immer wie die nackte Wut vor, was aus Achim so ausbricht.«

»Ja,« Lissie fuhr sich mit ihrem Taschentuch durchs Gesicht, »es sieht aus wie Wut, wie großer Ärger, aber ich sage euch, das ist alles nur äußerlich. Es ist die Angst, und zwar die Angst davor, zu versagen. Die Männer haben auf einmal Angst, dass sie nicht mehr das können, was sie wollen und, so denken die eben, was die anderen von ihnen erwarten. Die Angst, vor den anderen als Versager dazustehen. Wenn ich nicht mehr kann, was ich will, oder was die anderen von mir wollen, dann bin ich nichts mehr wert. Das denken die. Und wenn es auch eine Krankheit ist, die mich daran hindert, dann wird die Krankheit eben angegangen, wie man etwa an Ungeziefer herangeht oder an Unkraut, dann wird mit aller Macht und Gewalt der Körper dazu gezwungen, zu funktionieren. Wenn es noch so sehr schmerzt. Wisst ihr, ich hab das noch erlebt, das mit den Prügeln in der Schule und in vielen Häusern, man dachte damals, dass man nur genug Wissen in die Kinder hinein prügeln müsse, dann werden die schon zu vernünftigen Menschen heranwachsen. Oder so. Und viele haben das wie die Muttermilch in sich aufgesogen und glauben daran. Und die Vorstellung, dass man von den anderen als Versager betrachtet wird oder gar verlacht wird, das kann kein Mann ab. Und wenn der Mann dann auch wegen einer Krankheit nicht mehr so kann, wie er gern möchte, dann kann er seine Ziele nicht mehr verwirklichen, dann kann er den anderen nicht mehr imponieren, dann ist die dämliche Krankheit eben schuld daran, dass er sich so hilflos fühlt. Und dieses Gefühl der Hilflosigkeit, das macht ihm Angst, das will er nicht haben, das will er unter keinen Umständen merken. Also haben all die anderen Schuld, die Welt, das Wetter, die Frau, die Kinder, die Politik, die Steuern, die Erde, das Weltall, der liebe Gott oder sonst wer. Glaubt mir, es ist diese Angst, diese übermächtige Angst davor zu versagen oder gar versagt zu haben. Dann möchte er am liebsten um sich schlagen, wie heißt es in dem Gedicht von Goethe: So übe dich dem Knaben gleich, der Disteln köpft. Ja, das haben wir damals in der Schule noch auswendig lernen müssen, damals wurden eben noch Gedichte gelernt, und die vergisst man nicht wieder. So also, der Knabe, der die Disteln köpft und in seiner Phantasie meint, er habe den Lindwurm enthauptet, so etwa stellen sich doch die Männer ihr eigenes Selbst vor. Und dann kommt immer die Angst davor, dass jemand sie durchschaut, dass sie ihre ach so edlen Ziele nicht erreichen können, dass sie vor allem für ihre Frauen und Kinder nicht mehr die edlen Recken sind, die großen Helden, zu denen man aufzublicken hat, die man zu bewundern hat, die man anbetet und deren Gebote man ohne Murren gehorcht. Wie beim Kaiser damals, Gehorsam ohne Einschränkung. Und ihr kennt ja alle, wie sich das Bild der Welt seit den großen Kriegen verändert hat. Und damit auch die Beziehung von Mann und Frau. Heute sind wir Frauen fast auf Augenhöhe mit den Männern, so sehen die das. Wir wissen, dass wir meist den besseren Überblick haben, und das wissen die Männer insgeheim auch, aber sie dürfen es nicht zugeben. Und daher poltern sie, schimpfen sie, fluchen sie, sie versuchen immer noch, uns und die Familien unter Druck zu setzen, wenn etwas nicht so geschieht, wie sie sich das vorstellen. Aber wenn sie selber nicht mehr können, wegen einer Erkrankung oder aus anderen Gründen, dann steigt in ihnen die Angst hoch, dass sie dann keine Macht mehr über die anderen, über ihre Frauen, ihre Familien haben könnten und dann kommt die Wut und der Zorn auf das Schicksal, auf die Welt, auf eben alles und jeden, und wir bekommen den Segen dann ab.«

Lissie holte tief Luft.

»Also, trockne deine Tränen, Angela, es lohnt sich nicht. Wenn du das nächste Mal deinen Theo brüllen hörst, dann denk daran, das ist nur seine Angst, letztlich auch vor dir, die da aus ihm spricht. Und dann kannst du innerlich lachen und äußerlich gleichmütig werden. Das schaffst du schon. Da bin ich mir sicher. Das haben wir alle ja immer wieder und durch alle Jahrhunderte hindurch geschafft.«

Eine nachdenkliche Stille legte sich über den Hof; nur die Blätter der alten Eichen rauschten ganz leise im Wind, gelegentlich gurrte eine Taube, bis dann Else Knesebeck begann:

»Also das mit der Angst, ich verstehe das schon, aber kennen die Männer das denn nicht?«

»Nein, die Männer wissen nichts von einer solchen Angst. Dann wären sie ja keine Männer mehr, jedenfalls in ihren Augen.«

»Außerdem sind alle doch Meister der Verdrängung, was nicht in ihr Weltbild passt, das gibt es eben nicht. Ganz einfach.«

»Das passt einfach nicht zu dem Bild, wie ein Mann zu sein hat.«

Irmela Blohm griff wieder zu den Girlandenzweigen und sagte ganz nüchtern:

»Das wirkt bei Männern wohl ganz unbewusst. Wenn die das wirklich mitbekommen würden, wenn auch nur einer von denen sich selbst eingestehen müsste, dass er so etwas wie Angst hat und das diese Scheißangst sein ganzes Leben bestimmt, dann wäre er doch seines Lebens nicht mehr froh.«

»Dann könnte er sich doch gleich aufhängen.«

»Du meinst, wie es der Rudi Bartels gemacht hat?«

»Nein, der hat sich ja aufgehängt, weil ihm seine Frau weggelaufen ist.«

»Und wenn ich das so alles zusammen höre, dann ist sie ihm ja auch wohl weggelaufen, weil er sie so schlecht behandelt hat, weil er also auch seine unbekannte jämmerliche Angst umgewandelt hat in Schläge und Schimpfen, oder?«

»Das mag wohl so sein.«

»Dann wollen wir nur hoffen, dass es mit uns anders wird. Jetzt, wo wir Bescheid wissen über die Männer!«

»Wir werden es denen schon zeigen, und den anderen

Frauen, die heute nicht da sind, denen erzählen wir es auch.«

»Jawoll! Und dann werden die anderen auch etwas Neues wollen, und sie zeigen es ja auch, wenn man sie nur lässt.«

Lissie Cordes schaute ernst in die Runde und lächelte dann:

»Und wenn ich das richtig überlege, wer fällt euch denn ein, den ihr gern hier neben euch sitzen haben wolltet?«

Alle Frauen grinsten, nur Else Knesebeck brummelte in sich hinein. Wiebke stieß sie in die Seiten:

»Nun hör aber auf, oder würdest du gern neben Gisela Steinbach sitzen?«

Alle lachten laut. Und richtig, wie auf dieses Stichwort brach es aus Else heraus:

»Diese dumme Kuh! Die hat doch nur Männer im Kopf! Nicht genug damit, dass sie sich den Ludger geangelt hat, nein, sie will wohl mit jedem aus dem Landkreis hier in die Federn, und wenn ich nicht so gut auf meinen Mann aufpassen würde, dann wäre der Achim auch schon in ihrem Bett gelandet, da könnt ihr drauf wetten, so wie die es darauf anlegt!«

»Bei meinem Uwe hat sie es auch versucht. So ganz wilde heiße Blicke hat sie ihm zugeworfen und versucht, mit ihrem neuen Parfum auf ihn einzuwirken, aber, was soll ich sagen, er hat es nicht einmal gemerkt. Er fand sie nur einfach ganz nett.«

Wiebke grinste und fuhr fort:

»Manchmal kapiert er einfach nicht, was Sache ist.

Dann denke ich, ob er nicht doch ein wenig beschränkt sein könnte.«

»Ach hör auf. Das sind eben Männer. Die merken oft gar nichts von dem, was um sie herum so abläuft. Da muss man sie schon mit der Nase drauf stoßen. Weißt du, Männer sehen die Dinge ganz anders als wir Frauen. Für die sind einfach andere Sachen viel wichtiger als für uns. Und das mit den Gefühlen, ich könnte dir da Sachen erzählen, die haben dafür einfach keinen richtigen Empfänger eingebaut. Da fehlt denen was im Hirn, oder wo das eben sonst sitzen mag.«

»Ach Else! Nun reg dich wieder ab.«

Mit kundigen Fingern bog und zog und flocht Lissie Cordes die zarten jungen grünen Ästchen mit dem dünnen Bindedraht zur Girlande, sie machte das nun schon jahrzehntelang. Es war eine alte Tradition der umliegenden Dörfer, in früheren Jahren, als es noch den Teich auf dem Hof der Clausens gegeben hatte, da waren die meist älteren Frauen des Dorfes im Kreis um den grünen Zweighaufen versammelt gewesen und hatten solche Girlanden gebunden. Wie in ihrer Jugend, als es noch Mägde gab, auch etwas, was es als Beruf heute nicht mehr gibt, dachte sie voll Wehmut. Damals war es für viele Mädchen gerade in den kinderreichen Familien ein geachteter Beruf gewesen, und außerdem, so manche Magd wurde dann zur Herrin, wenn sie von einem der Bauernsöhne geheiratet wurde; obwohl es weit öfter vorgekommen war, dass so eine Magd schwanger wurde von einem der Söhne des Hofbesitzers oder gar vom Bauern selber, und dann wuchs das Kind eben mit dem anderen

Gesinde auf und wurde in seltenen Fällen auch in der Bauernfamilie richtig aufgenommen mit allen Rechten und Pflichten, aber das war damals, heutzutage nahmen fast alle jungen Mädchen doch die Pille.

Lissie Cordes seufzte.

»Was hast du denn?« fragte Heide Meiners und nahm sich ein Bündel neue frische Tannenzweige.

»Ja, weißt du, so manches ist doch erheblich anders geworden.«

»Aber einiges ist auch besser als früher, denk nur an die Betäubung beim Zahnarzt oder die Erfindung der Waschmaschine.«

Wiebke Feldmann rief es ihnen über den grünen Haufen der Zweige hinüber.

»Du hast gut reden, Waschmaschine, da magst du ja Recht haben. Ich dachte da eher an solche Sachen wie die Pille, die gab es früher nicht. Und AIDS auch nicht. Das gab damals doch für so manches Mädchen ein Problem, weil die Männer sich nicht zurückhalten konnten.«

Elses Worte klang fast böse, aber sie grinste dann und sagte:

»Habe ihr das schon von der Karo gehört? Weil wir doch gerade bei den Problemen mit den Männern waren. Also, ich weiß es von ihr selbst. Sie kam ganz aufgeregt zu mir nach dem Fest und war völlig aufgelöst. Ihr müsst wissen, dass sie seit kurzem ein Auge auf den Walter Wichmann geworfen hat. Denn der sieht nicht nur ziemlich schmuck aus, nein, der hat auch was im Kopf. Wie der den Maschinenring wieder in Schuss gebracht hat, das soll ihm erst einer nachmachen.«

»Also nun erzähl schon, was war mit der Karoline?«

»Also, sie hatten ja alle ein wenig viel von der Bowle getrunken, ihr kennt das ja, und da ist sie mit dem Walter mitgefahren nach Vosshagen und mit ihm in sein Zimmer, denn er hatte ihr erzählt, dass seine Mutter heute nacht nicht zu Hause sei und er also eine sturmfreie Bude habe und ob sie nicht, weil er sie doch so liebe und so weiter. Er wohnt ja noch bei der Mutter, der Vater ist schon lange tot. Nun ja, es war ja wohl das erste Mal, so denk ich mir, aber mitten in der Nacht kam seine Mutter wieder nach Hause und schaute natürlich zum Sohn herein, und Karo schreckte hoch von den Geräuschen und knipste die Nachttischlampe an und da stand wie ein Gespenst diese schwarze Gestalt ganz groß und steif, alles in Schwarz, die Arme weit ausgestreckt, und Karo dachte: nun holt der mich! und schrie auf, und da wachte auch der Walter auf und rief nur: Aber Mutter! und da regte sich die Mutter auch und alle schrieen und redeten durcheinander, und dann erfuhr Karo, dass Frau Wichmann, Walters Mutter, die Totenfrau von Vosshagen war und gerade von ihrer Arbeit heimkam, sie hatte den alten Bartels versorgt, ihn gewaschen und eingekleidet und in den Sarg gelegt, wie es sich gehört. Und in ihrer sozusagen amtlichen Kleidung erschien sie für Karo wie ein Gespenst, das sie holen wollte, und der Schreck darüber, und dazu kamen noch die Schuldgefühle. Sie hatte mit dem jungen Walter geschlafen und war erwischt worden, und was war nun mit ihrem Ruf, und sollte sie nun den Walter heiraten, oder musste es sogar, würde die Mutter darauf bestehen, oder war sie, Karo, nun die böse

Verführerin der jungen Männer, wollte sie der Gisela Steinbach Konkurrenz machen, all solche Dinge gingen ihr durch den Kopf, und als sie bei mir war, da fragte sie dann auch, ob nicht schon das ganze Dorf Bescheid wisse über ihr Missgeschick. Aber ich konnte sie endlich beruhigen, wenn es auch nicht ganz einfach war.«

Auf allen Gesichtern lag ein verständnisvolles Lächeln und Else meinte:

»Das stell ich mir aber auch ziemlich schräg vor, wenn ich das erste Mal mit einem schlafe und dann steht auf einmal seine Mutter in der Tür.«

»Nicht seine Mutter! Ich wäre zu Tode erschrocken, eine große schwarze Gestalt, das ist ja zum Gruseln!«

»Arme Karo. Ich wäre vor Scham gestorben.«

»Ach übertreib doch nicht!«

»Also ich finde das einfach köstlich. Da verliert man ganz bewusst seine Jungfernschaft und dann kommt ein Gespenst.«

»Erst die Lust und dann der Schrecken. Liebe und Tod, was willst du mehr?!«

»Ach, wenn ich da an mein erstes Mal denke, im Mai, das war nicht so romantisch. Da ging es ziemlich klar und entschieden zur Sache.«

»Also, ich muss sagen, das erste Mal, schön war es ja nicht. Das kam erst so allmählich, ich meine, dass ich Sex als etwas Schönes erlebte.«

»Ja, erst kommt die Pflicht und dann erst die Kür!«

»Wie beim Eiskunstlaufen, oder nicht? Aber ich will mich wirklich nicht beklagen, meistens hat es doch allen Spaß gemacht, oder?«

Erinnerungsträchtig schauten alle Frauen hierhin oder dorthin, in die Luft oder auf das Tannengrün oder schielten verstohlen in die Gesichter der anderen, die Gedanken aller waren bei ganz verschiedenen inneren Bildern, und nicht bei allen von ihnen waren die jeweiligen Männer in den Erinnerungen auch die jetzigen Partner. Aber so war es eben, Liebe und Sex ist immer ähnlich, oft gleich, nie dasselbe. All das wussten auch diese Frauen, aber jede einzelne von ihnen hatte ihre guten oder auch sehr guten Erinnerungen, Erlebnisse, Erfahrungen.

Lissie Cordes ließ die emsigen Hände sinken, schaute in die Runde und fragte:

»Na denn, oder denkt ihr nicht mehr an die alten Schützenfeste, als wir noch rank und schlank waren und diese verrückten Tänze tanzen konnten!«

»Und dann in der Nacht aufs Stoppelfeld!«

»Und das hat gekratzt, ich kann euch sagen!«

Alle lachten, selbst Wiebke, die als jüngste von allen ein paar Dinge nicht mehr so erlebt hatte.

»Ja, damals kaufte kein Bauer die Katze im Sack. Da wurde erst dann geheiratet, wenn die Frau schwanger war.«

»Aber das Üben vorher, das war doch das Schönste, oder nicht?!«

»Ich sag ja immer, es dauert eben, bis man weiß, welcher von den vielen Anwärtern der richtige ist.«

»Probieren geht über studieren.«

»Und du, Lissie, wie war das bei dir und Jan gewesen?«

Lissie bog den dünnen Draht weiter behutsam, aber fest um die grünen Zweige.

»Ja, wisst ihr, bei Jan und mir, das ging ganz schnell. Ein Schützenfest und zwei Monate später ging es in die Kirche. Wir haben uns so richtig lieb gehabt. Alle haben sich gewundert, weil der Jan doch ein paar Jahre in Bremen gewesen war und alle sagten, er sei so vornehm geworden, er hatte doch bei Senators gearbeitet. Aber er kam zurück, zum Fest, wir haben uns gesehen und getanzt, oh, der konnte tanzen ….«

»Ich kann mich noch gut erinnern, er hat ja auch manchmal mit mir getanzt auf so mancher Feier. Und außerdem, das kam aus der Familie, die Cordes konnten alle gut tanzen, schon sein Großvater war berühmt für seinen Wiener Walzer. Der schwang die Damens nur so rum und wieder und wieder, und wenn er dann gegen Mitternacht an der Theke stand, dann war sein dunkler Anzug auch von außen feucht vom Schweiß.«

Alle lachten und Lissie dachte an Jan und dessen Familie und ihre eigene.

Sie hielt inne im Flechten und schaute gedankenverloren auf die grünen Zweige.

»Ich muss da an meinen Ururopa denken, den Erwin Hinrichs; der hatte in der Kirche oft die Orgel gespielt, damals war ich noch ein kleines Mädchen gewesen. Das fällt mir gerade ein, wo ich all die grünen Zweige sehe. Ja, es war eine Hochzeit vom einem Jäger, und all seine Jagdgefährten waren da, alle in grün, und da durfte ich Blumen streuen und der uralte Opa Erwin hat an der Orgel gesessen und gespielt, das war so schön. Da hab ich mir gewünscht, in meinem Leben auch mal Musik machen zu können.«

»Und, hast du, hast du auch ein Instrument gelernt?«
fragte Wiebke neugierig.

Lissie lächelte etwas wehmütig.

»Was sollte ich schon lernen. Ich hab dann in der
Schule bei unserer Lehrein, Frau Steinmann, Blockflöte
gelernt, und ich war nicht schlecht darin, das könnt ihr
ruhig glauben, ich durfte sogar zu Weihnachten in der
Kirche beim Krippenspiel bei den Musikanten mitmachen. Zu mehr hat es leider nicht gereicht, aber ist auch
besser so, wir hatten ja eh kein Geld für so was.«

»Schade. Dabei ist Musik doch so was Wunderbares.
Wenn ich da an den Chor in Haidwitz denke, allein
dieses Konzert zum neuen Jahr, das war schon etwas.«

»Na, Heide, dann kannst du dich ja mal dort bewer-
ben. Eine gute Stimme hast du ja.«

Alle lachten, denn seit Jahren schon verdross es Heide
Meiners, dass ihre sonst ganz normale Stimmlage bei
großer Aufregung umschlug und dann eine Art schrilles
Kreischen aus ihrem Mund kam. Das hatte begonnen,
als ihr Erstgeborener Holger auf der Strasse ausgerutscht
war und unter einen heranrasenden Wagen gekommen
war, dessen Fahrer das spielende Kind zu spät gesehen
hatte. Zum Glück war Holger bis auf ein paar Hautab-
schürfungen unversehrt geblieben, aber Heide hatte das
alles mit ansehen müssen und laut aufgeschrieen, konnte
sich kaum beruhigen, und seit diesem Unfall kamen bei
zu großer Erregung immer wieder nur diese schrillen
Schreie heraus. Sie hatte es mit autogenem Training versucht und im letzten Jahr auch einen Kurs in Thai Chi
gemacht, war sogar in Hamburg zu einem Logopäden

gegangen, aber der hatte ihr auch nicht helfen können. Also bemühte sie sich um eine möglichst ruhige Lebensweise und hatte im Verlauf der Monate festgestellt, dass positive Aufregungen ihre Stimme nicht beeinflussen konnten; wenn sie sich freute oder man ihr Komplimente machte, sie spürte dann, wie eine leichte Röte den Hals emporstieg, aber die Stimme blieb ruhig und war wie immer. Doch wenn es Ärger gab oder ein Ungemach einem ihrer Familie geschah, dann stieg ihre Stimmlage um mindestens eine Oktave höher und wurde schrill und richtig quälend. So versuchte sie in den entsprechenden Situationen möglichst stumm zu bleiben, was nicht immer gelang, und manche Leute, die sie nicht gut kannten und die dann auch in einer hocherhitzten Debatte ziemlich laut wurden, staunten nicht schlecht darüber, dass Heide Meiners oft ruhig blieb und lieber nichts sagte. Sie erreichte damit häufig ziemlich viel, denn eine kluge Frau, die bei heftigem Streit nicht den Kopf verliert, die muss doch noch etwas in petto haben oder auf ein bestimmtes Ereignis warten, auf jeden Fall sollte man sich da besser vorsehen, so dachten zumindest die meisten, und so kam es, dass Heide Meiners ziemlich gut angesehen wurde und im Ruf stand, eine harte, etwas halsstarrige Frau zu sein, die aber immer einem klaren Kurs folgte und mit der nicht gut Kirschen essen war, wenn sie nicht freundlich behandelt wurde. So hielt man sich dran und folglich wurde sie meist von allen pfleglich behandelt und hörte nur selten etwas Unangenehmes über sich oder ihre Familie.

Das muntere Geplauder und die fleißigen Hände ließen

die grüne Girlande wachsen, bis Lissie Cordes schließlich meinte, dass es nun genug sei, länger brauche der Tannenschmuck nicht zu werden. Die Frauen räumten alles auf und rollten die Girlande ordentlich zusammen, damit sie der Bauer Dieter Feldmann dann am nächsten Tag zum Festplatz fahren konnte, wo das alljährliche Hauptmannsspiel am Abend stattfinden sollte.

***

Erich Möller pulte sich ein Stück Mettwurst aus den Zähnen, stieß seinen Kameraden Hein Frederichs in die Seite und meinte:

»Nun lass uns man los, sonst kommen wir nie zu was.«

Sie stiegen in den Polizeiwagen und fuhren still und leise zum Hof von Walter Wichmann. Denn aus Lüneburg war die Order gekommen, das Anwesen des Walter Wichmann zu untersuchen, die amtstierärztliche Untersuchung des toten Rassepferdes hätte ergeben, dass die tödliche Klinge Anhaftungen eines bestimmten Öles besitze und ein solches Öl stamme aus dem vorderen Orient. Mit anderen Worten, der Pferdetöter hatte eine gebogenen Klinge, ein Krummmesser aus dem Orient für seine schändliche Tat benutzt. Und wie alle in der Gemarkung wussten, war Walter Wichmann, der Freund von Karoline Buthmann, einige Jahre zur See gefahren, vorzugsweise auf Handelsschiffen auf der Marokko-Tunis-Alexandria-Route. Er hatte eine Menge Souvenirs von dort mitgebracht, die er auch reichlich an die Seinen verteilt hatte. So hing seit seiner Rückkehr an der Wand des Dorfkruges ein langer dünner Speer, den Walter bei den Riff-Kabylen erworben hatte. Und der Kommissar in Lüneburg vermutete nun, dass neben vielen anderen Dingen auch ein solches Krummmesser unter den Souvenirs sein könnte, und damit könnte dann das edle Tier erstochen worden sein. Also sollte Erich Möller mit Unterstützung seines Kollegen Frederichs aus Lüneburg sich in der Besitzung des Walter Wichmann umschauen. Vorsichtshalber hatte er auch einen Durchsuchungsbeschluss beim zuständigen Richter beantragt und bekommen und diesen dann dem Hein Frederichs für die Fahrt nach Karkenfelde mitgegeben.

So fuhren die beiden Polizisten denn gen Mittag zum Wichmannschen Anwesen. Dort war kein Mensch anzutreffen, was Erich nicht weiter verwunderte, denn Walter war sicher mit dem Maschinenring unterwegs, er musste ja sein Geld verdienen, wollte er doch im Herbst seine Karo heiraten. Sie stiegen aus und gingen zunächst zur großen Scheune hinüber.

»Hier hat noch der alte Wichmann seinen Krempel untergebracht. Ich weiß gar nicht, ob seit dessen Tod schon irgendwer da drin gewesen ist.« sagte Erich Möller. Sie versuchten erst, die Seitentür zu öffnen. Aber die war abgeschlossen und zusätzlich von außen verriegelt, das Gras an der Schwelle war schon ziemlich hoch, hier war wohl seit langem keiner mehr durchgegangen; also versuchten sie ihr Glück vorne an dem großen zweiflügeligen Haupttor. Hier hing ein uraltes Vorhängeschloss, völlig abgerostet. Erich schaute sich den Zentimeter hohen grauen Staub auf der Schwelle an und meinte:

»So wie das hier mit all dem Dreck aussieht, ist da bestimmt seit ein paar Monaten keiner mehr durchgegangen.«

Hein Frederichs kratzte sich am Kinn, ließ seine Blicke über das still liegende Anwesen schweifen, drehte den Kopf hin und her und sagte:

»Irgendwie juckt mich das, mal einen Blick da hineinzuwerfen. Wer weiß, was da alles drin ist. Wo die Türen doch alle so gut verschlossen sind. Da sollte doch irgend etwas Wertvolles drin sein, Erich, oder? Und vergiss nicht, wir haben doch einen Durchsuchungsbefehl.«

Erich nickte. Ihm ging es ähnlich, auch er hätte nur zu gern gewusst, was sich alles in der großen Scheune verbarg. Er ging zu seinem Wagen und holte einen schweren Kuhfuß. Mit diesem hebelte er dann das Schloss auf. Sie schoben die beiden Tore weit auf.

»So können wir wenigstens was sehen.«

Vorsichtig drangen die beiden Polizisten in das Wirrwarr ein. Bis zum geteerten Dach türmten sich die aufgestapelten Dinge, Geräte, Schätze und Müllsachen. Auf einem holzwurmzerfressenen Leiterwagen mit zerbrochenen Achsen lagen alte Zinkwannen, Pfluggeschirre für Pferde und rostige Eggen, staubige Deichseln neben Eichenkommoden mit zerbrochenen Seitenplatten, eine Sammlung hoher Kochtöpfe, deren Emaille gesprungen war, die in früheren Zeiten zum Wäschekochen oder zur Herstellung von Rübenkraut gedient hatten, eine alte Kinderkarre, verbogene Rohre von uralten Staubsaugern, Harken, Schwengel, Dengel, kleine Rollen Maschendraht und hohe Stapel von weißen und blauen

Küchenfliesen ließen die beiden Polizisten stolpern. Es gab keinen Pfad, sie bahnten sich mühsam ihren eigenen Weg durch das angehäufte Sammelsurium.

»Wenn der hier so ein Messer versteckt hätte, dann wohl eher in der Nähe der Tür. Damit er es leichter greifen kann, falls er es noch einmal brauchen sollte.«

»Oder er hat es einfach in den Bach geworfen.«

»Oder das. Ja, das wäre auch möglich. Aber ehrlich gesagt, ich glaube nicht, dass der Walter Wichmann das war. Der mag Tiere.«

»Aber mag der auch den Wilkening? Ich hab so sagen hören, dass der große Angst um seine Freundin gehabt haben soll, weil der junge Wilkening sie auf dem Kieker gehabt hat.«

»Also hör doch auf! Der Wilkening ist schon längst mit einer verlobt, einer Bankierstochter aus Hamburg, und der geht sowieso bald ins Ausland.«

»Na und? Früher war das doch auch so, dass der Gutsherr alle schönen Mädchen ins Bett oder ins Heu genommen hat. Das war sein verbrieftes Recht, oder nicht?«

»Aber der Wilkening ist beileibe kein Gutsherr, nie gewesen, und diese Großherrenart ist schon seit dem ersten Weltkrieg nicht mehr in Mode gewesen. Jedenfalls nicht hier in dieser Gemeinde. Ich weiß noch von den Altvorderen, dass es zur Kaiserzeit durchaus üblich gewesen sein soll, dass aus jedem Dorf eine Abordnung hübscher Mädchen an Kaisers Geburtstag dem Landrat die Aufwartung machen musste. Und aus dieser Mädchenschar suchten sich dann die lüsternen Honoratioren jeweils ihre Favoritinnen aus. Ja, damals war das so.«

»Da hättest du auch gern Honoration sein mögen, wie?«

Erich lachte und meinte, sie sollten sich einen Weg hin zu der kleineren Seitentür bahnen, denn wenn jemand hier in dem Tohuwabohu etwas verstecken wollte, dessen er aber möglichst schnell wieder habhaft werden wollte, dann doch wohl an einer möglichst gut erreichbaren Stelle, nämlich in der Nähe der Seitentür. Sie bahnten sich ihren Weg durch klebrige Spinnenweben und Staub, Hein Frederichs stutzte auf einmal und hob eine dunkle Plastikplane an, die ein größeres Objekt verhüllte.

»Schau mal. Ich glaub's ja nicht!«

Erich fasste mit zu und sie hoben mit Mühe die verdeckte Plane hoch, so dass sie den graubraunen Gegenstand darunter deutlich sehen konnten.

»Ein Auto.«

»Oh, es ist ein alter Lloyd. Noch der mit dem Pappdach.«

»Und er hat noch die alten Nummernschilder, schau doch!«

Richtig, da waren noch die alten Schilder mit ihren Kennziffern aus der britischen Besatzungszone.

»Aber das Dach ist ganz schön eingebeult.«

Das Pappmache das kleinen Wagendaches hatte den darauf liegenden Gewichten der Säcke nicht standhalten können. In einem der groben Säcke waren ganze Jahrgänge der Zeitschrift »Wild und Hund« hinein gesteckt, in einem anderen lagen rostende Kochplatten und ein Konvolut von schimmelnden Bratpfannen, ein dritter war voller Schlittschuhe. Und ganz oben lag ein dunkelbrauner Schrankkoffer mit handbreiten Gurten, dessen Seitengriffe abgerissen waren. Hein Frederichs zog probeweise an den Schlössern, aber der Koffer war abgeschlossen.

»Da hat er sicher seine Aktien drin versteckt.« lachte er.

Erich Möller streichelte über den runden Kotflügel des Wagens.

»Weißt du, mein Vater hatte auch mal so einen kleinen Lloyd. Genau diese Farbe. Damals in den Fünfzigern, oder Anfang der Sechziger. Er war zu der Zeit in Hamburg beim Werkschutz, es gab diese großen Aufmärsche, die Arbeiter protestierten für eine niedrigere Arbeitszeit und wollten bessere Bezahlung und vor allem aber endlich ein freies Wochenende. Er hat mir viel davon erzählt, damals, er musste die Werkstore verteidigen gegen die marschierende Menge, obwohl er eigentlich mit denen sympathisiert hatte. Und die haben dann Benzin über sein Auto gegossen und es angezündet. Der Wagen soll wie Zunder gebrannt haben.«

»Na ja, wenn man das ein Auto nennen kann. Ist doch nur Pappe auf vier Rädern. Da waren ja selbst die Trabbis in der DDR schon besser, die waren wenigstens aus Plastik.«

»Tja, das Plastik war damals noch nicht erfunden. Oder wir Deutschen haben als Verlierer des Krieges keine Genehmigung zur Herstellung von Plastik bekommen. Damals war ja alles von den Alliierten abhängig. Die haben bestimmt, wer Bürgermeister werden konnte oder wer eine Firma gründen durfte. Selbst der Bäckermeister brauchte eine Erlaubnis, um Brot backen zu dürfen. Ich hab das selbst gesehen, beim alten Lange in Karkenfelde, der hatte in seinen alten Verkaufsräumen verschiedene Urkunden an der Wand hängen, den Meisterbrief natürlich, dann die 'goldene Semmel', das war ein großer Ehrenpreis von der Ausstellung in Bremen für sein Schwarzbrot, und auch die Genehmigung der englischen Besatzung zur Führung einer Bäckerei.«

»Also war es fast wie heute, für alles und jedes brauchst du von den Behörden eine Bescheinigung.«

»Es scheint, als ob sich die Bürokraten überall auf der Welt durchsetzen können. Aber wir dürfen uns nicht beklagen, wir gehören schließlich auch dazu.«

»Zu den Bürokraten? Ich hoffe doch nicht!«

»Nein, aber wir sind Teil einer Behörde. Ob du deinen Beruf als Polizist bürokratisch angehst, also streng nach Vorschrift und nur mit der Nase in den Textbüchern, oder ob du die Polizeiarbeit eher sinnvoll und als Regelung für ein positives Miteinander anpackst, das hast du ja in der Hand.«

Sie waren inzwischen durch vergammelte Bollerwagen, Autofelgen, verrottete Holzfässer und einem großen Haufen halbleerer Metalleimer mit Schmieröl, Farbresten, Tapetenkleister und Terpentinersatz bis zu der kleinen Seitentür gestolpert. Aber auch dort unter den Spinnweben fanden sie keinen Krummdolch, keine Art von Messer oder Waffe; nur ein Bündel zerbogener Gardinenstangen lagen auf vier, fünf schwarzen kniehohen Lautsprecherboxen. Und direkt innen an der Tür hing ein meterhohes Gebilde aus grauem Papier.

»Ein Hornissennest! Kein Wunder, dass durch diese Tür keiner mehr durchgegangen ist.«

»Lass uns nur schnell wieder zurückgehen, ehe diese Viecher auf uns aufmerksam werden.«

Sie bahnten sich den Weg zurück durch die Müllberge und all den Ramsch und Erich meinte, als sie endlich wieder draußen auf dem Hof standen und die hohen Tore zuschoben:

»Also, eins ist schon mal klar, hier finden wir keine Tatwaffe. Ich hab ja gleich gesagt, dass der Walter Wichmann das nicht gewesen ist. Und ich bin heilsfroh, dass uns die Hornissen nicht erwischt haben. Einmal hab ich zwei Stiche abbekommen, das war auf der unteren Koppel vom alten Wilkening, ich kann dir sagen, der Arzt hat gemeint, das sei nicht so schlimm, aber ich habe selten solche Schmerzen gehabt, die eine hatte mich am Nacken erwischt und die andere in der Ellenbeuge.«

»Meine Mutter erzählte mir immer, dass ein Mensch sterben kann an Hornissenstichen, wenn es mehr als drei Stiche sind.«

»Das ist totaler Quatsch! Frag mal den Kammerjäger in Lüneburg, der muss jedes Jahr mindestens dreißig Hornissennester umsetzen. Der ist schon so oft gestochen worden, der müsste dann ja schon lange in seinem Grab liegen. Nein, das Gift der Hornisse ist nämlich deutlich schwächer als zum Beispiel das einer Wespe, und ich hab noch nie gehört, dass einer an Wespenstichen gestorben ist.«

»Also in Verden vor drei Jahren, das stand bei uns in der Zeitung, da ist einer tatsächlich durch einen Wespenstich zu Tode gekommen, aber der hat auch sein Glas leergetrunken und da war im Bodensatz eine Wespe und die hat ihm dann direkt in den Gaumen gestochen, der ist dann angeschwollen und da hat er keine Luft mehr bekommen und ist daran schließlich erstickt.«

»Da siehst du mal, also ist der auch direkt nicht an einem Wespenstich gestorben, sondern er ist erstickt.«

»Aber die Wespe war schuld an seinem Tod.«

»Das schon, aber nicht durch das Gift, sondern dass er keine Luft mehr bekommen hat.«

So stritten sie auf der Rückfahrt noch lange und ausgiebig, und es blieb nicht bei Wespen, Bienen und Hornissen, sondern es ging um Schlangen wie Kreuzottern oder Kröten mit Giftschleim oder die bunten giftigen Frösche, bis sie endlich zu den Pilzen kamen und zu ihren Erfahrungen mit den Pilzsammlern, die in jedem Jahr auch hier in der Gegend die Wälder durchstreiften und immer wieder wegen mangelnder Erfahrung und wenig Ahnung Giftpilze sammelten und verzehrten.

***

Am Wochenende war es endlich soweit, die Jugend der umliegenden Dörfer traf sich zum Hauptmannsspiel in Harmshausen oben auf dem kleinen Kirchhügel nachmittags um drei. Die Feldsteinkirche war auf einer Anhöhe gebaut worden, um sie hatte man Eiben gepflanzt; hinter ihr fiel der Hang erst etwa zehn Meter steil, dann sanfter ab und dort war der alte Friedhof angelegt. Jetzt standen die grünbemoosten flachen Steine aus den vergangenen Jahrhunderten mit den oft unleserlichen Inschriften schief auf dem Rasen und die steinernen Grabkreuze ragten schräg in den Himmel.

Viele Dorfbewohner waren gekommen, hielten ihre Handys zum Filmen der Ereignisse bereit und einige schlossen sogar Wetten ab, wer denn in diesem Jahr wohl die erwählte Sommerbraut werden könnte. Die meisten Erwachsenen standen unter der Anhöhe und schauten hinunter auf den Rasenplatz unter der Steilwand, dort hatten sich die jungen Frauen, die ledigen oder schon wieder ledig waren durch eine Scheidung oder gar in Witwenschaft lebten, aber noch durchaus am anderen Geschlecht interessiert waren, und die etwas älteren Mädchen, die schon konfirmiert waren, aufgestellt; sie schlenderten müßig herum und beschauten sich gegenseitig, blieben aber stumm, der Sitte gemäß, wenn auch manche sich ein Grinsen beim Anblick so manchen Kleides einer Konkurrentin nicht erwehren konnte. Alle trugen ihre schönsten Kleider, der Paketbote und der Schneider Fricke hatten die letzen Wochen gut zu tun gehabt. Günter Meiners hatte Werner mitgenommen, der all die Jahre früher nie an dem Spektakel teilgenommen hatte, weil er mit seinen Pensionsgästen geredet oder dem Aufräumen und der Reinigung der Zimmer beschäftigt gewesen war und er sich bemüht hatte, die wirklichen Gegebenheiten des Ortes möglichst aus seinem Bewusstsein herauszuhalten.

Günter Meiners, der Mann von Heide, erklärte ihm deshalb ausführlich, dass dieses Hauptmannsspiel schon seit Jahrzehnten von allen Dörfern der Samtgemeinde gespielt wurde.

»Man munkelt ja, dass es seit dem Mittelalter hier schon so etwas gegeben haben soll. Aber genaueres weiß man natürlich nicht. Auf jeden Fall war es schon vor dem ersten Weltkrieg Brauch, dass sich die jungen Leute aus den Dörfern immer auf einer Anhöhe zusammenrotten, die jungen Männer stehen oben und müssen sich gegenseitig niederringen, und wer gewinnt, der Sieger also, der darf dann den Hauptmannsstiefel den Abhang hinunter werfen, mit aller Kraft, und zielen sollte er können. Da unten stehen die hübschen Mädchen, und bei welchem Mädel dann der Stiefel landet, die ist dann in diesem Jahr die Sommerbraut. Sie wird mit allen Ehren ausgestattet und bekommt drei güldene Taler für die Brautaussteuer. So war das früher. Heutzutage gibt es natürlich eine Handvoll Euros, aber wie viel, das weiß ich nicht. Die Sparkasse ist hier der Sponsor und tut immer so geheimnisvoll. Die Höhe der Summe, so denke ich mir das nach allem, was ich von den Leuten so erfahren habe, die richtet sich auch nach der jeweiligen Sommerbraut, ob sie allseits beliebt ist und ob sie aus einer der reicheren Familien stammt oder vielleicht nicht so viel an Aussteuer zur Verfügung hat, so dass man sie gut etwas besser ausstatten sollte. Das bestimmen die Vorsteher der Landsknechte, so nennen sich seit der Kaiserzeit die jungen Männer, die alles organisieren. Und je nachdem, aus welchem Dorf die schöne Maid kommt, die dieses Jahr Sommerbraut wird, in dem Dorf wird im nächsten Jahr der Stiefelwurf fortgesetzt. So geht das meist reihum, was für das Finanzielle ganz wichtig ist, denn die aktiven Mitstreiter trinken ganz schön was weg, und wenn es nicht die vielen Sponsoren gäbe, die den meist doch recht hohen Restbetrag begleichen helfen, dann hätte die Landjugend eine Menge Schulden. Sie sammeln also fleißig bei den Feuerwehrfesten oder der Erntehilfe, aber das langt hinten und vorne nicht.«

»Und warum heißt es das Hauptmannspiel?«

»Da sind sich die Gelehrten auch nicht ganz einig. Die meisten denken, es geht die Sage von einem Hauptmann der schwedischen Reiter, die damals unter Gustav Adolf hier in der Gegend geplündert haben sollen, und in Karkenfelde wollten sie auch die Kirche plündern, damals sollen güldene Gefäße und Leuchter im Altarraum gestanden haben. Aber dann ist ein junger schwedischer Hauptmann gekommen und hat sich vor der schweren Kirchentür aufgebaut, das Schwert in der Hand, so hat er den Randalierern Einhalt geboten und dadurch die Kirche vor der Schändung bewahrt. Aus großer Dankbarkeit haben die Einwohner ihm dann ein lebenslanges Wohnrecht gegeben und er durfte in einer der Schäferkaten einziehen, und dann, als er nach langen Kriegswirren endlich in seinem weichen Bettchen lag, da haben ihm dann die einfältigen Weiber seine Kleider gestohlen, und diese wurden dann wie Reliquien behandelt. Und von all den Kleidern ist nur noch der eine Stiefel übrig geblieben im Laufe der Jahrhunderte. So geht die Sage.«

Auf dem Friedhofshügel konnte man unter den vielen Jugendlichen einige junge Männer mit entblößten Oberkörpern sehen, die sich fest packten, mit den Beinen verhakelten, Kopfstößen auswichen und sich gegenseitig niederzuwerfen suchten.

»Da müssen dann zum Schluss immer noch Leute mit großer Brieftasche weiterhelfen. Wie wäre denn mit dir, willst du nicht auch für die Jugend etwas Gutes tun?«

Werner lachte und meinte, er würde schon sein Scherflein beitragen, aber allzu viel könne es wohl nicht sein, der Neubau, und die Gebühren bei den Ämtern, dann der Architekt, alles müsse ja schließlich auch bezahlt werden, und im Moment könne er das noch nicht übersehen. Aber er würde natürlich eine Kleinigkeit zu den Unkosten beisteuern, wenn man auf ihn zukäme.

Die Menge johlte und die Jugendlichen riefen verschiedene Namen ihrer jeweiligen Favoriten. Viele Handys blinkten in der Sonne, besonders die Damen wollten die tapferen Kämpfer in Bild und Ton festhalten. Einige lagen schon im Staub oder wälzten sich im Gras, und auf dem alten Friedhofsteil standen die jungen Damen zwischen den Grabsteinen, manche hatten sich einen Blumenkranz ins Haar gesteckt, alle aber schauten gebannt nach oben auf die kämpfenden Männer. Nach etwa einer halben Stunde stand nur noch ein Kämpfer aufrecht und stellte sich an den Rand des Hanges, hob triumphierend seine Arme und stieß eine Art Tarzangebrüll aus der keuchenden Brust. Drei in blaue Umhänge gekleidete Männer trugen feierlich ein braunes Lederfutteral zu ihm hin, einer der dreien öffnete die Schlaufen und ein anderer zog daraus einen braunen Stulpenstiefel hervor, zermürbt vom Alter und seit Jahrzehnten ungeputzt. Diesen Stiefel übereichte er dann kniend dem Sieger der Ringkämpfe, der hielt den Hauptmannsstiefel hoch über seinen Kopf, ließ ihn ein paarmal kreisen und schleuderte ihn dann hinab in den Friedhofsgarten, wo das alte Leder dann dicht neben einem der Fräuleins landete. Diese ergriff beidhändig das Beutestück und laut juchzend hielt sie den Stiefel empor. An der Kante der Anhöhe standen nun die drei Blaugewandeten und schauten hinab und einer von ihnen rief laut:

»Der Kampf ist aus, der Feind bezwungen
und voller Kraft niedergerungen!
Wir rufen es hier klar und laut:
Luzie Fricke ist unsere Sommerbraut!«

Alle riefen und schrieen, die hochgehaltenen Handys ringsum hielten die gesamte Szenerie fest, die fleißige Feuerwehrkapelle der drei Ortschaften intonierte »Muss i denn muss i denn zum Städele hinaus« und die jungen Leute ordneten sich zu einem Festzug, zuerst die drei blaugewandeten Landsknechte mit der Sommerbraut in ihrer Mitte, dann alle Mädchen und Frauen, zuletzt kamen die Männer, die sich zum Teil immer noch bemühten, ihre Kleidung richtig anzuziehen. Alle zogen zur Festwiese, wo an frisch geschlagenen Birkenstämmen die Girlande den Tanzraum abgrenzte. Die Landjugend hatte einen Tresen aufgebaut und verkaufte Bier, Korn und Brause, gegenüber brutzelte die freiwillige Feuerwehr unter der Leitung von Achim Knesebeck am Grill Nackenschnitzel, Wurstschnecken und Schaschlikspieße. Die älteren Dorfeinwohner umstellen den Tanzplatz. Die maßgebenden Männer vom Landvolk in ihren blauen flatternden Gewändern führten die Sommerbraut Luzie Fricke zu ihrem Thron, der aus Birkenzweigen und roten Kordeln gebaut war, Luzie ließ sich hoheitsvoll nieder, alle konnten deutlich sehen, wie sehr Luzie diese Ehre und das Gefühl, einmal endlich im Mittelpunkt des Interesses zu stehen, genoss, und also verhielt sie sich auch wie eine Königin und winkte huldvoll nach allen Seiten und hielt den Rücken ganz steif, so wie sie es im Fernsehen in den von ihr seit Kindertagen so geliebten Märchenfilmen bei den Adligen beobachtet hatte.

Dann stellten sich die jungen Frauen in den prächtigen Tanzkleidern auf der einen Seite des plattgedrückten Tanzbodens auf, – hier hatte Charlie Drebber wieder gut zu tun gehabt mit seinem Bagger, er hatte die dicke Walze voll Wasser so oft hin und hergezogen, dass alle Steinchen plattgewalzt worden waren, er war sichtlich stolz auf sein Werk, – und auf der gegenüberliegenden Seite standen die Männer. Die Kapelle marschierte auf ihr Podium, auch mit Birkenlaub bekränzt, und setzte sich. Zu Beginn spielten sie den Schneewalzer, die jungen Männer gingen ganz artig zu den Frauen hin und nach einer tiefen Verbeugung begannen sie sich im Walzertakt zu drehen. Das war der Beginn des Festes, nach einer guten Stunde dann kam Uwe Lührs mit seiner rollenden Disco-Bar und legte nach Ansicht der jungen Leute »eine richtige Musik« auf.

Die Jugend rockte und rollte, die älteren Landwirte zogen sich zurück, auch konnten die meisten von ihnen die Lautstärke der heißen Musik nicht gut ab.

»Schau mal, die Steinbach, wie sie sich wieder einen Galan angelt.« Anke Petersen deutete unverhohlen in die tanzende Menge und zeigte ihrer Freundin Wiebke die lachende Gisela Steinbach, wie die sich mit dem Günter

Zils im Kreise drehte, engumschlungen und somit ganz gegen die Tanzdarbietungen der jüngeren, die meist allein auf der Stelle stampften und sich drehten.

»Wenn die man nicht bald in den Büschen verschwinden. Und ich kann mir schon denken, was dann sein wird.«

»Na was wohl?«

»Sie werden erst zum Frühstück wieder zu sehen sein. Pass auf, merk dir meine Worte, und der Günter, der wird so richtig angeködert. Und wenn der erst mal auf den Geschmack gekommen ist, und die Gisela ist ja eine sehr Erfahrene, wie ich so gehört habe, also dann hat der Ludger, also was ihr Mann ist, der hat dann nichts mehr zu lachen. Der muss dann hinten schlafen.«

»Aber glaubst du nicht, dass die Gisela auch zwei verkraften kann, ich meine neben ihrem Geliebten kann doch auch der Ehemann mal ran, oder ist sie dafür dann zu erschöpft?«

Die beiden Frauen kicherten und beobachteten das ungleiche Tanzpaar noch eine Weile. Und tatsächlich dauerte es nicht mehr lange, bis Ankes Ahnungen sich bestätigten; obwohl die Musik nach zwei ganz heißen Nummern so richtig romantisch wurde, zog die Gisela den Günter von der Tanzfläche und verschwand mit ihm in der Dunkelheit.

»Also ich weiß ja nicht,« der alte Lüders beugte sich zu Hermann Clausen hinüber, »meine Frau meint immer, ich würde so langsam wohl schwerhörig werden, aber wenn ich diese lauten Töne höre, nach denen die hier alle tanzen wollen, also, wenn die nicht alle im nächsten

Jahr schon ein Hörgerät brauchen, ich weiß ja nicht. Zu meiner Zeit gab es noch Musik, ich meine richtige Musik. Da konnte man noch Melodien hören. Warum machen die nicht weiter wie vorhin mit der Kapelle der Feuerwehr, das war doch was!«

Clausen winkte ab und deutete mit seinem Pfeifenstiel auf die vielen sich wogenden und hüpfenden Gestalten, die sich schnell im Rhythmus der Bässe drehten und denen es offensichtlich gleichgültig war, ob sie einen Tanzpartner hatten oder nicht.

Im Gegensatz zu Luzie Fricke, deren neue Stellung es ihr erlaubte, von sich aus einen Tanzpartner zu holen. Luzie war eigentlich eine ziemlich schüchterne junge Frau, mit ihren vielen Sommersprossen sah sie aber für viele ganz reizend aus, und so waren die meisten jungen Männer eher fröhlich, wenn sie von der Sommerbraut aufgefordert wurden. Nach etlichen Gläsern Bowle und vielen Tanzrunden fand sich Luzie in den Armen von Heiner Hartmann geborgen und glücklich, denn der Heiner tanzte so leichtfüßig und hielt sie wie eine Feder. Sie mochte gar nicht mehr aufhören; einen ganzen Abend lang durchtanzen, das hatte sie noch nie erlebt, dieser Abend war so schön, diese Nacht sollte nie enden, so hoffte sie insgeheim. Es war für Luzie wie Traum, wie ein Märchenfilm, wie Fernsehen und Geburtstag zusammen, und als Heiner sie auch noch verstohlen küsste, schmolz sie dahin, schmiegte sich enger an ihn und mit einem kleinen Seufzer folgte sie ihm von der Tanzfläche in die Büsche.

Viele bewegten sich auch allein auf dem Tanzboden,

ganz versunken in die dröhnenden Klänge. Andere konnten nicht voneinander lassen und tanzten Hand in Hand von der Tanzfläche weg in das Dunkel.

So wie Karoline, die mit Walter Wichmann, dem Sohn des Tischlers, hinter der Tannenschonung verschwand. Sie war froh, den Blicken ihrer Mutter endlich entkommen zu sein, denn sie wusste, dass die Eltern nur ein gewisses Verständnis für die Belange und Wünsche der Jüngeren hatten. Zumindest äußerten diese sich so bei Befragungen, aber wenn es um ihr eigenes Kind ging, dann sah das alles doch ganz anders aus. Dann wurden die verstaubten Maßstäbe wieder angezogen und es kamen die üblichen Androhungen, die bei den jungen Frauen meist in dem Satz »Komm mir nicht mit 'nem Kind nach Hause!« gipfelten.

Im Kreise ihrer Freundinnen hatten sie oft darüber geredet, und Luzie Fricke hatte lachend gemeint, dass die Mütter vielleicht immer wieder so auf diesem Punkt herumreiten würden, weil sie selbst davon betroffen gewesen waren, als sie selber als junge Frauen mit den Burschen geflirtet hatten. Denn jede einzelne von ihnen wollte sich doch einen möglichst attraktiven Mann aussuchen, der die anderen Konkurrentinnen neidisch blicken ließ, aber manchmal wollte der von ihnen Auserwählte nicht unbedingt mit gerade diesem Mädchen gehen, und dann musste da etwas nachgeholfen werden, und bei den meisten Eltern zog es immer noch, wenn eine junge Frau nach dem Schützenfest unter Tränen gestand, dass sie von dem und dem schwanger sei. Nach entsprechenden Aufregungen und Vorhaltungen »Aber wie konntest du nur! Und gerade mit dem!!« wurde der Vater des Mädchens dann bei der Familie des Schwängerers vorstellig und meist gab es dann ein paar Monate später die Hochzeit.

***

Die Beerdigung von Rudi Bartels war am Donnerstag. Pastor Hülsdorf hatte erst seine seelsorgerlichen Einwände vorgebracht, weil der Rudi doch ein Selbstmörder war und diese durften nach alter Sitte nicht in geweihter Erde ruhen. Aber Erich Möller und Blohms Fidi wie auch Achim Knesebeck hatten ihn bestürmt und endlich mit dem Argument überzeugt, dass der Selbstmord von Rudi Bartels ja eigentlich gar keiner gewesen sei, sondern das sei ja nur die Reaktion auf das schändliche Verhalten seiner Ehefrau Inka, die mit einem anderen einfach aus der gemeinsamen Wohnung und dem gemeinsamen Leben abgehauen sei, und also sei eigentlich diese Inka schuld am Tod von Rudi, der in seiner Hilflosigkeit nichts anderes zu tun gewusst hatte, als den Strick zu nehmen.

Die Bestattung durfte also in der kleinen Feldkirche von Harmshausen stattfinden, der Jägerchor blies einen Choral oben neben dem Eingang, als der schlichte Sarg hinausgetragen und auf den schwarzen Wagen geladen wurde, dann schritten sie alle hinter dem Sarg her bis zum Friedhof, wo Charlie Drebber schon das Grab ausgehoben hatte. Sie versammelten sich, der Sarg wurde auf die Bretter gelegt, Pastor Hülsdorf nahm die Bibel und vollführte die Aussegnung, die Bretter wurden unter dem Sarg entfernt und dieser an den breiten grünen Schnüren langsam und feierlich herabgelassen. Dann trat einer nach dem anderen an das offene Grab und warf seine Handvoll Erde oder einen kleinen Strauss Blumen hinab. Während die meisten dann zu Buthmann in die Gaststube gingen und bei Würstchen oder Korn allerlei beredeten, schaufelte Charlie Drebber mit seinem Bagger das Grab wieder zu und legte dann die drei Kränze über den kleinen Hügel.

Er hielt kurz inne und dachte so bei sich, dass es eigentlich hübsch wäre, wenn er auch ein paar Kränze erhielte, wenn es bei ihm so weit wäre. Er hatte ja selbst keine Verwandte im Dorf oder der Umgebung, ein Onkel sollte wohl noch in Australien leben, aber von dem hatte er nichts mehr gehört, seit der Klassenlehrer ihm damals einen Brief vorgelesen hatte, das war in der ersten Klasse gewesen. Charlie lebte damals bei Familie Keller, die hatten selbst keine eigenen Kinder und sich bei der Gemeinde um das Sorgerecht beworben, denn Erwin Keller war Frührentner, sein Rücken, und das kleine Entgeld für den Waisen Charlie kam ihnen sehr gelegen. Dieser war dann in Vosshagen eingeschult worden, in eine sogenannte Zwergschule, alle vier Klassen der Volksschule waren in einem Raum. Es gab einen Lehrer für alle und eine Schiefertafel, geturnt wurde auf einer Wiese neben der Schule, es gab einen großen Globus und einen Fußball. Im Sport war Charlie immer ganz groß gewesen, und als er mit vierzehn in die freiwillige Feuerwehr eingetreten war, da fühlte er sich richtig vollwertig; und später, nach der Konfirmation, als er lange Hosen tragen durfte und auch mal im Dorfkrug einen ausgegeben bekam, da war für ihn die Welt in Ordnung. Achim Knesebeck sorgte dann dafür, dass er die seit langem freie Stelle als Gemeindediener bekam und seitdem war er ein unentbehrliches und gern gesehenes Mitglied der Samtgemeinde geworden.

Auch Werner war mit allen anderen aus dem Dorf zu Rudi Bartels Beerdigung gegangen. Danach aber blieb er, sah dem Abzug der meist dunkel Gekleideten zu, von denen die meisten der Gaststube zusteuerten. Er selbst ging gemächlich durch die Reihen hin zum Ende, wo hinter den Zaundrähten der nächste Acker begann, der Hafer stand schon recht hoch. Zwischen Friedhofszaun und Haferbepflanzung gab es einen breiten Streifen mit Wildblumen, Klatschmohn und Kornblumen. Viele Vögel zwitscherten; Werner lächelte, die Jungen hatten eben immer Hunger und riefen die Alten, die unentwegt Nahrung herbeischaffen mussten. Gerade so wie bei den Menschen fast, dachte er.

Dann stand er vor Lenas Grabstätte. Er kam nicht oft hierher; er war kein Friedhofsgänger. Um die Gedanken an seine Frau hervorzurufen, dazu bedurfte es bei ihm kein Grab, die Erinnerungen an Lena kamen immer wieder, den ganzen Tag lang, und auch noch in den Träumen. Er fühlte sich durchdrungen von ihr, von ihrem Wesen, und er brauchte keinen Erinnerungsort, vor seinen Augen standen all die schönen Tage und auch die dunklen, die sie gemeinsam durchlebt hatten. Und allmählich fühlte er sich auch nicht mehr so allein wie in den ersten Wochen nach Lenas Tod. Es war so vieles anders geworden, sanfter irgendwie, Lena war die Tapete seines Lebensraumes, immer da, unaufdringlich, mitunter kaum bemerkt, ständig vorhanden, aber immer diskret. Auch ein Miteinander, so hätte Lena es gern gehabt.

Jetzt stand er an ihrem Grab. Ein schlichter Findling, eingraviert nur der Name, keine Daten, und unter Lenas Namen war noch Platz für den seinen. Neben dem Stein hatte er Wacholder rechts und links gepflanzt, den hatte sie so gern gemocht, sonst gab es keinen Blumenschmuck, sonst war nur Heidekraut auf der Grabstätte gepflanzt. Werner hockte sich an der Seite ins warme Gras und schaute über den Friedhof, da war nur noch Charlie Drebber, der mit seinem Bagger den frischen Hügel von Rudi Bartels abtrug und dann die Kränze ordnen würde.

Er horchte auf, klang das nicht fast wie eine menschliche Stimme? Irgendwo hatte er gelesen, dass die Vögel in ihren Gesängen oft Klänge übernahmen, die sie aus der menschlichen Umgebung gehört hatten. Nicht wie bei Papageien, aber unverkennbar, in Städten sollte man sogar die Nachahmung von Straßenbahnbremsen als Vogelsang gehört haben.

»Tiwit trudi trudi tiwitt.«

So klang es an Werners Ohren.

Trudi. Lena. London. Miss Trudi in dem kleinen verwinkelten Hotel in Earls Court, zum Frühstück ging es hinab in den Keller, oder besser ins Hochparterre, dort lag der Frühstücksraum. Und dort herrschte Miss Trudi, deren laute durchdringende Stimme man schon auf der Treppe hören konnte, jeden Tag hatte sie etwas an den jungen philipinischen Mädchen auszusetzen, die als Zimmermädchen, Kochhilfe oder sonstige Dienste in diesem Hotel angestellt waren.

»Die machen hier sicher ihre Ausbildung.« hatte Lena vermutet, »sonst würden sie sich das Geschrei doch nicht gefallen lassen.«

Aber wie sich dann herausstellte, die meisten von den jungen Mädchen konnten kaum Englisch, waren nur für Unterkunft und Verpflegung hier tätig, so zumindest erzählte es Sarah, die einzige Engländerin im Hotel, die saß an der Rezeption; aber selbst diese hatte fast ein wenig Angst vor Miss Trudi; wenn Trudi heraufkam und mit ihr reden wollte, schrumpfte die Sarah zusammen und verkroch sich oft in das kleine Kabuff hinter der Rezeption, wo sie sich mit der dicken Kladde, den Anmeldungen oder anderem Papierkram beschäftigte. Für Werner und Lena war es ein Heidenspaß, diese beiden Frauen zu beobachten, wie die versuchten, sich gegenseitig herunterzuputzen.

Werner lächelte und schaute über die Felder, die Wiesen, die grasenden Pferde. Ja, London und Lena.

Es war die erste große Reise, die sie beide unternommen hatten. Beim Abendbrot hatte Lena ihn angeschaut und gelächelt, wie konnte sie nur bezaubernd lächeln, und dann platzte sie heraus:

»Meine Mutter hat mir Geld geschickt, sie hat wieder mal im Fernsehen diese Lotterie mitgespielt und etwas gewonnen und nun schickt sie mir fünfhundert Euros. Lass uns das Geld nehmen und eine Reise machen!«

»Wo willst du denn hin, etwa nach Mallorca in die Sonne?«

Lena lacht laut.

»Aber nein. Wir müssen dringend etwas für deine kulturelle Bildung tun. Wir machen eine richtige Bildungsreise: nach London.«

»Nach London? Ins kalte neblige England?«

»Aber sicher! London muss es sein. Ich wollte da schon immer mal hin!«

»Und was willst dort, Großstadt schauen, Menschenmassen, Labberbier und Tee, Banken und Hochhäuser?«

»Von wegen! Wir schauen uns Museen an, Theater, Pubs, Shakespeare, die Themse, und sicherlich genießen wir auch den Morning Tea. Wie findest du das?"

Werner fand das natürlich gut. Er war noch nie dort gewesen, und für England hatte er eine große Schwäche, seit er »Adel verpflichtet« im Kino gesehen hatte; er war mit Lena immer wieder in englische Filme gegangen und beide liebten ganz besonders Sir Alec Guiness und Dame Margarethe Rutherford.

So buchten sie also eine Woche London und landeten in diesem Hotel in Earls Court, einem Stadtteil mit vielen Studenten und vielen günstigen Studentenhotels. Das mit Miss Trudi war eines von denen. Aber es lag günstig zur U-bahnstation; sie nahmen sich ein Touristenticket, das eine Woche Gültigkeit hatte, und fuhren nun täglich mit Underground oder dem Bus kreuz und quer durch die englische Hauptstadt, gingen viel zu Fuß und entdeckten allerlei Merkwürdigkeiten. Lena machte morgens beim Frühstück den täglichen

Plan. Das Frühstück war englisch natürlich mit viel Toast, Orangenmarmelade, den kleinen Würstchen und Spiegeleinern.

(»Weißt du, vom Geschmack her, also diese kleinen Würstchen, die werden aus den zurückgehenden Toastscheiben hergestellt, das könnte ich wetten!« sagte Werner gegen Ende der Londonwoche zu Lena)

So gingen sie natürlich zu Turner in die Tate Gallery, führen mit dem Flussdampfer zur Tate Modern und sahen dort »all das moderne Zeug, mein Gott, das soll nun Kunst sein!« meinte Lena beim Hinausgehen, und dann fuhren sie zur Courtauld Institute Galleries im Somerset House, wo sie beide viel Zeit im oberen fünften Stockwerk vor den Impressionisten verbrachten. Degas, Renoir, Picasso, van Gogh und das berühmte «Frühstück im Grünen« von Manet hängen hier.

»Das ist nun wirkliche Malerei! Da können sich all diese neumodischen Kleckser eine Scheibe von abschneiden. Turner war ein Meister, wie der mit dem Licht umgegangen ist, und dieses Bild, wo er den Schnee schwarz gemalt hat, einfach genial! Aber hier, das ist nicht nur einfach ein Bild, so wie man heutzutage ein Foto macht, nein, es ist zusätzlich eine Interpretation der Realität. Corot, Manet. Ach, wie ich sie liebe!«

Übervoll von den beeindruckenden Werken saßen sie im Garten des Somersethauses bei Tee und Sandwiches in der Sonne, sahen die vielen Menschen meist geschäftig hin und her eilen, Aktentaschen prall gefüllt unter den Arm geklemmt oder einige sogar mit steifem Hut, gestreifter Weste und Gehrock.

»Man könnte meinen, hier wird ein richtiger Film gedreht. Die sehen doch aus wie im Kino, oder?«

»Aber Werner! Dies ist das berühmte Somerset House. Hier werden alle Testamente und Nachlässe, die in England verfasst worden sind, gut und sicher aufgehoben, und man kann sie nachlesen.«

»Alle Testamente?«

»Ja. Alle, die bei einem anerkannten Notar hinterlegt werden, davon kommt eine Kopie hierher ins Somserset House. Das kennst du doch aus Edgar Wallace Krimis.«

»Mein Gott, der hat ja auch hier gelebt.«

»Ja, der war bei einer Zeitung angestellt, bevor er so richtig berühmt wurde. Wir gehen später noch durch das Zeitungsviertel, in die Fleet Street, dort ist eine Plakette für ihn angebracht.«

»Ehre wem Ehre gebührt.«

Sie tranken noch ein Pale Ale, ein leichtes helles Bier, in einem Pub, in dem angeblich schon Charles Dickens sein Bier getrunken hatte, dann schlenderten sie zum Leicester Square, reihten sich in die Schlange ein, in der nicht nur Touristen warteten, und erstanden an dem kleinen Verkaufshäuschen für die Abendvorstellung ihre Karten, Lena wollte unbedingt das neue Musical von Andrew Lloyd Webber sehen, denn:

»Allein der Titel Aspects of Love verspricht doch schon viel. Ansichten der Liebe, das passt doch für uns. Und wer weiß, vielleicht können wir ja aus dem Stück etwas Neues finden, auf jeden Fall freue ich mich schon auf die Musik.«

Auch Werner fand das Musical sehr eindrucksvoll, er

begeisterte sich besonders für ein Lied, Lena fand ein anderes viel ausdrucksvoller. So fiel es ihr nicht allzu schwer, Werner am nächsten Tag noch zu einem weiteren Musicalbesuch zu bewegen.

***

Am Pfingsttag machte die Gruppe der Landfrauen eine Fahrradtour zum Prinzensee. Anke Petersen war dabei, Heike Meiners auch, Ortrud und Karoline Buthmann, Felicitas Lahmann und noch viele andere aus der Samtgemeinde, sie waren wohl insgesamt ein gutes Dutzend Frauen. Am See machten sie Pause und Angela Martens sagte beim Picknick im Kreis der kichernden Frauen:

»Wisst ihr, ich denk mir das so, dass es den allermeisten Männer fast egal ist, wen sie heiraten, für die ist doch die Hauptsache, dass sie eine Frau haben, und die meisten von denen denken, dass sie diese schon dahin erziehen können, wie sie ihre Frau eben haben wollen. Sie soll gehorsam sein und gut kochen können, und im Bett, nun, das wird nach ein paar Jahren auch uninteressanter, meint ihr nicht auch? Hauptsache, sie kann gut wirtschaften und rechtzeitig das Essen auf den Tisch stellen und die Kinder gut erziehen. Dann ist so ein Mann schon zufrieden.«

Einige winkten ab, andere redeten in ihr Handy; manche vor allem der Jüngeren konnten anscheinend nicht mehr ohne ihr Telefon am Ohr leben, so schien es wenigstens, sie nahmen ihre Umgebung nicht mehr wahr, schauten nur noch auf das schimmernde Display und tippten dann eine Nachricht nach der anderen dort ein.

»Die müssen ja wirklich höchst wichtige Dinge mitzuteilen haben.«

Ortrud Buthmann quetschte das aus dem Mundwinkel hervor, den sie verächtlich verzogen hatte. Und Anke Petersen ergänzte:

»Kein Wunder, wenn die Männer unwirsch werden, die Frauen stehen in der Küche und haben in der einen Hand den Kochlöffel und in der anderen das Handy, sie reden nur noch, aber wer hört denn noch zu von denen?«

»Da möchte man sie als Mann doch einfach packen.«

»Oder auch nicht. Ist doch kein Wunder, dass so viele Ehemänner immer wieder fremd gehen, oder wenn Schützenfest ist oder wie neulich beim Hauptmannspiel, da sind auch in diesem Jahr wieder viele Männer mit anderen Frauen in die Büsche gegangen, als ob das für Männer ganz selbstverständlich sei, und sicher haben sich die meisten dabei nichts gedacht.«

»Sie haben zumindest nicht an die eigenen Frauen gedacht.«

»Oder gerade. Deshalb sind sie ja mit einer anderen Frau verschwunden, meint ihr nicht?«

»Aber klar. Öfter mal was Neues.«

»Oder die wollen einfach nur austesten, ob sie noch Schlag haben bei uns Frauen, so machen wir das doch auch, oder? Das ist nur zum Austesten. Sonst würden wir doch nicht immer wieder zum Frisör gehen oder uns neue Kleider machen lassen.«

»Oder in den Beauty Salon gehen, oder sich liften lassen; da soll es ja wahre Wunder geben, ich kann euch sagen, als ich neulich in Haidwitz im Supermarkt war, also die eine Kassiererin, ihr kennt sie ja alle, die mit den lila Strähnen im Haar, also die sah aus, als ob sie jemand durch den Wolf gedreht hatte, die Augen waren riesengroß und sie konnte ihre Stirn nicht mehr bewegen.«

»Ach klar, die nimmt Botox. Das soll die Falten entfernen, aber man kann dann die Haut kaum noch bewegen.«

»Na, du musst das ja wissen!«

»Genau wie diese eine Fernsehansagerin, wie heißt die noch mal, die hat jetzt kein Gesicht mehr, das ist nur noch eine starre Maske. Man hat ja direkt Angst, wenn die mal lachen muss, dann platzt alles auf und aus den Nähten quillt dann das Blut oder so.«

»Ist es nicht verrückt, was wir uns alles bieten lassen und machen, nur um den Männern zu gefallen? Früher mussten wir uns in diese engen Mieder einschnüren lassen, denn eine schmale Taille war nun mal das Schönheitsideal.«

»Und heute ist das Hungern modern, oder das Joggen, am liebsten noch mit den Stöcken, das sieht voll bescheuert aus.«

»Aber mal ganz ehrlich, machen wir das wirklich für die Männer? Ich finde, die haben das gar nicht verdient. Also ich, ich mache das nur für mich selber, das neue Kleid oder die neuen Schuhe, die kaufe ich mir, weil ich mich darin gut finde und ich das an mir leiden mag, und nicht etwa, weil mein Mann meine Füße in den neuen

Schuhen so toll findet. Oft merkt der gar nicht, dass ich etwas Neues anhabe.«

»Nicht mal meine neue Frisur hat der bemerkt. Dieser Stiesel!«

»Männer können nicht hinschauen. Die sehen nie etwas!«

»Ja, nicht einmal im Haushalt, ob da Staub liegt oder mal wieder gesaugt werden muss, sie übersehen glatt, wenn da ein neues Möbel steht. Nur wenn das Essen nicht pünktlich auf dem Tisch steht, dann meckern sie.«

So lästerten die Frauen über die Männer, meist die eigenen, verteilten auch an die anderen spitze Bemerkungen, über die die Betroffenen dann gequält kurz auflachten, das gehörte sich ja so, aber insgesamt wurden auch die kleinen Nicklichkeiten auf alle verteilt; und weil jede sagen konnte, was sie wollte, waren es alle zufrieden. Nach dem Essen legten sich einige zu einem Verdauungsschläfchen ans Ufer, andere zogen in die kleine Lichtung und suchten nach Blumen oder Waldmeister für eine Bowle.

Heide Meiners war mit Karoline einen kleinen Pfad entlang gegangen, sie wollten Flieder pflücken.

»Schau mal, da drüben!«

Über dem See ragte am gegenüberliegenden Ufer ein hoher Mast mit einem Storchennest auf, in dem Nest waren zwei Junge, und wie sie noch hinsahen, kam einer der Altvögel geflogen und brachte den Jungen Nahrung.

»Schön nicht? Weißt du eigentlich, dass die Störche monogam sind? Sie bleiben als Paar für immer beieinander, und wenn einer der beiden stirbt, meist durch einen

Unfall, eine Hochspannungsleitung oder so, dann kann man bei dem übriggebliebenen Tier die Trauer richtig merken. Der sitzt dann allein in dem leeren Nest und kann kaum noch etwas essen.«

»Hier ist die Natur noch in Ordnung. Ach ja!« seufzte Karoline.

»Was hast du denn? Ich dachte, du bist mit deinem Walter ein Herz und eine Seele, oder?«

»Ja, das schon. Er ist ein herzensguter Mann, aber ich weiß nicht.«

Sie blieben stehen und Karoline sah über das Wasser, das nur leicht gekräuselt unter dem hellen Himmel lag.

»Weißt du, Heide, woran erkennt man, ob man wirklich jemanden gern hat? Ich meine, woher weißt du, dass du den Mann wirklich liebst?!«

»Nun, das ist nicht so einfach zu sagen.«

Sie setzten sich ins Gras und schauten aufs Wasser, nur gelegentlich blickte Heide auf die junge Karoline, streichelte ihren Arm und sagte dann nachdenklich:

»Ich denke, du fühlst das ganz einfach. Und ich meine, es gibt da doch verschiedene Arten von Gernhaben. Weißt du, diese Trias von Erotik, Sex und Liebe, man verwechselt das häufig. Das wird auch in der Presse oder dem Fernsehen oft durcheinander gebracht.«

»Ach Heide, das mit der Liebe ist immer so kompliziert. Kannst du mir das nicht erklären, du bist doch eine erfahrene Frau, du kennst dich doch aus in so was, oder?«

»Na, da verlangst du ja was von mir. Aber mal sehen, ich will versuchen, ob ich dir erklären kann, was ich so meine über dieses heiße Thema, was dich so aufregt.

Aber tröste dich, nicht nur dir geht es so, das geht allen Menschen so.«

»Auch den Männern?«

»Auch den Männern. Und ich denke, denen ganz besonders, denn die glauben sich selbst am wenigsten, wenn es um Gefühle geht.«

»Ach ja. Die können meist gar nicht über so was reden.«

Karoline legte sich in das Gras und schaute in den hellen Himmel, sie kniff ein Auge zu und verdeckte mit den erhobenen Händen mal die eine Wolke mal eine andere. Heide Meiners stützte sich rücklings mit den Armen ab, schaute auf Karoline, lächelte, auch über die Ungeduld der jungen Frau und auch sich selbst, schüttelte den Kopf und sprach dann nachdenklich und jedes Wort überlegend:

»Also, das mit der Erotik, das ist wie früher der Handkuss, du kennst das aus den alten Filmen, oder den Filmen aus der Ritterzeit. Erotik, das ist wie eine Verheißung, da sind diese Andeutungen, hier ein Lächeln, dort eine nackte Wade, Spitze über der nackten Haut und so. Also nie etwas Direktes, Plumpes, alles bleibt der Phantasie überlassen, das ist Erotik. Das plötzliche Aufwallen von Möglichkeiten, das Gehirn läuft heiß und auf Hochtouren, oder besser, es ist wie ausgeschaltet, es geistern nur noch wirre heiße Träume und Vorstellungen, die es dir wie Schauer über den Rücken laufen lassen oder so.«

»So wie eine Art von Gänsehaut, aber eher mit einem wohligen Gefühl verbunden, so meinst du das?«

»Wie früher in der Schule, ich erinnere mich noch, hier

am See, wenn wir einen Ausflug machten im Sommer, und die Jungen hineinsprangen, erst haben sie sich aufgeblasen, den Bauch eingezogen und dann mit Gebrüll hinein in die Fluten. Oh, da konnte man schon was sehen, wie muskulös die einen waren, ob sie sich elegant bewegten oder nicht und was die in der Hose hatten. Ja, ich muss sagen, wenn ich ehrlich bin, da sind mir schon diese und jene Gedanken gekommen.«

»Ich weiß was du meinst. Das kenne ich auch. Wir hatten da so einen jungen Lehrer, einen Referendar, der hatte eine Stimme, ich kann dir sagen! Wenn der redete, da hab ich immer so ein Kribbeln gefühlt, ganz tief innen, und dann hab ich die Augen zugemacht und nur noch auf seine Stimme gehört. Das war wie in einer Hängematte liegen, diese Stimme. Ich dachte manchmal, dass mein ganzer Körper vibriert. Da war ich wohl vierzehn. Ich hab so für den geschwärmt, als der dann wieder weggehen musste, hab ich wirklich abends kaum einschlafen können, und was ich von dem nicht alles geträumt habe …«

»Das kann ich mir schon denken. Na, dann weißt du ja, was die Erotik so alles vermag.«

»Und das andere?«

»Das andere, fragst du? Also das mit dem Sex, das solltest du eigentlich kennen. Das siehst du ja allüberall. Das ist, wie heißt es so schön, nur die reine Geschlechtslust. Also jene Lust, die das andere Geschlecht dir bringen kann. Oder du dem anderen. Das gilt wechselseitig nämlich. Und es ist gar nicht wahr, dass die Männer nur an ihrem Schwanz sexuell erregbar sind. Die sexuelle

Erregung ist auch bei beiden Geschlechtern gleichwertig. Und es gibt noch bei jedem Menschen unterschiedliche Möglichkeiten der Stimulierung, ich weiß nicht, ob das nun vererbbar ist oder nicht. Bei einigen ist die Haut überall leicht erregbar, nicht nur in der Brustgegend, andere brauchen es etwas deftiger, da muss man fester zupacken oder ihnen gar Schmerzen zufügen. Das nennt man dann Masochismus. Das sind zum Beispiel die Männer, die sich gern mit Peitschen schlagen lassen. Aber auch nicht zu heftig, es soll wehtun, aber keine Striemen machen. So etwas habe ich nie richtig verstanden, wie man sich sexuell durch Schmerzen stimulieren lassen kann. Ich mag es lieber sanft und langsam, so richtig genüsslich, man muss es doch voll auskosten, die Zeit ausdehnen, bis der Orgasmus dann kommt.«

»Und wie ist das dann? Weißt du, der Walter und ich, wir haben nämlich noch nie so richtig miteinander geschlafen.«

»Du hast noch nie? Na, wie soll ich dir das schildern. Das ist einfach überwältigend, dein ganzer Körper ist nur ein einziges Gefühl, das ist wie pures Glück. Es sollte nie aufhören, und du willst es immer wieder spüren.«

»Also das ist das Miteinander-eins-werden, wie es überall so heißt?«

»Ja, das ist von der Natur gut eingerichtet, weil es so toll ist, weil man das immer wieder spüren will, also macht man es auch immer wieder. Und so wird für die Nachkommenschaft gesorgt. Aber das ist wie mit dem Glück. Ich denke, das Glück ist auch etwas, was nur sekundenlang vorhanden sein kann, und dann ist es wieder weg. Wenn du dir all deine glücklichen Momente überlegst, die du bisher gehabt hast, und bei mir waren es so einige, aber die waren alle ziemlich kurz. Es gibt kein Glück, was dauert. Du kannst Glück nicht in ein Schraubglas füllen und dann davon etwas abfüllen, wenn du es brauchst. Nein, das ist sehr spontan. Und sehr kurz. Aber schön.«

»Und wie ist es nun mit der Liebe?«

»Ja, die Liebe. Weißt du, das ist gar nicht so einfach, wie du vielleicht glaubst. Denn es gibt so verschiedene Arten von Liebe, das weißt du ja selbst. Es gibt nämlich die Liebe der Kinder zu den Eltern, das kennst du ja sicher, und dann wieder die Liebe der Eltern zu den Kindern, so wie ich Holger und Ilse liebe. Das ist so eine Art unbedingter Liebe, obwohl, das heißt nicht, dass man nun als Mutter die Kinder immerzu ans Herz drücken möchte. Nein, mitunter könnte ich sie an die Wand klatschen oder zum Adoptieren weggeben oder selber auswandern und die Kinder zurücklassen, aber das ist immer nur eine momentane Gefühlsverirrung oder so. Nein, ich liebe meine Kinder, auch wenn sie mitunter ziemlich nerven. Ich möchte sie nicht missen.«

»Das geht mir mit meinen Eltern auch so. Manchmal könnte ich sie ganz einfach knuddeln, und dann möchte ich sie gar nicht mehr sehen und sie sollten ganz weit weg sein.«

»Siehst du, es ist eben gar nicht so einfach mit dem, was man so unter Liebe versteht.«

»Aber wie ist das mit der einen großen Liebe von Mann und Frau, das ist doch das, was ich wissen möchte. Alle reden davon, und alle Schlager im Radio singen von der Liebe, von der großen Liebe, und ohne Liebe geht nichts im Kino, im Fernsehen oder auch in den schlauen Büchern.«

»Der alte Shakespeare hat schon im Mittelalter geschrieben: Und wenn Musik der Liebe Nahrung ist, spielt weiter! Das haben sich wohl auch die Texter der Schlagerfuzzis als Motto gedacht und überall auf der Welt singen sie nur von Amore, von Liebe, vom Glücklichsein. Also muss das wohl das wahre Ziel aller Menschen sein, oder etwa nicht?«

Beide Frauen lachten, und jeder von ihnen gingen all jene Lieder und Schlager durch den Kopf, mit denen sie ihre eigenen Verliebtheiten verbinden konnten, in der Schulzeit oder dann in den ersten Berufstagen und beim ersten Kuss und und und. Schließlich fuhr Heide fort:

»Ohne Liebe, denke ich manchmal, ohne Liebe gäbe es die Welt nicht.«

Beide Frauen schwiegen voller Gedanken und Erinnerungen, dann sagte Karoline:

»Und nun stehe ich da und weiß nicht weiter, wie ist es denn nun mit der Liebe von Frau und Mann? Ich denke, das muss doch anders sein als die Liebe zu den Eltern oder von Eltern zu den Kindern, oder?«

»Das ist freilich etwas ganz anderes. Weißt du, das mit der Liebe, das ist vielleicht so: stell dir vor, die Liebe wäre ein Klavier, und darauf kann man spielen, mal ein kleines Volkslied, mal eine große Symphonie, mal ein Scherzo, mal einen Trauermarsch. Alles, was immer du willst. Du hast alles zur Verfügung, das ganze große Reich der Musik auf einem einzigen Instrument.«

»Das mit dem Klavier leuchtet mir ein. Und außerdem, man kann ja auch auf dem Klavier zu zweit spielen. Also als Duo. Ein Duett. Als Paar. Das gefällt mir sehr. Jetzt muss ich nur noch die Noten lernen.«

»Ja, Musik muss man auch erst lernen. Und nicht nur die Noten, auch die Harmonielehre. Harmonie ist auch etwas, was zur Liebe gehört, das finde ich unbedingt; oder?«

»Aber natürlich. Harmonie! Die such ich auch.«

»Siehst du, so stelle ich mir das mit der Liebe vor, wir alle haben eine große Seele mit einer Kammer für die Liebe, wenn wir Glück haben, und da gibt es wie auf einem Klavier viele Möglichkeiten, du kannst wie in der Musik entweder etwas ganz kleines Schlichtes anstimmen oder etwas Gewaltiges mit Hämmern und Dröhnen und gleichzeitig auf allen Tasten so viel wie möglich, alle nur denkbaren Möglichkeiten hast du zu deiner Verfügung, und wenn du viel Glück hast, dann kannst du das auch allein entscheiden, was du nun machen willst damit.«

»Aber wenn ich wie vom Blitz getroffen mich ganz plötzlich in einen jungen Mann verliebe, auf einem Fest oder auf dem Rummel, oder ich gehe einfach so durch die Stadt und dann sehe ich auf einmal dieses Gesicht und Boing!, dann spüre ich plötzlich so ein helles warmes Gefühl in mir. Und dann wird mir klar, das muss die Liebe sein. Oder nicht?«

»Ach Karo! Liebe, richtige Liebe. Das darf man nicht

verwechseln mit Verliebtheit, die hat mehr etwas mit der Erotik zu tun. Im Gegensatz zum Glück ist Liebe etwas Dauerhaftes. Liebe geht auch viel tiefer. Du spürst es ganz tief von innen, und sie wächst auch, wenn es wirklich Liebe ist. Denk an die Lüders, er und seine Renate. Die sind jetzt sicher schon über vierzig Jahre zusammen, und wie gehen sie miteinander um? Sie halten sich noch immer an den Händen, sitzen immer zusammen, reden viel miteinander, nie hörst du ein böses Wort des einen über den anderen. Und wenn sie zum Einkaufen weggefahren ist, dann wird er ganz unruhig und ist erst wieder ganz beisammen, wenn seine Renate wieder bei ihm ist. Und wenn er es mit dem Magen hat, dann pflegt sie ihn Tag und Nacht und ruht nicht eher, als bis er wieder auf dem Damm ist. Die beiden sind in all den Jahren, die sie nun schon gemeinsam leben, so richtig zusammengewachsen. Das nenne ich Liebe, richtig gewachsene Liebe. Und die hält, und sie hält was aus. Als Renate vor zwei Jahren ihren schweren Unfall hatte und weg nach Hamburg ins Krankenhaus musste, da konnte er nur am Wochenende hinfahren, er hat ja keinen Führerschein mehr. Uwe Lührs hat ihn dann gefahren oder Hermann Clausen oder einer, der sonst Zeit hatte oder in Hamburg zu tun. Und das hat ein volles halbes Jahr gedauert, und er ist trotz aller Schwierigkeiten immer hingefahren zu seiner Frau.«

»Das würde ich auch machen, wenn Walter krank in einer anderen Stadt liegen sollte.«

»Siehst du. Es fängt schon an. Und wenn du und er, wenn ihr beide so weitermacht und in aller Ruhe abwartet, dann wächst es auch in euch, die wahre Liebe.«

Beide Frauen schwiegen und schauten über die glitzernden Wellen. Es war ein verbindendes Nicht-reden, ein einvernehmliches Miteinander, eine dieser seltenen Gelegenheiten, in denen alles stimmte, das Innen und das Außen.

»Und dann noch etwas, Karo, etwas ist noch ganz wichtig, das ist die Vertrautheit. Mit dem anderen vertraut sein, weil man schon so viel gemeinsam erlebt hat, weil man gemeinsam etwas getan hat, erlebt hat, weil man zusammen Dinge gemacht hat, dieses sich auf den anderen verlassen können, eben das Vertrauen, das sich entwickelt hat. Das mitgewachsen ist all die Jahre, all die Erlebnisse, all die Begegnungen. Ja, ich glaube, diese Vertrautheit, das ist die Basis der Liebe.« Beide Frauen lagen nun auf dem Rücken und schauten in den Himmel. Dann legte Heide Meiners ihre Hand auf Karolines, schaute sie lange an und sagte:

»Weißt du, Karo, manchmal denke ich, du bist so etwas wie mein anderes Ich. Als ich so jung war wie du jetzt, da hätte ich auch gern eine Freundin gehabt, die mir alles über die Welt, die Männer und die Liebe erzählen kann. Aber da war niemand, den ich hätte fragen können. Oder ich traute mich nicht, das machte man damals nicht. Da stand immer dieses: Darüber spricht man doch nicht! im Raum, das hatte ich und wir alle damals wohl unbewusst mitbekommen von der Generation vor uns. Alles über Sex war Tabu! Schade eigentlich. Denn auch die hätten sicher gern so manches gewusst, aber sie trauten sich eben nicht, den Mund aufzumachen und zu fragen.«

»Das kenne ich auch, Heide. Mein Vater früher sagte immer: Kinder bei Tische sind stumm wie die Fische. Dabei war das oft in den Familien die einzige Gelegenheit, wo Kinder und Eltern sich mal sehen konnten, beim gemeinsamen Essen. Dort hätten sie miteinander reden sollen, über die Schule, über ihre gegenseitigen Erwartungen, über ihre Freuden und Wünsche. Aber nein, das durfte nicht sein, die Erwachsenen wollten ihre Ruhe haben. Ich fand das immer schon altmodisch.«

»Ja, so war das. Und in vielen Familien gelten diese alten Zöpfe noch heute!«

Und dann lagen die beiden noch eine Weile am See und bemühten sich, Gefühle und Gedanken sortiert zu bekommen.

***

Der erste, der das Unglück bemerkte, war Holger Meiners, der Sohn von Heide; er hatte seine Mutter nach der Schule vom Gestüt abholen wollen und war mit seinem Cross-Rad durch die Gemarkung gefahren, dabei war er auch längs der Luhe geradelt und hatte das klagende Wiehern gehört: eines von Wilkenings Zuchtpferden war in das Flusswasser gefallen, gestürzt, gerutscht, das Tier stand bis zum Bauch in der trüben Flut und war schon bis zum Rücken mit grüner Entengrütze überzogen. Verzweifelt strampelte es mit den Beinen, rutschte aber immer wieder ab und fiel mit der linken Flanke gegen die Uferböschung, wo es keuchend liegenblieb. Der Junge begriff sofort, dass er allein hier nichts ausrichten würde.

So schnell seine Beine in die Pedale treten konnten, fuhr er auf den Wilkeningschen Hof, rannte in das Büro und rief nach seiner Mutter; Heide Meiners kam aus den hinteren Räumen herbeigeeilt und hörte sich das fast atemlose Gestammel ihres Sohnes an, dann nahm sie ihr Handy und rief den Tierarzt und die Feuerwehr an, also Achim Knesebeck. Dieser hatte zum Glück schon im Büro gesessen, zusammen mit Werner Schubert, sie hatten den Ausbau des Kellers besprochen; eigentlich sollte Achim über der Steuererklärung sitzen, aber er hasste solche Büroarbeit und diese ganz besonders, daher war er über Werners Besuch ziemlich erfreut gewesen. Jetzt hörte er der Heide aufmerksam zu und zog Werner gleich mit in seinen roten Feuerwehrwagen, unterwegs telefonierte er mit seinem Handy mit Charlie Drebber, der solle umgehend mit seinem Bagger an die Luhe kommen, in die Gemarkung sieben, gleich hinter Wilkenings Hof, und zwar von der Südseite aus, da stecke ein Tier fest. Dann rief er noch Hermann Clausen, Theo Martens und Fidi Blohm an, die alle bei der Feuerwehr waren, und zuletzt Erich Möller, denn die Polizei sollte die eventuell notwendigen Absperrungen durchführen. Sie trafen sich alle dann an der Stelle an der Luhe, wo das Pferd erschöpft im Bach stand und kaum noch den Kopf hochhalten konnte. Heide Meiners standen fast die Tränen in den Augen:

»Ausgerechnet die Montana! Das arme Tier, sie wird doch in zwei Monaten fohlen. Und jetzt so was!«

Die Männer standen am Ufer und beratschlagten. Es waren allmählich immer mehr geworden, Ludger Steinbach war mit seinem weißen Kombi herbeigefahren und Uwe Lührs hatte den Bauern Feldmann mitgebracht, sie redeten und schauten auf das ermattete Pferd im Bach, das sich kaum noch regte. Clausen und Martens rollten schon die Schläuche aus, alle Männer warteten auf Charlie Drebber, der kam mit seinem Bagger ja nur langsam voran.

»Es hilft nichts,« meinte Achim Knesebeck, »da wird einer von uns rein müssen, am besten aber zwei Mann, die müssen dann die Schläuche unter dem Gaul durchziehen und dann wird Charlie vorsichtig anziehen müssen, und dann heben wir das Pferd aus dem Modder.«

Holger Meiners wollte sich nur zu gern in die Fluten werfen, aber sowohl seine Mutter wie auch Achim Knesebeck waren dagegen, denn, wie der Achim betont streng zu ihm sagte:

»Ich will wohl glauben, dass du genug Schneid hast für so etwas. Aber zum einen bist du dafür nicht ausgebildet, du musst erst mit sechzehn in die Grundausbildung zu uns kommen und allerlei lernen, ehe du so etwas machen darfst. Und zum anderen, wenn dir nun was geschieht, wenn du plötzlich ausrutscht oder das Tier gibt dir einen Tritt und du brichst dir ein Bein oder bekommst einen Schlag an den Kopf und wirst bewusstlos, nein, das Risiko ist mir zu groß, das können wir nicht verantworten.«

Der Junge zog mit hängender Unterlippe ab und hielt sich am Rande des Geschehens auf, möglichst hinter den Rücken der Erwachsenen und von der Mutter Augen unbeobachtet.

Charlie Drebber war inzwischen am Ort des Unglücks

angelangt und brachte seinen Bagger in Stellung. Uwe Lührs und Theo Martens hatten schon ihre Oberkörper entkleidet und die Taschen der Arbeitshosen ausgelehrt, denn:

»Wie der Untergrund dort im Flussbett ist, das weiß keiner, und es tut ja nicht nötig, dass ihr euch da noch was weggeholt, oder? Also behaltet eure Schuhe lieber an, die trocknen auch wieder. Notfalls kauft der alte Wilkening euch ein paar neue.«

Der alte Wilkening war inzwischen auch eingetroffen, zusammen mit Anke Petersen und dem Tierarzt Bernsdorff. Dieser hatte kurz auf das Tier geschaut und dann in seine alte Ledertasche, aus der nahm er eine Ampulle und eine Plastikspritze, zog diese auf und ließ sich von Knesebeck und Erich Möller fest gehalten langsam in das Uferbett der Luhe hinab, bis er mit seiner Hand an den Hals des Pferdes gelangen konnte, dort gab er dem Tier eine Spritze. Die Männer zogen ihn wieder hinauf und er meinte, dass jetzt das Tier in etwa fünf Minuten innerlich zur Ruhe käme und dann sei es auch leichter, die Schläuche unter ihm hindurchzuziehen.

Sie fassten alle mit an. Uwe Lührs und Theo stiegen, der eine von oben beim Kopf des Tieres und der andere von unten am Schwanzende, ins Wasser, und unter beruhigenden Worten und vorsichtigem Streicheln versuchten sie, die Enden der Feuerwehrschläuche unter dem Pferd hindurch zu ziehen. Das war gar nicht so einfach, denn das Tier bewegte sich hin und her, wollte mit den Beinen endlich aus dem Schlick heraus und trat Uwe auf die Füße, so dass der laut aufschrie und den Schlauch fallen ließ. Er wollte sich am Pferdefell festhalten, aber das war von Schweiß und Entengrütze so glitschig und glatt, dass er immer wieder abrutschte. Schließlich warf er sich quer über die Kruppe und drückte das Schlauchende zwischen Uferböschung und Hinterhand des Pferdes weit hinunter ins Wasser, von oben schob Ludger immer wieder nach, ließ den Schlauch Hand über Hand abrollen. Am Rand des Geschehens hockte Holger Meiners und beobachtete die Männer im Wasser, das immer wieder sich aufzubäumen versuchende Pferd, dessen Muskeln immer müder wurden; Heide Meiners rief am Rand der Böschung dem Tier immer wieder beruhigende Worte zu. Das Wasser spritzte, wenn die trächtige Stute sich zu drehen versuchte und besonders dann, wenn auf ihre Haut ein Stück des noch trockenen Schlauches traf; dessen Textur schien etwas zu rau für das Tier zu sein.

Uwe ließ sich nicht entmutigen, er rutschte von der Kruppe hinab in die Luhe, holte ganz tief Luft und tauchte unter das Pferd, tastete mit fest geschlossenen Augen nach dem Schlauchende am Rande der Böschung, fand es schließlich und tauchte prustend wieder auf. Er wischte sich die Entengrütze aus dem Gesicht und zog an seinem Schlauchende, Ludger von oben gab nach und dann hatte er genügend Schlauch unter dem Tier durchgezogen; er reichte das Ende nach oben, Ludger nahm es und band oben im zertretenen Gras die Schlauchenden zusammen.

Theo hatte inzwischen den Kopf der Stute beiseite gehalten und leise auf das Tier eingeredet, dabei seinen Schlauchteil vorsichtig unter den zuckenden Vorderbeinen hindurch geführt, er hatte es etwas einfacher, denn immer wieder kam eines der Beine nach oben und dann konnte er schnell handeln und den rettenden Schlauch wieder ein Stück weiter unter die Brust schieben. Die Stute schaukelte, stieß sich immer wieder vom Flussbett ab, knickte auch gelegentlich ein, versuchte aber, den Kopf hoch zu halten. Das Tier konnte ja nicht verstehen, was die alle von ihm wollten und mit ihm vorhatten, dieses Geschehen um es herum machte ihm Angst. Und nun half alles nichts, Theo Martens musste sich tief bücken, hinein in die Entengrütze seinen Kopf stecken, um den Schlauch unter den Vorderbeinen des Pferdes hindurch zu ziehen. Uwe schob sich am empfindlichen Hinterleib des Tieres entlang und suchte sich seinen Weg an der Böschung nach oben und lag dann keuchend am Rand; Anke Petersen kam mit einer weichen Decke:

»Hier. Damit kannst du dich erst mal abtrocknen. Ist zwar kein richtiges Handtuch, aber es wird schon gehen. Das war wirklich klasse von dir!«

Auch Theo hatte jetzt sein Schlauchende hochgeworfen und Blohms Fidi verknotete es mit dem anderen, dann wurden beide Schläuche zusammen gelegt.

Zum Glück wirkte jetzt die Spritze, das Pferd atmete etwas ruhiger und trat nicht mehr so sehr um sich, hielt die Hufen stiller. An der glatten Uferböschung ergriffen Achim Knesebeck und Blohms Fidi dann die vier Schlauchanfänge und verbanden sie mit dem anderen Ende; beide Schläuche wurden dann mit dem roten Zugseil des Baggers verknotet und zwar mit dreien von Charlies Schifferknoten:

«Der hält so gut, jede Wette, da könnte ich auch zwei Pferde mit aus dem Modder holen!«

Zwei Mann stellten sich rechts und links an einen der Doppelschläuche und dann gab Achim das Kommando, vorsichtig fuhr Charlie mit dem Bagger rückwärts, im Wasser halfen Uwe Lührs und Theo Martens nach und hielten die Beine des Tieres, das mit angsterfüllten Augen an der Uferböschung emporgeschoben wurde und dann lag das Tier auf der Seite neben der Luhe. Die beiden nassen Helfer krochen ebenfalls die Böschung hoch und nahmen dankbar einen Schluck aus der Flasche, die Ludger aus seiner Werkzeugtasche geholt hatte und ihnen hinhielt.

»Ist doch klar, ich kenn das. Ein Korn bringt dich wieder nach vorn!«

»Wat mutt dat mutt!«

Beide tranken erleichtert und dann trockneten sie sich ab.

Der Tierarzt hatte inzwischen mit dem Stethoskop das Pferd abgehört.

»Die Lunge rasselt ein bisschen, aber das wird sich geben, schon heute Abend. Die Herztöne sind bei beiden ganz stabil.«

Dann fuhr er mit seinen geübten Händen über den Leib des Tieres.

»Ja, das Fohlen ist ganz krege. Vielleicht kommt es schon Anfang des Monats, mal sehen. Auf jeden Fall haben Mutter und Fohlen bis jetzt alles gut überstanden.«

Holger Meiners war bemüht gewesen, den Augen seiner Mutter zu entgehen, jetzt war die Rettungsaktion gut verlaufen und er stieg wieder aufs Rad und fuhr in das Dorf hinab. Dort traf er auf der Strasse auf Lissie Cordes, die unbedingt wissen wollte, was sich da oben auf den Luhewiesen wohl getan habe, und er begann zu erzählen, und dann kamen noch Luzie Fricke, Irmela Blohm und Frau Raschke-Petersen dazu. Da blühte der Junge so richtig auf, stand er doch jetzt endlich einmal im Mittelpunkt und bekam die ganze Aufmerksamkeit der Erwachsenen, er erzählte und erzählte, von der Entengrütze und dem Abrutschen am glitschigen Pferderücken, von den Wasserschläuchen und dem Bagger und von dem »das Pferd wieder auf festen Boden ziehen.«

An der Luhe drückte der alte Wilkening dem Tierarzt Bernsdorff die Hand und kam dann zu Uwe und Theo, gab denen auch die Hand und meinte, dass er es wieder gutmachen werde, sie würden schon sehen. Auch Charlie wurde ausgiebig belobigt. Nur als es ans Aufknoten des Zugseils ging, wurde es schwierig. Charlie und Achim standen mit den verknoteten Schläuchen und dem roten Zugseil und bemühten sich vergebens, die Knoten aufzubekommen.

»Durch den Zug und das Gewicht des Tieres hat sich das alles so zusammengepresst, das sitzt bombenfest jetzt.«

Schließlich meinte Ludger Steinbach, er habe noch eine Ahle in seinem Werkzeugkasten, mit der könne man jeden Knoten lösen. Er ging und holte den Blechkasten, suchte darin herum, bis er die Ahle fand. Damit war es ein leichtes, die Schläuche lösten sich und auch das rote Zugseil konnte Charlie wieder zusammenrollen und im

Bagger verstauen, dann fuhr er damit wieder zurück ins Dorf. Die anderen Feuerwehrleute rollen die Schläuche zusammen und legten sie in das rote Auto.

Heide und der Bauer Feldmann bemühten sich inzwischen um die Stute, auch der alte Wilkening griff zu einer der Decken, die sie aus den Wagen und dem Feuerwehrauto geholt hatten; das Tier wurde abgerieben und langsam wich auch die Wirkung der Betäubungsspitze, dann endlich stand das Tier wieder mit Hilfe von Wilkening und Heide, doch das braune Fell zitterte noch nach und die ersten Schritte waren unsicher, aber insgesamt fanden alle, dass das Pferd dieses Abenteuer gut überstanden hatte.

Theo Martens und Blohms Fidi rollten die Schläuche auf, sie würden dann auf dem Feuerwehrhof wieder ausgerollt trocknen und von Sand und Entengrütze gesäubert werden müssen. Anke Petersen und Bauer Feldmann legten zusammen mit Werner Schubert die Decken zusammen und gaben sie den Besitzern zurück, Erich Möller sammelte Schnurreste auf und die Ahle und legte sie wieder zurück in Ludger Steinbachs blecherne Werkzeugkiste. Dabei stieß er diese versehentlich um, ein Teil des Inhaltes purzelte auf den zertrampelten Rasen; Erich kniete sich hin, stellte den grünen Kasten wieder aufrecht und wollte die Zangen, Stifte, Schraubenzieher und Hämmer wieder einräumen, da bemerkte er etwas Tiefrotes ganz unten am Rand der Kiste. Er zog es heraus und pfiff durch die Zähne, es war ein gebogener Dolch in einer roten Lederscheide, er sah sehr ausländisch aus, verziert mit goldenen Fäden, die wie arabische Zeichen auf dem roten Leder leuchteten. Erich Möller stand auf und ging zu Ludger Steinbach. Dieser hielt noch die Flasche in der Hand, allerdings war sie jetzt wieder verkorkt, und redete mit Uwe Lührs und Achim Knesebeck.

»Nanu, Erich, wie kommst du denn an meinen Kris?«

»Deinen was?«

»Das ist ein Kris, ein Malaiendolch, ziemlich scharf. Den hat mir doch der Walter Wichmann mitgebracht von seiner Seereise nach Fernost. Der liegt sonst immer bei mir im Büro oben vor den Fotoalben. Wie kommst du dazu?«

»Ich habe ihn eben in deinem Werkzeugkasten gefunden. Da lag er ganz unten.«

»Wie kommt der denn da nur hinein?!«

Erich Möller zog den Dolch aus der Scheide und zeigte das scharfe Messer herum.

»Da könnt ihr selbst sehen, da sind diese Flecke auf dem Blatt. Und hier in der Blutrinne, da sitzt auch noch eine ganz Menge. Ich denke, da klebt noch Blut dran. Hast du damit in letzter Zeit ein Tier erlegt oder deine Katze geschlachtet?«

»Aber Erich! Ich habe keine Ahnung von dem Blut! Ich hab den Kris seit Monaten nicht mehr in der Hand gehabt.«

»Na, dann möchte ich ihn gern mitnehmen. Ich will ihn morgen in die Kriminaltechnik schicken, denn wenn das hier Pferdeblut ist, dann könnte es gut die Waffe sein, mit der Wilkenings Hengst abgestochen worden ist.«

Alle starten erst auf die Waffe, dann auf Erich Möller.

Ludger kratzte sich am Kinn und meinte dann:

»Na gut, ich habe nichts dagegen, dass du den Kris untersuchen lässt. Obwohl ich nicht glaube, dass mit dem Dolch hier der Hengst ….Aber ich denke, wenn das Labor der Polizei beweisen kann, das dieses nicht die Tatwaffe ist, dann habt ihr einen Verdächtigen weniger, oder nicht?«

Erich nickte ernst.

»Das wäre gut. Gut für dich.«

Und er fragte dann die anderen Männer, ob sie alle schon von dem Kris gewusst hätten, und alle Männer bejahten das, der Uwe Lührs sagte noch:

»Das ganze Dorf hat von dem Dolch gewusst. Ich hatte keine Ahnung mehr, wie man ihn nennt, aber zumindest alle in der Landjugend und bei der Feuerwehr kennen ihn. Am Fasching hat Ludger ihn oft zu seinem Kostüm als Sultan getragen.«

»Das heißt also, alle hier in der Gegend haben gewusst, dass der Ludger solch ein Messer hat.«

Ein gemeinsames Nicken.

»Nun gut. Mal sehen, was bei der Untersuchung herauskommt.«

Erich Möller verpackte den Kris vorsichtig in ein Tuch und steckte alles in seine Dienstmappe im Wagen.

Der alte Wilkening und Heide Meiners hatten das erschöpfte Pferd langsam zum Wilkeningschen Hof geführt und dort in den Stallungen eine freie Box gefunden, das Tier wurde mit Futter und Wasser versorgt, es sollte sich erst einmal hier in aller Ruhe von den Aufregungen erholen, denn obwohl der Tierarzt Bernsdorff gemeint hatte, dass alles in Ordnung sei mit dem Tier und auch mit dem ungeborenen Fohlen, wollte Wilkening kein Risiko eingehen; er stellte sogar eine Stallwache an die Scheunentür, die musste auch in der Nacht immer wieder alle Stunde nach der Stute schauen.

***

Luzie Fricke klingelte Sturm. Immer wieder drückte sie auf den runden schwarzen Bakalitknopf, solange, bis endlich die schwere Eichentür geöffnet wurde und Lissie Cordes mit strubbeligen Haaren erschien; sie war gerade aus dem Bett gestiegen und knöpfte ihren Morgenrock zu.

»Was willst du denn hier, in aller Herrgottsfrühe, und warum so heftig mit der Klingel, Luzie?«

Luzie warf sich an die breite Brust der alten Frau und umklammerte sie fest, ließ den Kopf sinken und heulte los; viele Seufzer später und fast tränenleer führte Lissie sie in die Küche, setzte sie auf die Eckbank und gab ihr erst mal ein Glas Apfelsaft mit einem Spritzer Heidegeist.

»So, Luzie Fricke, nun sag an, wo es weh tut. Aber alles schön langsam und deutlich, ich bin eine alte Frau und kann nicht mehr so gut hören, was ist nur geschehen?«

Luzie trank das halbe Glas in einem Zug leer, schniefte und sagte dann:

»Weißt du, Tante Lissie, es ist wegen dem Heiner!«

»Der Heiner Hartmann, der Sohn vom Architekten?«

»Ja, genau der! Dieser Schuft!«

Sie heulte wieder los, hielt sich beide Hände vors Gesicht und dann legte sie den ganzen Oberkörper auf die Tischplatte.

»Nana, Kindchen, kein Mann ist es wert, dass man so um ihn weint. Und erst recht nicht, wenn er so glatt und schier ist und so herumstolziert wie der Heiner.«

»Aber ich liebe ihn doch so!«

Luzie hob das nasse Gesicht aus den Händen und schaute Lissie Cordes mit flehenden Blicken an.

»Du verstehst das doch. Wo ich ihn doch so liebe.«

»Aber natürlich liebst du ihn, Luzie, was ist denn nur mit euch los, ich dachte, da klingen schon bald die Hochzeitsglocken bei euch.«

Mit einem Aufheulen sank Luzie in sich zusammen und weinte und weinte. Lissie wartete geduldig ab, sie kannte solch ein Verhalten von vielen Gelegenheiten, schon oft hatten junge Mädchen und Frauen bei ihr gesessen und sich ausgeheult. Und wenn sie sich richtig erinnerte, es musste Jahrzehnte her sein, dann hatte sie selbst auch einmal noch bei der alten Oma Lüders gesessen, auch in der Küche, an dem alten Emailleherd, den sie noch mit Holz und Kohlen befeuern mussten, und Oma Lüders hatte ihr damals geraten, sich nicht mehr um den feschen Ferdinand zu bemühen, denn der würde ja sowieso bald verschwunden sein. Und so war es denn auch; der Ferdinand, der Lissie so dermaßen den Kopf verdreht hatte, dass sie nur noch an ihn hatte denken können und wollen, er hatte sie oben bei Bauer Bartels auf dem Heuboden verführt, so nannte es Oma Lüders jedenfalls, und dann war er nach drei Wochen einfach weg; wie sich dann später herausstellte, weil die Polizei nach ihm suchte, er habe angeblich in Vosshagen in der Drogerie eingebrochen und die Kasse mitgehen lassen, da kam ans Licht, dass er nach Spanien geflohen war und von dort aus soll er geradewegs in die Fremdenlegion gegangen sein, so jedenfalls hatte man es damals Lissie Cordes erzählt. Aber da war sie schon wieder mehr bei sich und hatte wieder festen Boden unter den Füssen gehabt, und dann kam Jan, ihr heißgeliebter Jan, jetzt erst merkte Lissie, was wirkliche Liebe sein kann und wie die sich anfühlt. Ach Jan.

Und jetzt seufzte die Luzie laut und schneuzte sich und Lissie dachte bei sich, nun sei es aber genug, und das sagte sie auch und forderte Luzie auf, endlich zu reden, was denn um alles in der Welt sie so belaste. Und Luzie Fricke, die diesjährige Sommerbraut, gestand unter Schluchzen und Tränen, dass sie schwanger sei.

»Weißt du, Tante Lissie, das mit dem Heiner, ich hab es ihm gestern abend gesagt, und ob er sich freut, und da hat er nur weggeschaut und mich losgelassen und gemeint, dass er sich das noch überlegen müsse, denn er sei eigentlich noch nicht so weit, dass er eine Familie gründen wolle.«

Und dann habe er ihr vorgeschlagen, es sei wohl besser, wenn sie sich das Kind wegmachen lasse. Er würde ihr wohl das nötige Geld dafür vorstrecken, denn so dicke habe er es ja auch nicht, und sie könne ihm das ja nach und nach zurückzahlen. Das habe er ihr gesagt und dabei eine nach der anderen geraucht, sie selbst habe nur stumm und wie versteinert dagesessen und mit offenem Munde alles angehört, sie habe es nicht glauben können, dass der Heiner so reagieren könne:

»Weißt du, so kalt und herzlos, nicht mal in den Arm genommen hat er mich. Und keinen Deut hat er sich um das Kind, um unser gemeinsames Kind, gekümmert. Er redete nur so davon, als ob das eine lästige Sache wäre. Als ob er damit aber auch rein gar nichts zu tun hätte. Ach, das hat so weh getan. Ich könnte ihn umbringen!«

»Aber aber, Luzie, das würde eurem Kind auch nicht helfen.«

Lissie Cordes kochte erst mal einen starken schwarzen Tee. Sie stellte Tassen auf den Tisch und Zucker und Milch, schenkte beide Tassen voll ein und nahm sich reichlich Zucker. Der Hausarzt hatte ihr geraten, nicht zu viel Süßes zu essen, und sie hatte es auch eine ganze Weile mit einem Süßstoff aus der Drogerie versucht, aber dann war sie doch wieder zurückgekommen zu ihrer alten Gewohnheit und gab wie all die Jahre früher entweder Honig hinein, – von Bauer Lüders, der machte den besten, und er selbst meinte, das liege am Schleudern, denn das könne nicht jeder, das müsse man schon von klein auf an gelernt haben – oder eben Zucker.

»So, du erwartest also jetzt ein Kind. Bist du dir denn auch ganz sicher, Luzie, manchmal kann man sich da auch irren.«

Luzie Fricke schaute in ihre Tasse, löffelte drei Teelöffel Zucker hinein und rührte um:

»Ich habe schon zweimal meine Periode nicht bekommen, und oft ist mir gerade morgens so übel. Ich könne brechen, obwohl ich nichts im Magen habe. Ich bin mir ziemlich sicher.«

»Das kenne ich, dann solltest du nur zur Absicherung so einen Test aus der Apotheke holen.«

»Aber Tante Lissie! Wenn ich da hineinkomme, die kennen mich doch alle und dann wissen sie es doch. Und was das für ein Gerede geben wird, nein, das kann ich nicht machen!«

»Na gut, dann werde ich das eben tun. Wenn ich übermorgen wieder nach Vosshagen fahre, dann besorge ich so einen Test. Lass die über mich reden, was die wollen, ist mir doch egal!«

***

Nach zwei Wochen bekam Erich Möller Post von der Kriminaltechnik in Lüneburg. Das Ergebnis war eindeutig: auf dem arabischen Dolch von Ludger Steinbach war das Blut eines Pferdes, und zwar genau von dem getöteten Wilkeningschen Hengst. Erich Möller las den Brief zweimal durch und überlegte dann, was er nun tun sollte.

Dass der Steinbach den Hengst abgestochen hatte, das glaubte er nicht, dazu war Ludger nicht in der Lage. Er mochte Tiere und Pferde ganz besonders; zum Schützenfest ritt er stets auf einem der Wilkeningschen Hengste in seiner Prachtuniform mit Degen, Dreispitz und dem blauem langen Mantel. Nein, der Ludger war es sicher nicht gewesen, es musste jemand sein, der von dem Dolch wusste und auch die Gelegenheit hatte, diesen zu entwenden, zu stehlen, und nicht nur das, dieser Kris wurde auch in Ludgers Werkzeugtasche versteckt. Und diese stand fast immer in Ludgers Wagen. Es war verzwickt, zum einen konnte jeder, der irgendeinen Grund hatte, in Ludgers Werkstatt kommen und sich den Dolch nehmen, wenn Ludger nicht da war. Zum anderen war Ludgers Auto immer offen und zugänglich, wenn er in einem Haus oder auf einem Grundstück gerade tätig war. Also eigentlich konnte ein jeder sowohl den Kris nehmen als auch ihn wieder verstecken. Gesehen hatte niemand etwas, und Ludger selbst hatte keinen im Verdacht.

Erich grübelte hin und her, schließlich kam er zum Schluss auf Lissie Cordes. Lissie wusste alle Kleinigkeiten und von allen Nicklichkeiten im Dorf, sie kannte jedes Gerede und Geraune, wusste von jedem Gerücht und von den unterschwelligen Vor- und Abneigungen. Ja, er musste mal wieder in aller Ruhe mit Lissie reden und, vor allem, dort gab es sehr guten Kaffee.

Also fuhr Erich Möller zu Lissie Cordes, setzte sich mit ihr gemütlich auf die Veranda und trank Kaffee. Sie redeten über dies und das, über den Bürgermeister und den Baubeginn von Werners Pension, über die Beerdigung von Rudi Bartels und dass seine Frau Inka, die ihm damals weggelaufen war, jetzt über einen Anwalt an den Besitz des Grundstücks kommen wollte, aber da Rudi Bartels ein Testament bei seinem Notar gemacht hatte und sie wegen böswilligen Verlassens der Ehe enterbt hatte, waren Inas Möglichkeiten, von Rudi den Grund und Boden zu erben, gleich Null. Dann kamen sie auf das Hauptmannsfest zu sprechen und auf die verschiedenen Paarungen, die sich im Laufe der Tage und vor allem der Nächte ergeben hatten, jedenfalls von denen, die bekannt geworden waren, obwohl sicher nicht alle der daran Beteiligten es gern sahen, dass über sie geredet wurde, ja, dass man überhaupt von ihnen wusste. Und in einem Nebensatz erfuhr Erich dann auch von der unerfüllten Zuneigung der Gisela Steinbach zum jungen Wilkening, der aber nun seit einigen Wochen nach Amerika gefahren war und sich dort niederlassen wollte, wie man so hörte.

»Aha, die Gisela. Die wird sich so etwas doch nicht so einfach bieten lassen, oder?«

Lissie schaute über das Geländer auf den weißen Flieder, der den Weg säumte, und nahm noch einen Schluck Kaffee:

»Nun ja, was soll sie denn machen? Jetzt ist er weg. Wenn er noch hier geblieben wäre, ja, dann würde sie sich mit Sicherheit rächen. Du weißt ja, eine Frau, die abgewiesen wird, das ist der wahre Teufel. Die würde alles tun, um den Betreffenden zu quälen, zu demütigen, das geht oft bis zur Zerstörung des einstmals Geliebten. Du brauchst doch nur in die Zeitung zu schauen, Mord und Totschlag, und wer macht so etwas und warum? Meistens aus Liebe oder dem Gegenteil, Hass, Rache, Wut, Angst, und wenn ein Mann eine Frau ablehnt, ich meine als Frau ablehnt, dann brennt die Hütte! Weil das so richtig wehtut. Und glaub mir, diese Gisela, die würde doch nicht immer wieder versuchen, diesen oder jenen ins Bett zu bekommen, wenn sie das nicht bräuchte! Ich meine nicht weil sie so geil ist oder so sexbesessen, nein, ich denke, sie braucht das als Bestätigung, als Bestätigung ihrer selbst, für sich als Frau. Und dann kommt dieser Schnösel, und glaub mir, der junge Wilkening ist ein Schnösel, ich kenne ihn ja seit seiner Geburt schon, und der weist sie ab. Ich denke, nicht weil sie so hässlich ist oder für ihn viel zu alt, sie ist einfach nicht sein Typ gewesen, er mag lieber Frauen, die wie eine Zigeunerin aussehen, wild und feurig, hochgewachsen, lange schwarze Haare und blitzende Augen. Und dann sieh dir mal die Gisela Steinbach an, das ist das Gegenteil davon, eher Marke brav und bieder, jedenfalls von außen.«

Erich Möller lachte.

»Das ist ja hochinteressant. Ja ja, ich hab von dieser Gisela auch schon viele Männergeschichten gehört. Und der Ludger, sagt der denn nichts dazu, oder weiß der nichts von dem Treiben seiner Frau?«

»Der weiß von all dem nichts. Er bekommt doch am Ende wohl eher die positiven Seiten von Giselas Verhalten ab, ihr Sexhunger, und wenn die Liebhaber keine Zeit mehr haben oder einfach wegbleiben, dann muss Ludger ran, da wackelt die Wand, kann ich dir sagen; wenn du abends da vorübergehst, da kannst du oft Giselas Gestöhne hören. Einige Jungen, wenn die in die Pubertät kommen, dann schleichen sie sich da am Abend hin, sie versuchen durchs Fenster zu luschern und Gisela mal nackig zu sehen, weißt du, das gilt inzwischen bei denen als eine Mutprobe in der Pubertät, und einen Puff haben wir hier ja nicht, da ist Gisela noch immer die beste aller Möglichkeiten, und wenn die den Ludger so richtig vornimmt, auch wenn man nichts sehen kann, denn sie macht immer die Vorhänge ganz dicht zu, wie bei ihren Liebschaften, sie will ja nicht erwischt werden, weißt du. Aber das Gestöhne! Ich selbst hab es schon ein paar Mal gehört, wenn ich von Irmela nachts nach Hause gekommen bin.«

Erich Möller trank seine Tasse leer.

Das klang ja alles sehr interessant. Auf die Gisela Steinbach wäre er nie gekommen. Allein die Vorstellung, dass eine Frau so etwas machen könnte, eine Frau mit einem Dolch und dann ein Pferd töten, nur weil es dem Angebeteten gehört, darauf musste man erst mal kommen. Aber was er gehört hatte, klang durchaus plausibel, und wer hatte besser die Gelegenheit als die Ehefrau von Ludger? Sie konnte unbemerkt den Kris entwenden und ihn auch in der Wergzeugkiste verstecken, ohne große Mühe. Und damit hätte sie zwei Dinge gleichzeitig getan, zum einen wäre sie die Tatwaffe los und zum anderen wäre nun der Ludger belastet, wenn das Messer gefunden wurde. Und der hätte mit Sicherheit kein Alibi, er war ja ständig auf Achse in der Gemarkung, hatte in allen Dörfern zu tun und es würde keinem auffallen, wenn sein Wagen mal hier und mal dort gesehen würde. Alles in allem also eine perfekte Planung. Sich rächen und dann die Tat einem Anderen in die Schuhe schieben, und wenn der Ludger dann tatsächlich eingesperrt würde, dann hätte sie freie Bahn, für was auch immer.

Erich Möller bedankte sich bei Lissie Cordes für den Kaffee und das hochinteressante Gespräch und versprach, bald mal wiederzukommen, dann würde er auch den von Lissie so geschätzten Apfelstrudel vom Bäcker

Lange aus Karkenfelde mitbringen, aber er riefe vorher an, damit es auch sicher sei, dass sie da sei und Zeit habe.

Nachdenklich fuhr er zurück in seine Dienstwohnung.

***

Erich Möller schaute aus dem Fenster und kaute an seinem Bleistift. Seit er sich vor zehn Jahren das Rauchen abgewöhnt hatte, zerkaute er gern und oft Bleistifte. Eine seiner gelegentlichen Freundinnen hatte ihm dieses als orales Suchtverhalten vorgeworfen, er hingegen meinte, dass er besser nachdenken konnte, wenn Mund und Zunge etwas zu tun hatten.

»Weißt du,« hatte er dieser Frau damals gesagt, wie hatte sie doch noch geheißen: Julia, ja genau, ihr Name war Julia Kramer gewesen, sie war Krankenschwester in Lüneburg auf der Frauenstation, damals jedenfalls, das war nun auch schon ein paar Jahre her; sie war aschblond und lieb und ziemlich groß, für eine Frau jedenfalls, ihr großes Hobby war der Marathonlauf, da hatte er auf die Dauer nicht mithalten können, so hatte sie sich dann an einen vom Sportverein gewandt, der den Triathlon versuchte, sie wollte unbedingt mit dem nach Hawaii, und Erich wollte nicht weg, er wollte auch nicht sein Leben lang laufen, er war schon so oft weggelaufen, nun hatte er hier in Harmshausen eine gute Stelle, er war bei den Dörflern allseits beliebt, er hatte viele Freunde gewonnen, die Vorgesetzten waren zufrieden mit ihm, er hatte vor allem seine Ruhe und sein Auskommen mit dem Einkommen, es gab nur wenig böse Täter, meist waren es Kindereien oder aus Leichtsinn hervorgegangene kleinere Delikte in der Umgegend. Die großen bösen Jungs, wie es so gern am Stammtisch hieß, die konnte er sowieso nicht fangen, die kamen in der Nacht und waren am Morgen schon wieder weg. Aber er war nicht traurig deswegen, denn wie er an seinem früheren Posten in Hannover am Steintorviertel erfahren hatte, waren die Gefahren für Leib und Leben auch der Polizeibeamten um so größer, je höher so ein Verbrecher in der Hierarchie des Bösen stand. Daher war Erich ganz froh und glücklich, hier in Harmshausen zu leben und zu wirken.

Jetzt hatte er nur das Problem: wie konnte er der Gisela Steinbach ihre Tat nachweisen. In den letzten Tagen hatte er sie unauffällig beobachtet, sie verhielt sich wie immer, ging einkaufen, lief mit dem Hund durch die Felder, saß bei Bäcker Lange in Karkenfelde bei Kaffee und Kuchen mit anderen Frauen, ging durch die Kaufhäuser in Vosshagen, fuhr hin und wieder nach Lüneburg in Schuhläden und flirtete mit allen Männern, die des Weges kamen. Wie also sollte er ihr etwas nachweisen können? Es gab ja keine Spuren auf den Wegen zur Pferdekoppel mehr, den von ihr benutzten Kris hatte er dem Ehemann Ludger zurückgebracht, er hatte nur die Laborwerte und die Informationen von Lissie Cordes: Gisela und der junge Wilkening. Und der war in Amerika. Und sie hatte dessen Lieblingspferd abgeschlachtet, um ihn ins Mark zu treffen, denn sie wusste, dass er gefühlsmäßig mehr für das Tier empfand als für sie, das hatte sie nicht aushalten können. Also musste Erich auf der Klaviatur der Gefühle spielen.

Wenn jetzt der Gisela bekannt würde, dass zum Beispiel dieses Pferd, welches da in der Luhe gelandet war, das war ja eine Stute und sie sollte bald fohlen, wenn also jemand der Gisela erzählte, dass der junge Wilkening diese Stute zu sich nach Amerika holen wollte, weil sie das Kind, das Fohlen von seinem Lieblingshengst in sich trug, und er hätte dann als Ersatz sozusagen das Fohlen seines Lieblings bei sich, dann könnte die Gisela bei ihrer Verfassung doch durchaus in der Lage sein, auch dieses Tier töten zu wollen. Nur um dem jungen Wilkening noch eins auszuwischen. Denn dessen Ablehnung würde bei ihr ein tiefes und schmerzhaftes Loch in die Seele gebrannt haben, wenn sie denn eine hatte, aber vielleicht war diese ja ganz schwarz.

So dachte Erich Möller vor sich hin und hatte dabei fast die Hälfte des Bleistifts zerkaut. Er sah durchaus eine Chance in diesem Vorhaben, nur wer sollte eine solche Information der Gisela beibringen? Das musste natürlich ganz unauffällig geschehen, so wie nebenbei. Und am besten jemand, mit dem sie sonst nicht viel im Sinn hatte. Also eine Frau!

Nein, das wäre nicht so gut, denn fast alle Frauen hier im Dorf und auch in Vosshagen mochten die Gisela nicht sonderlich leiden, dazu hatte sie zu viel herumpoussiert und auf den Festen zu heftig mit den Männern, besonders mit den Ehemännern, geflirtet, und alle redeten davon, mit wem sie denn nun wieder im Busch oder Wald verschwand und wer sich aus dem Fenster lehnte und ihr ein möglichst teures neues Schmuckstück in Lüneburg oder sonst wo besorgte, nach dem Motto:

Wenn du mir das schön besorgst, dann besorg ich dir auch was Schönes!

Also eher keine Frau. Aber wer denn dann?

Vor dem Fenster ging der Förster Brodersen leicht hinkend mit seinem Hund vorüber. Brodersen? Könnte der ... Aber was hatte der mit Gisela, und wann und wieso? Trotzdem.

Erich Möller öffnete das Fenster und rief Brodersen hinterher, der drehte sich um und kam zurück.

»Na, wo willst du denn noch hin um diese Zeit?«

»Ich muss nach Vosshagen, mein Rücken, ich will den Bus nehmen, den um drei. Mit dem Bein kann ich zur Zeit nicht so gut Gas geben. Und ein paar Massagen und Tiefenwärme, dann bin ich nächste Woche wieder ganz fit.«

»Aha. Na, denn man gute Besserung.«

Brodersen hinkte weiter zur Haltstelle.

Förster Brodersen. Er ging zur Krankengymnastik und Massagepraxis in Vosshagen. Da gab es auch eine Sauna, und die machten so Frauenkram, wie nannten die das noch, wo denen die Haut abgezogen wurde, richtig, Peeling. Hauptsache, es hatte einen englischen Namen, dann erst war das was wert. Und Gisela ging sicher auch dorthin, sie legte ja ziemlich viel Wert auf ihr Äußeres.

Das war es. Es musste jemand sein, der sie zufällig dort in der Praxis traf und ihr beiläufig das von der Stute und dem Plan, diese nach Amerika zu schicken, erzählen konnte.

Erich entschied sich schnell, nahm Schlüssel, Jacke und Mütze und stieg in sein Dienstfahrzeug, fuhr erst zur Bushaltestelle und dann mit Förster Brodersen samt Hund nach Vosshagen in die Physiotherapiepraxis, wie es offiziell hieß.

***

Erich Möllers Planungen waren beim Förster Brodersen auf ein reges Interesse getroffen, denn auch dieser wollte den Pferdeschlächter bestraft sehen. Er war also auf Erichs Vorschlag eingegangen und hatte im Laufe der Woche in der Praxis in Vosshangen immer wieder darauf geachtet, ob die Gisela Steinbach nicht auch dort aufgetaucht war, aber vergebens, sie war nicht gekommen. Aber am Freitagmittag, da war sie endlich erschienen und hatte das volle »beauty program«, wie es sich nannte, in Anspruch genommen, also erst in die Sauna, zwei, drei Gänge, dann die Ganzkörpermassage mit thailändischem Öl, Pediküre, Maniküre mit neuer Bemalung der Nägel, die Haare gestylt, also neu arrangiert, das alles mit sanfter Musikuntermalung und Räucherstäbchen, dazu ein paar Cocktails und »finger food«, also Schnittchen und Campari.

Wie sie den Praxisangestellten mitgeteilt hatte, wollte sie am Samstag zum großen Jägerball nach Karkenfelde gehen, sie hatte sich ein neues teures Ballkleid gekauft und hier in der Praxis, wie hatte sich der alte Förster ausgedrückt, als er Erich Möller davon erzählte:

»Da wollte sie sich so richtig aufbrezeln lassen, wer weiß, was sie in Karkenfelde für Männer aufreißen will. Als sie dann im flauschigen Bademantel in der Ruhezone gelegen hat, da hab ich mich auch dahin gesetzt, und nach einer Weile dann, ich hatte das mit meinem Masseur vorher abgesprochen, da kam der zu mir und wir haben so dies und das geredet, es gab auch ein paar Gläser Heidegeist, die Gisela hat natürlich nur so etwas Grünes getrunken, mit Kirsche obenauf. Da habe ich dem erzählt, auch nicht so ganz leise, dass der alte Wilkening dieses Pferd, die Stute Montana, nach Amerika schicken will, weil sein Sohn dieses Pferd so mag und weil das Fohlen der Erbe von dem Hengst sein wird. Also ich wette, das hat die Gisela bestimmt gehört. Natürlich hat sie so getan, als ob sie schliefe, aber sie hat ihr hohes Glas dabei immer schön fest gehalten, und das kann man ja im Schlafe schlecht machen, oder? Ich denke, sie hat ganz gespannt zugehört.«

Erich drückte ihm die Hand.

»Das klingt ja ziemlich erfreulich. Wenn sie nun den Köder geschluckt hat, dann können wir fast darauf wetten, dass sie etwas unternimmt, was auch immer. Vielleicht möchte sie ja jetzt auch die Montana abstechen. Dieser Dolch ist ja wieder bei den Steinbachs in Ludgers Büro, also werden wir sie jetzt sorgfältig beobachten müssen. Ich werde ein paar Jungs von der Feuerwehr holen und wir werden uns abwechseln, dann fällt es nicht so auf und dann können wir sie auch rund um die Uhr im Auge behalten.«

Und so organisierte Erich dann einen Spähtrupp aus fünf jungen Leuten, die er entsprechend unterrichtet hatte; sie alle waren ziemlich wütend und Günter Zils wollte der Gisela so richtig ans Leder, aber da machte

Erich Möller ihm und auch den anderen klar, dass es für die Gisela eine viel größere Schande bedeuten würde, wenn sie auf frischer Tat ertappt und dann vor Gericht käme:

»Und dann steht da alles in der Zeitung, mit Namen und Fotos, dann bekommt sie hier in unserem Landkreis kein Bein mehr an die Erde geschweige denn noch irgendeinen Mann. Dann kommt sie, je nach Urteil vom Richter, in den Knast oder sie wird ganz weit wegziehen. Also, das Allerwichtigste ist, dass sie nichts merkt, dass sie keinen von euch zu sehen bekommt. Und lasst es euch nicht zu lang werden, auch wenn es eine oder zwei Wochen dauern sollte. Aber ich denke, so lange wird sie es nicht aushalten können, sie will ihre Rache möglichst rasch und möglichst heftig.«

So wechselten sich die Späher der Möllerschen Einsatztruppe, wie der alte Förster Brodersen sie genannt hatte, Tag und Nacht ab und Gisela Steinbach wurde rund um die Uhr beobachtet. Zunächst tat sich gar nichts, aber in der Nacht von Freitag auf Samstag, als Ludger Steinbach in Buthmanns Kneipe saß beim großen Skatabend mit Gewinnen, der Hauptgewinn war ein großer geräucherter Schinken von Lahmann aus Karkenfelde, in dieser Nacht schlich sich die Gisela aus dem Haus und zwar, wie Günter Zils in sein Handy an Erich weitergab, ohne ihren geliebten Hund, aber mit einem Leinenbeutel unter dem Arm.

Günter folgte ihr durch Nebenwege hin zu den Wilkeningschen Weiden. Nur gelegentlich ließ Gisela eine Taschenlampe aufleuchten, aber die Nacht war eher hell, kaum Wolken am Himmel, der Mond nur halb im Abnehmen, aber das Licht reichte, zumindest für die Männer von Erichs Einsatztruppe, die hatte Erich alle benachrichtigt, als er den Anruf von Günter Zils erhalten hatte.

So schlichen sie denn alle möglichst leise durch die Nacht, Erich Möller hatte noch aus dem Auto heraus auch den alten Brodersen angerufen, und der war mit seiner Doppelflinte unter dem Arm vorsichtig mit seinem Jagdhund zu den Weidegründen gepirscht.

Sie sahen, wie die Gisela sich unter den Zaun bückte und auf die Weide ging und immer wieder die Lampe aufleuchten ließ, sie suchte das Pferd, die Stute Montana. Erich hatte Wilkening gebeten, diese möglichst in Stallnähe auf die Weide für die alten Tiere zu bringen, die dort das Gnadenbrot bekamen; denn dort sei es das Gras grüner, und nach all den Aufregungen mit der Luhe solle das arme Tier doch möglichst viel Ruhe bekommen. Dass auch die Möglichkeiten zum Beispiel das Polizeiauto zu verstecken größer waren, hatte er verschwiegen.

So wartete Erich jetzt mit Walter Wichmann, Günter Zils und Förster Brodersen hinter ein paar Fliederbüschen, deren weiße Blütenpracht seit ein paar Tagen vor sich hin welkte.

Endlich sahen sie kurz den Laternenschein. Dann wurde zielgerichtet der hellen Strahl auf die Stute Montana gerichtet. Gisela schritt schnurgerade auf das Tier zu, aus dem Leinenbeutel zog sie grinsend den Dolch, den gebogenen Kris von Ludger; die braune Stute schaute sie ruhig an, vor Menschen an sich hatte sie ja keine Angst, bisher jedenfalls; mit einem leichten Ausruf schwang Gisela das Messer und nahm Anlauf, da schoss Förster Brodersen in die Luft, Erich Möller und die anderen richteten ihre Taschenlampen auf die erstarrte Gisela und Erich schritt energisch auf sie zu, wandt ihr den Kris aus der Hand, steckte ihn wieder in den Beutel und legte ihr Handschellen an:

»So, das wäre ja nun geklärt. Gisela Steinbach, ich verhafte Sie wegen des Versuchs, Wilkenings Eigentum zu gefährden und zu beschädigen und wegen des Abschlachtens eines wertvollen Zuchthengstes, das alles aus niederen Beweggründen.«

Gisela schlug die Augen nieder und ließ sich wortlos abführen.

Im Polizeirevier legte sie dann ein umfassendes Geständnis ab.

Wie sie später zu ihrem Mann Ludger sagte, als der sie am nächsten Tag besuchen durfte, war sie durch Erichs Auftauchen völlig geschockt.

Und am meisten hatten sie dessen Worte verletzt, dass er ihr »niedrige Beweggründe« unterstellt hatte. Das sei für sie das Schlimmste gewesen, zeigten diese Worte doch an, dass ihre eigenen Gefühle, die sie so hoch erhoben und die sie für so wertvoll gehalten hatte, in den Augen aller anderen nichts, einfach nichts wert gewesen sei, und das hätte sie ganz tief getroffen. Ihr sei nun klar geworden, dass sie einfach nichts wert sei in den Augen aller anderen. Und als Ludger ihr dann versuchte klar zu machen, wie sehr er sie doch liebe und wertschätze, und überhaupt, da wandte Gisela sich nur um und ließ sich in ihre Zelle zurückbringen. Sie redete auch später kein Wort mehr mit ihrem Ehemann, den sie nur während der Gerichtsverhandlung noch einmal sehen musste. Noch aus dem Gefängnis heraus reichte sie die Scheidung ein.

***

Am nächsten Abend war die Verhaftung der Gisela Steinbach auch am Stammtisch bei Buthmann das Hauptgesprächsthema. Erst rätselten die Bauern wegen der Motivation herum, denn allgemein galt die Gisela doch als Tierfreundin, doch dann erfuhren sie, nicht zuletzt durch Ortrud Buthmann, dass Gisela sich in den Sohn von Wilkening derart verliebt hatte, dass sie um jeden Preis auch seine Liebe erringen wollte, und als der sie abgewiesen hatte, da war das ein solcher Schlag für die verliebte Frau, dass sie sich unbedingt rächen und ihn ins Mark treffen wollte, also hat sie dann sein Lieblingstier abgestochen.

Später am Abend kam Erich Möller noch dazu, er war gerade beim alten Wilkening gewesen und nun konnte er brühwarm berichten, wie der alte Herr reagiert hatte.

»Er saß wie immer mit ganz geradem Rücken in seinem schweren Sessel da und hörte sich ganz ruhig meinen Bericht an. Dann schaute er auf den Tisch. Plötzlich hieb er mit der Faust auf die Tischplatte und sagte mit rauer Stimme: Dieses Flittchen, das sich an jeden ranhängt, sie wird mit Sicherheit auch einmal so enden. Ich verfluche sie!«

Die zuhörenden Bauern nickten ernst und tranken. Werner Schubert schnitt ein Stück von seiner Frikadelle ab und bestrich sie mit Senf. Heute Abend gab es für ihn Kartoffelsalat und dazu selbstgemachte Frikadellen. Ihm schmeckte es, auch das frischgezapfte Bier. Nach all der Aufregung um die Gefangennahme der Gisela Steinbach tat es gut, wieder an das ganz normale Leben anzuknüpfen, und dieses Abendbrot gehörte dazu.

Ortrud Buthmann setzte sich zu ihm mit einem Glas Weißwein.

»Wissen Sie, sonst trinke ich nur selten etwas hier im Lokal, aber heute ist mir danach. Dass es eine von uns gewesen ist, das mit dem Pferd, aus unserem Dorf, eine Frau noch dazu, und dann noch aus verschmähter Liebe. Wer hätte das gedacht.«

Sie nahm einen großen Schluck.

»Eine richtige Tragödie, wenn es jemand anderem geschehen wäre, nicht wahr? Aber bei der Gisela, so wie die rumgemacht hat. Da war doch kein Mann vor ihr sicher. Aber das geschieht ihr gerade recht, da ist einer, der will sie einfach nicht. So viele andere haben ja gewollt, und warum auch nicht, die meisten von denen sind nicht verheiratet, und eine willige Frau, die auch noch ziemlich hübsch ist und anstellig und gut im Bett, so viel weiß man ja inzwischen, das lässt sich kein Junggeselle zweimal sagen. Nun ja, sie hatte ihren Spaß dabei, wie man so sagt, und weil die meisten hier auch keine Kinder von Traurigkeit sind, da ging immer alles gut. Und dann muss sich ausgerechnet die Gisela verlieben. Und zwar so richtig, wie man hört. Denn wenn sonst mal einer keine

Lust hatte, dann winkte sie ab und ging woanders suchen. Aber hier, es hatte sie so richtig erwischt, wie man so sagt. Und der junge Wilkening ist ja auch wirklich ein Schmuckstück von Mann, groß und schlank, ich hätte mich auch für den entschieden, wenn er zu meiner Zeit schon gelebt hätte, ich meine in der Zeit, als ich noch auf Männersuche war.«

Werner lächelte und sagte:

»Aber das tun wir doch alle, sobald die Pubertät durchlaufen ist, da beginnt die große Suche nach dem Partner, mit dem man den Rest des Lebens zusammen sein möchte. Wenn man Glück hat, dann findet man ihn, aber es kann dauern. Bei manchen sogar Jahrzehnte. Und andere, die es nicht besser wissen, die müssen es eben überall ausprobieren, mal hier eine mal da eine, dann eben eine flüchtige Bekanntschaft für ein paar Wochen, andere dauern ein paar Monate, oder auf Nummer sicher gehen, damit die Frau nicht weglaufen kann, also heiratet man, und wenn man dann merkt, das ist nicht das Wahre, dann kommt die Scheidung. Und so wird allüberall auf der Welt ausprobiert und gesucht und geprobt, wer mit wem und wie lange und warum, weil jeder an die große Liebe glaubt und sie auch für sich haben will.«

»Und Sie, Werner Schubert, was meinen Sie, gibt es so etwas wie die große Liebe?«

Werner schaute Ortrud nachdenklich an, dann lächelte er und sagte ihr:

»Aber ja. Ich weiß das. Ich habe sie gefunden. Lena. Das war meine große Liebe. Ich denke immer noch an sie, Tag für Tag. Sie ist mir immer nah. Ich war neulich an ihrem Grab. Sie müssen wissen, ich gehe nicht oft dorthin, ich brauche das nicht, so als Erinnerungsstütze, wie das viele Menschen benötigen. Aber bei der Beerdigung von Rudi Bartels, da war ich ja sowieso auf dem Friedhof, da bin ich mal wieder zu Lenas Grab gegangen. Aber ob ich nun auf ihren Stein schaue oder hier in eurer Gaststube sitze, ob ich mir die Baugrube und den halbfertigern Keller ansehe oder bei Wilkening am Gatter stehe und Heide Meiners bei ihrer Pferdedressur zuschaue, Lena ist immer bei mir, mit mir und in mir.«

Ortrud hob ihr Glas und schaute ihn lächelnd an:

» Auf euch beide. Wollen wir nicht jetzt endlich Brüderschaft trinken? Ich bin die Ortrud.«

»Ich heiße Werner.«

Sie stießen mit ihren Gläsern an und dann trank Werner ihr zu und meinte, dass es wohl an der Zeit sei, endlich, wo er doch schon so lange hier Stammgast sei. Dann kam der obligatorische Bruderkuss, der aber nicht unbemerkt blieb, denn der alte Lüders kam da gerade schlurfend von der Toilette zurück, blieb bei ihnen stehen und sagte ziemlich laut:

»Seht mal alle her, jetzt ist die Gisela weg, und die Ortrud macht an ihrer Stelle weiter, die fängt jetzt auch an, fremde Männer zu küssen, wie find ich denn das?«

Alle schauten zu den beiden am Tisch und Werner meinte, eine sanfte Röte vom Hals her aufsteigen zu fühlen. Aber Ortrud hob ihr Glas und rief denen zu:

»Ihr braucht gar nicht so eure Augen abzunutzen, wir haben endlich unsere Brüderschaft besiegelt. Wurde ja auch Zeit. Schließlich ist der Werner Schubert schon längst einer von uns. Oder seht ihr das anders?«

Die Männer am Stammtisch murmelten ihre Zustimmung.

»Und darauf gebe ich eine Runde aus!«

sagte Ortrud noch, stand auf und ging zum Tresen, um viele Gläser Bier zu zapfen. Von Zeit zu Zeit blickte sie zu Werner und zwinkerte ihm zu.

Am Stammtisch wurde es lauter, man diskutierte über die zu erwartende Strafe für die Gisela Steinbach.

»Am besten für sie ist, wenn der Richter sie lange einsperrt. Stellt euch doch nur mal vor, zehn Jahre ohne Mann, was das für so eine bedeutet!«

Andere murmelten Zustimmung, nur Erich Möller meinte, dass es bei ihr vielleicht nur auf eine Strafe mit Bewährung herauslaufen könnte, denn zum einen sei die Gisela ja ohne jede Vorstrafe und zum anderen ginge es eigentlich nur um ein Sache, denn aus Juristensicht ist ein Pferd, wie wertvoll es auch sein mag, nur eine Sache. Also ginge es nur um die Sachbeschädigung eines anderen Eigentümers. Das gab wieder große Empörung, man könne doch so einen wertvollen Zuchthengst nicht als Sache bezeichnen wie einen Sack Kartoffeln oder ein Fuder Heu.

»Aber die Juristen sehen das eben so, und das Recht wird von Juristen gemacht und verwaltet, da kann man nichts machen.«

»Die sind aber manchmal so richtig krank im Kopf, da kann ein ganz normaler Mensch oft nicht verstehen, was die sich so ausdenken. Denkt doch nur mal daran, erst vor einigen Jahren haben die jenes Gesetz verändert, dass ein uneheliches Kind nicht mit seinem Vater verwandt sein darf, da fasst man sich doch an den Kopf, oder?«

Prompt kamen dann die verschiedensten Beispiele für die aus Sicht der Landwirte höchst merkwürdigen Ansichten von Anwälten, Richtern oder Gerichten. Dieter Feldmann griff in seine Brusttasche und zog ein Stück Papier hervor, klopfte auf den Tisch und sagte laut:

»Warum können die nicht einfach eine Sache so schildern, dass jeder sie verstehen kann? Bei mir zum Beispiel, da geht es ganz einfach um den simplen Verkauf eines Stückes Land, jetzt bekam ich vom Anwalt der Stadt ein Schreiben, das muss ich euch vorlesen. Also hört zu: Zur Vereinfachung der Abwicklung habe ich vorgesehen, dass Sie, Herr Feldmann, hier als vollmachtloser Vertreter für die Stadt auftreten und diese Erklärungen von einem Notar Ihrer Wahl genehmigen lassen. Ich hab das gelesen und dachte, na so was, jetzt soll ich also mir selbst das Land verkaufen. Und das noch ohne jede Vollmacht. Mein Anwalt musste mir erst erklären, was das wohl zu bedeuten hat. Juristendeutsch, so nannte er das. Aber verstanden habe ich das bis heute nicht.«

Und Erich Möller grummelte, dass er sich auch mitunter von den ach so schlauen Juristen verschaukelt fühlte, wenn er und seine Kollegen nach langer Suche endlich einen Rechtsbrecher dingfest gemacht hatten, dann geschah es ziemlich häufig, dass vom zuständigen Gericht der Übeltäter frei gesprochen wurde, weil er eben einen tüchtigen Rechtsanwalt hatte oder weil jemand in dem

Behördenapparat eine Vorschrift nicht richtig beachtet und somit Formfehler verursacht hatte.

»Wir haben uns alle Mühe gegeben und oft mit Sonderkommissionen wochenlang nach dem Täter gesucht, und dann haben wir ihn endlich geschnappt, aber noch geschieht gar nichts, denn die Juristen sind ja so überlastet. Das Verfahren vor Gericht wird dann für das nächste Jahr festgelegt, damit sich alle Zeugen nicht mehr so recht erinnern können, und dann wird er wieder freigelassen und lacht sich ins Fäustchen, dreht uns eine lange Nase und wir stehen da mit hängender Zunge und sollen trotzdem beim nächsten Mal wieder mit aller Kraft auf Verbrecherjagd gehen. Das verstehe wer will. Manchmal hab ich einfach keine Lust mehr. Aber wenn es keine Polizisten mehr gibt, wer hilft dann den Schwachen und wer kümmert sich um Recht und Gesetz?«

Der Polizist kippte seinen Korn hinunter und schüttelte sich.

Werner konnte ihn gut verstehen. Tagtäglich für die Allgemeinheit arbeiten und dabei auf den eigenen guten Ruf achten und dann so oft diese Enttäuschungen, weil eben auch Gesetze unzulänglich waren. Eben auch nur von Menschen gemacht. Menschenwerk. Auch vergänglich. »Staub und Moder, Staub und Moder!«

So hieß es doch in den Buddenbrooks, alles Menschenwerk ist eitel. So war es schon immer gewesen. Seit den alten Ägyptern schon, die hatten ihre Pyramiden gebaut, aber wie hatte Lena es gesagt:

»Die eigentlichen Erbauer waren doch die Menschen, meist die Sklaven gewesen, die diese schweren Blöcke geschleppt und aufgetürmt haben. Von denen redet keiner mehr, von denen sind keine Namen verewigt worden. Wir kennen immer nur die Namen derjenigen, die die Befehle gegeben haben. So war es immer und so ist es weiter gegangen, unsere ganze Geschichte besteht ja nur aus sogenannten wichtigen Menschen, die vor allem, so sehe ich das, eitel waren und machtsüchtig, von Ramses und Nero bis zu Napoleon und Stalin, von Hitler und de Gaulle. Von den jetzt noch Lebenden will ich gar nicht reden, aber die geben sich auch nicht viel, jedoch sind sie seit dem letzen Jahrhundert in ziemlich arger Konkurrenz zu den Schauspielern; Film und Fernsehen prägen jetzt die Gesichter, oder die neuen Medien, wie Facebook und Instagram, da toben sich die Influenzer aus, die Beeinflusser, so nennen die sich ungeniert. Früher waren die Meinungsmacher, die Beherrschenden, nur auf den Münzen verewigt, heute grinsen sie von der Mattscheibe, von der Leinwand, auf dem Display jedes Handys. In früheren Jahrhunderten musste man noch etwas Bedeutendes machen, um zumindest auf einem Flugblatt zu erscheinen, heute genügt ja die Androhung einer Scheidung oder Hochzeit, und schon ist man in aller Munde. Auf der einen Seite ist es sehr viel einfacher geworden, die Aufmerksamkeit der ganzen Welt auf sich zu ziehen, aber zum anderen denke ich, dass es viel schwerer geworden ist, tatsächlich etwas Großes, etwas Bedeutendes zu machen. Das kann man an den Nobelpreisen gut ablesen, da dauert es auch mitunter Jahre, ehe ein Forscher solch einen Preis erhält. Wir sind eben zu viele geworden, und weil so viele sich an den gleichen Dingen ausprobieren, da dauert es eben länger, bis man merkt, dass dies oder jenes tatsächlich etwas ganz Wichtiges, ganz Bedeutsames ist.«

Werner erinnerte sich noch gut daran, Lena hatte sich richtig in Rage geredet, ihre Augen hatten geblitzt und mitunter hatte sie ihre zarten Hände zu Fäusten geballt und mit energischen Armbewegungen, ja mit dem ganzen Körper ihre Worte unterstrichen.

»Und wir brauchen gar nicht so weit weg zu gehen, bleiben wir hier, hier in der Heide, in dieser Kulturlandschaft, die seit dem siebzehnten Jahrhundert mit Rodung und Beweidung zu dem gemacht worden ist, wie sie heute aussieht. Oder die Bauern haben einfach Feuer gelegt, erst die Bäume abgeholzt, daraus Häuser und Wagen gebaut und Ställe, dann kam das Feuer, um den Rest zu zerstören und gleichzeitig mit der Asche das Land zu düngen, was sie jetzt mit der Überdüngung durch Gülle auf andere Weise zerstören. Die Wälder wurden aufgelichtet und die ersten großen Höfe angelegt, zumeist als Poststationen, damit die Kleinfürsten auch genügend Geld verdienen konnten.

Und wer waren diese Menschen, wer hat diese Gegend besiedelt, wer die großen Gutshöfe gebaut, die Wallanlagen geschaffen, die Weideplätze eingerichtet und angelegt? Das weiß keiner mehr. Auf den alten Höfen gibt es noch die oft handgeschriebenen Hofchroniken, da kann man bis zum zwölften Jahrhundert nachlesen, wer dort gelebt hat, aber das sind nur einige wenige. Die meisten sind einfach vergessen. Es waren ja nur Menschen wie du und ich.«

Ortrud Buthmann brachte Werner ein frisches Bier und setzte sich zu ihm an den Tisch.

»Du schaust so ernst drein, geht dir das mit der Gisela so an die Nieren?«

»Aber nein. Ich war gerade ganz woanders. Die Gisela, nun ja, fast tut sie mir leid. Mit Gefühlen ist nicht gut spaßen, sagt man doch.«

»Ach weißt du, Werner, das mit den Gefühlen ist ja so eine Sache. Ich weiß es ja von mir selber, auf einmal sind sie da, diese Gefühle, da kann man nichts machen, das ist einfach so, das ist wohl unsere biologische Natur. Aber was man dann mit denen anfängt, ich meine, ob ich den Gefühlen nachgebe oder nicht, das ist dann meine eigene Entscheidung. Das ist für mich der Unterschied zu einem Tier, das Tier bekommt die Gefühle und dann handelt es danach. Wenn die Katze rollig ist, dann streunt sie eben solange herum, bis sie einen Kater gefunden hat. Aber beim Menschen ….Ich denke, die Gisela, die hatte doch alles, aber sie meinte immer, sie muss noch mehr bekommen. Und da hat sie eben alle Männer angemacht.«

»Du meinst nicht, dass sie sich immer wieder beweisen wollte, dass sie noch attraktiv ist, auch in ihrem Alter?«

»Ach was Alter! Die Beliebtheit einer Frau hängt doch nicht von ihrem Alter ab. Denk nur an diese Joan Collins, die ist über achtzig und hat noch jede Menge Liebhaber. Oder bei uns, Inge Meisel, die Mutter der Nation, mit all ihren Falten und dem Buckel, so krumm wie sie war, sie war doch immer noch einer der Lieblinge aller Fernseher. Und die Grete Weiser, die sehe ich immer noch gern. Und Ingrid Bergmann oder Senta Berger, die können sich auch heute noch sehen lassen.«

»Na, ich denke mir, bei Frauen spielt es schon eine große Rolle, ob sie sich noch sehen lassen können, bei Männern sagt man ja, dass sie im Alter immer besser werden, wie lang gelagerter Wein, oder so.«

»Du hast gut reden. Aber da ist etwas dran. Männer werden im Alter immer interessanter, da kannst du den Mario Adorf nehmen oder Gert Fröbe, den Sean Connery oder Jean Gabin. Tja, mitunter haben es die Männer eben einfach besser als wir.«

»Vielleicht haben die auch nicht so viele Gefühle, oder?«

»Du Scherzkeks. Männer haben auch Gefühle, selbst mein Herbert. Und das nicht zu knapp. Ich weiß noch, wie das damals war, ich habe nach der Schule in Vosshagen in der Drogerie angefangen, aber der Herbert, den hab ich auf einem Feuerwehrball so richtig kennengelernt, wir kannten uns ja schon vom Sehen, aber da auf diesem Ball, die Nacht war so warm und die Glühwürmchen leuchteten uns bis an den See, da ist es dann geschehen, und dann hat er mir von seinen Plänen erzählt, dass er hier in Harmshausen die Gastwirtschaft übernehmen wolle und dazu brauche er aber die geeignete Frau, die richtige Partnerin, und ob ich das sein wolle. Ich war begeistert, so brauchte ich nicht weg aus der Gegend hier und außerdem konnten wir uns jeden Tag sehen und so. Du weißt schon. Und da habe ich dann eingewilligt. Und was macht der Kerl? Er findet für mich eine Lehrstelle als Hotel- und Gaststättenlehrling in Lüneburg, im Deutschen Kaiser. Natürlich war das eine sehr feine Adresse, und ich hab da wirklich nur das Beste gelehrt bekommen, aber es war weg von ihm. Nur alle zwei Wochen hatte ich einen Tag frei. Es war schlimm für mich, aber ich hab mich durchgebissen, schließlich wusste ich ja, was ich wollte. Und ich kann dir sagen, das war manchmal ganz schön schlimm. Und dann die Gäste, die männlichen zumeist, und die Lieferanten, ich war ziemlich proper damals, und ich hatte ganz schön was in der Bluse, und die Angebote der Herren, die waren nicht von schlechten Eltern. Aber ich hab immer nein gesagt. Ich habe es sehr genossen, wenn ich gemerkt habe, wie ihnen das Wasser im Maul zusammengelaufen ist, wenn ich in die Nähe kam. Das hat mir gefallen. Aber als Männer haben die mich nicht die Bohne interessiert. Das kann ich dir sagen. Soviel zu den Gefühlen und wie man damit umgehen kann, oder soll, oder muss.«

Werner hatte höchst interessiert zugehört, das klang ja beinahe wie damals bei Lena. Konnte es sein, dass Frauen, die sich innerlich richtig emanzipiert hatten, auf ähnliche Weise dachten und an das Leben herangingen, oder lag es an dieser Heidelandschaft, dass bestimmte Vorstellungen und gewisse Ideen hier einfach wie Wacholderbüsche heranwuchsen?

»Und als du die Lehrzeit beendet hast, bist du dann gleich wieder hierher gekommen?« fragte er.

Ortrud kicherte erst und meinte, dass sie sich dann gleich verlobt hätten, als sie ihre Gesellenprüfung bestanden hatte, aber dann wollte sie noch ein paar wichtige Erfahrungen machen und war für ein halbes Jahr in

Bremen in einem guten Hotel gewesen und dann noch übungshalber in Schneverdingen in einem Landgasthaus, wo sie die Zubereitung von hiesigen Gerichten wie Forelle in sauer oder Heidschnuckenbraten gelernt hatte. Außerdem war sie danach noch für ein paar Monate bei Reinhold Lahmann in Karkenfelde auf dessen Hof gewesen, denn der ließ auch schlachten und machte die beste Landwurst. Und ihr Herbert legte ja Wert darauf, dass sie immer ein, zwei Schweine im Stall hatten, und die Wurst, die machte Ortrud seit Jahren selbst.

»Alle Achtung, da bist du ja eine richtig gute Partie gewesen,« schmunzelte Werner, »da hat der Herbert aber Glück gehabt.«

»Das hat mit Glück nichts zu tun. Bei uns stimmte es einfach, von den Gefühlen her und von der gemeinsamen Lebensplanung auch. Das einzige, was ich bedauere, ist, dass wir nur die eine Tochter haben. Aber man kann im Leben ja nicht alles bekommen, was man sich so wünscht. Ich hätte schon gern zwei oder drei Kinder gehabt, aber es hat nicht sollen sein, Mutter Natur hatte was dagegen. Und ich habe mich dann auch dreingefügt. Jetzt bin ich es ganz zufrieden, wie alles so gelaufen ist.«

***

Lissie Cordes schlug die Sahne steif. Zum Nachtisch sollte es einen Schokoladenpudding mit Sahnehäubchen geben. Sie wusste, dass Erich Möller nur zu gern Schokolade aß. Als Hauptgericht hatte sie Haidwitzer Spargel vorbereitet, Spargel mit neuen Heidekartoffeln und

dem herrlich milden Katenschinken von Lahmann aus
Karkenfelde. Und weil sich all die Mühe in der Küche
nur für zwei Personen nicht rechnete, hatte sie neben
dem Polizisten auch noch Irmela Blohm eingeladen.
So konnte sie denn auch ihrer Freundin einmal etwas
Gutes tun, zumal sie diese doch ungeniert ausnutzte
und jeden Tag das Allerneueste aus den Dörfern von
ihr erfuhr. Die Zeitungsfrau, die über alles im Ort nur
zu genau Bescheid wusste, und der Polizist, eine hier
festgenommene Pferdemörderin und vielleicht noch
eine kleine Verlobung im Hause Fricke, sie hatten also
genügend Stoff zum Bereden, und als erfahrene Frau
wusste Lissie Cordes ja, dass bei einem guten Essen
die Gespräche leichter flossen, und wenn dann noch
ein kleiner Sommerwein die Zungen lockerer und ge-
schmeidiger machte, dann würden auch so manch ver-
borgen gehaltene Dinge hervorkommen. Zum Beispiel
wollte sie zu gern wissen, wie der Polizist nur auf die
Gisela Steinbach gekommen war. Sie selbst hätte ja nie
im Traum dran gedacht, dass dieser Pferdeschlächter jemand aus ihrer Gemeinde sein könnte, und dann noch
eine Frau und dann noch die Steinbach! Nein, der hätte
sie alles andere zugetraut, so wie die mit den Männern
im Dorf umgesprungen war, aber einen teuren Zuchthengst abschlachten? Was soll nur aus uns und der Welt
werden, dachte sie, wenn jetzt nicht einmal die armen
unschuldigen Tiere vor den dunklen Trieben von uns
Menschen sicher sein können. Aber wenn man so die
Nachrichten anschaut, was da alles an Unheil und Un-
glücken in der Welt geschieht, und vieles davon, wenn

nicht sogar das Allermeiste, das geschieht doch nur aus Dummheit!

Aus Dummheit oder der Unfähigkeit, Probleme richtig bis zum Ende zu denken, also aus Gedankenlosigkeit. Lissi konnte sich nicht vorstellen, dass manches geschah, weil Menschen so verroht sein konnten oder so gefühllos, und nur aus dem Grunde, dass man nicht genau hingeschaut hatte, als noch Zeit war, das war wiederum eine Folge von Dummheit der Eltern, der Familie, der Gesellschaft, der Staaten. Wie bei der Gisela. Aber wie war der Erich Möller nur auf sie gekommen? Das musste sie unbedingt erfahren, und der würde es ihr schon erzählen.

Dafür würde sie schon sorgen.

Es klingelte. Nanu, es war doch nicht Mittag?

Lissie ging zur Tür, es war Charlie Drebber, der ihr mit breitem Grinsen berichtete, dass sie ab Mittag kein Wasser mehr laufen lassen dürfe, denn das Hauptrohr der Wasserleitung sei geplatzt, gerade an der Kreuzung, und nun sei diese gesamte Straßenseite betroffen und er müsse jetzt erst die Straße aufgraben mit seinem Bagger, der Knesebeck und Ludger Steinbach wüssten schon Bescheid und würden am Nachmittag dann den Schaden begutachten und reparieren, wenn es denn so schnell ginge. Und außerdem, es sei so verdammt heiß heute, und seine Kehle, und überhaupt ….

Lissie verstand ihn nur zu gut und schenkte ihm eine halbe Flasche Korn, die sie im Schapp gleich neben der Eingangstür zusammen mit den Gläsern verstaut hatte; denn es kam ja immer wieder vor, dass ein paar Wandergesellen oder Bekannte vorbeikamen und etwas abgaben, und dann gab es jedesmal einen kleinen Magentröster. Charlie zog mit seiner Beute zufrieden davon und Lissie ging zurück in die Küche, sie füllte zwei Eimer und den Teekessel mit Wasser, man konnte ja nie wissen, wann die Leitung denn wirklich wieder funktionieren würde; Ludger war zwar zuverlässig und schnell, aber wie groß der Schaden war und ob er auch die passenden Rohre auf Lager hatte, das musste doch erst alles geklärt werden, und wenn nicht, wenn es ein oder gar zwei Tage dauern sollte, dann brauchte sie doch einen kleinen Wasservorrat, für den Frühstückstee, zum Zähneputzen, und überhaupt. Sie stellte noch einen vollen Eimer sicherheitshalber in die Toilette, schließlich kamen ja Gäste, und wenn einer von denen mal musste, ausgerechnet heute! Konnte das dämliche Wasserrohr denn nicht erst morgen zerbrechen! Wenn ich schon mal jemanden einlade, dann gleich so was! dachte sie. Und ich hatte mich doch so darauf gefreut.

Aber was nützte das alles, sie musste auf jeden Fall das Essen fertig haben, denn absagen, nein, das kam nicht in Frage, dazu war sie zu begierig auf die Neuigkeiten und überhaupt, sie wollte sich doch nicht nachsagen lassen, dass sie sich durch derartige Kleinigkeiten wie ein geplatztes Wasserrohr aus dem Konzept bringen ließe, oder?

Lissie seufzte, schaute auf die Uhr und setzte dann die Kartoffeln auf.

***

Werner Schubert saß nun beim Abendbrot nicht mehr allein an seinem Platz in Buthmanns Gasthof, Ortrud hatte dem Ludger angeboten, für ihn abends das Essen zuzubereiten.

»Er ist doch jetzt völlig von der Rolle,« hatte sie gemeint, »und er war es doch gewöhnt, dass er jeden Abend seine warme Mahlzeit bekommen hat. Man kann über die Gisela ja sagen was man will, und ich konnte sie noch nie leiden, aber sie hat immer für den Ludger das Essen bereit gehabt. Wenn es auch mitunter Aufgewärmtes gab, aber das muss ja nicht schlecht sein. Wenn ich da an meine Erbsensuppe denke, die schmeckt doch erst so richtig am zweiten Tag. Oder das Labskaus. Nur der Fisch muss immer ganz frisch sein.«

Der Ludger schien ganz froh mit dieser Lösung zu sein, zumindest kam er abends regelmäßig und saß mit Werner an einem Tisch. Sie redeten in der ersten Zeit meist über den Kellerbau und die Installationen, die dort gemacht werden sollten. Doch allmählich konnten sie auch über andere Dinge miteinander reden, und Werner schien es so bei diesen größeren Themen, als ob ganz allmählich eine Art von Fesselung von Ludger abfiel, als ob er wie eine Raupe sich häutete und jetzt erst der richtige, der echte Ludger Steinbach zum Vorschein käme. Für Werner war es wie eine Wiederholung seiner eigenen Geschichte. Seit er damals auf Lena getroffen war, hatte sich sein Verhalten, seine Gewohnheiten, seine Weltansichten deutlich verändert: er war viel offener geworden, viel nachsichtiger, viel zugewandter den anderen Menschen, dem Leben, der Welt.

Und das erlebte er jetzt mit Ludger. Der blühte förmlich auf unter den vielen Zuwendungen, die ihm von überall entgegengebracht wurden. Zum Beispiel die Irmela Blohm, die Zeitungsfrau, die kam jetzt zweimal in der Woche zu ihm ins Haus und putzte, räumte die Küche auf und sorgte sich auch um seine Wäsche, sie meinte, dass sie »ohne große Mühe die paar Hemden und Unterhosen auch mit dem Zeug meiner eigenen Familie in der Maschine waschen könnte, denn die paar Sachen, das zählt doch nicht.«

Und auch Charlie Drebber kam immer mal wieder vorbei und mähte den Steinbachschen Rasen oder harkte den Gehweg frei. Ludger brauchte sich nicht mehr in zu viel Arbeit zu flüchten, um möglichst die eigene Wirklichkeit auszublenden, wie er es in seinen Ehezeiten getan hatte, um seine Illusion von der Liebe der Gisela aufrecht zu erhalten. Er lachte des öfteren, konnte sogar schon wieder kleine Witze machen und mit Ortrud schäkern, wenn sie ihm das Abendbrot brachte.

Werner freute sich, und er freute sich auch über sich selbst, dass er sich freuen konnte. Auch er fühlte sich wieder ganz, wieder in sich selbst, er konnte ohne Wehmut oder Zorn an die gute Zeit mit Lena denken, und das tat er jeden Tag, aber jetzt waren es gute Gedanken. Er sah all das Positive, das sie für ihn getan hatte, bedeutet hatte, gewesen war. Und wie stark ihn letztlich die Gemeinsamkeit gemacht hatte.

Eines Abends hätte er am liebsten laut losgelacht; er hatte gedacht, dass hier zwei ältere vereinsamte Männer saßen, ohne ihre Frauen, die hatten sie verloren, jeder auf seine

Weise, und sie saßen in einer Dorfkneipe, natürlich jeder vor einem Glas Bier. Aber anstatt, wie sonst in den Romanen und Filmen üblich, im Dunkel von finsteren Grübeleien zu versinken, war ihre Stimmung heiter und gelassen. Werner merkte zunehmend eine innere Verwandtschaft mit Ludger, sie mochten ähnliche Musik, und es kam vor, dass Werner ihn zu sich aufs Zimmer einlud und er legte eine CD auf; der Ludger hatte von sogenannter Klassik nur wenig Ahnung, aber er konnte zuhören, auch wenn ein Streichquartett ihm anfangs nur wenig zusagte. Sie unterhielten sich immer intensiver über Musik, und Werner bemühte sich, dem anderen, den er bald als sehr wissbegierig erlebte, in die weite Welt der großen Komponisten einzuführen. Und so saßen sie dann oftmals in den etwas ausgeleierten Sesseln mit geschlossenen Augen und lauschten den Tönen von Symphonikern, Pianisten und Streichern. Ludger genoss die Wärme der Dorfbewohner und die neue Erfahrung mit großer Musik, Werner gefiel sich in der Rolle des Lehrers, ja, er dachte mitunter an Arthus und Merlin oder Parzival und Gurnemans oder Otto Moderson und Rilke oder Lena und Werner.

Ja, Lena und Werner, was hatte er ihr nicht alles zu verdanken; auch den Zugang zu solcher Musik hatte sie ihm ermöglicht. Und jetzt war er in der Lage, das alles weiterzugeben an einen, der es wert war. Als Werner abends aus dem Fenster dem nach Hause gehenden Ludger nachschaute, sandte er ein kurzes aber kräftiges Danke zu Lena.

***